Muhyiddin Ibn Arabi

Reise zum Herrn der Macht

Meine Reise
verlief nur in mir selbst

محمد علي ابن العربي

Muhyiddin Ibn Arabi

Reise zum
Herrn der Macht

Meine Reise verlief nur in mir selbst

Aus dem Englischen
von Franz Langmayr und
Wolfgang Herrmann

Chalice Verlag

Das Original des *Risalat al-Anwar* erschien
1205 in Konya, Türkei

Die Erstausgabe der Übertragung ins Englische erschien
1981 bei Inner Traditions International Ltd., New York

Die Erstausgabe der deutschen Übersetzung erschien
1984 im Verlag Hermann Bauer, Freiburg im Breisgau

Das Original der *Futuhat al-Makkiyah* erschien
1238 in Damaskus

Die kommentierte französische Übertragung von Auszügen
erschien 1988 als *Les Illuminations de la Mecque*
bei Sindbad, Paris

Eine erweiterte englische Übersetzung erschien
2002 als *The Meccan Revelations* bei Pir Press, New York

Umschlagbild und Frontispiz: Alois Alexander
Buchgestaltung: Robert Cathomas
Herstellung: Books on Demand GmbH, Norderstedt
Printed in Germany

ISBN 978-3-905272-73-4

Hütet euch vor der Beschränkung
durch eine bestimmte Glaubensform
und die Zurückweisung alles Anderen.
Dadurch entginge euch viel Gutes,
ja sogar die Erkenntnis der Wirklichkeit.
Seid in euch selbst die Grundsubstanz aller Bekenntnisse,
denn Gott ist weiter und gewaltiger, als dass Ihn
eine Glaubensform besser zu fassen vermöchte
als eine andere.
Wo auch immer ihr euch hinwendet,
da ist das Angesicht Gottes.

MUHYIDDIN IBN ARABI

Der Chalice Verlag widmet diese Publikation
den wahrhaft Suchenden aus allen Traditionen und Richtungen.
Mögen unsere verschiedenen Wege, in gegenseitigem Respekt
und Toleranz, uns alle zu der Einen Quelle führen.

»Allah, der ewig lebende Eine, der Eigentümer allen Wissens und aller Macht und Der, Der Sich selbst erhält, Der, durch Den alles seinen Bestand hat, der Alldurchdringende, der Einzige Eine, der keinen Gefährten und kein Ebenbild hat.« Kalligrafie aus einigen der schönsten Namen Gottes aus der großen Moschee Uli Cami in Bursa, Türkei, von Mehmet Shefik aus dem 19. Jahrhundert.

Inhalt

Reise zum Herrn der Macht

Risalat al-Anwar

Aus dem Englischen übersetzt
von Franz Langmayr

Vorwort der englischen Übersetzerin

DIE »REISE ZUM HERRN DER MACHT«, DIE IM ARABISCHEN meist unter dem Titel *Risalat al-anwar fima yumnah sahib al-khal-wa minal asrar* (»Abhandlung über das Licht auf die Geheimnisse, das dem gegeben wird, der sich in die Einsamkeit zurückzieht«) von Muhyiddin Ibn Arabi (1165 bis 1240) bekannt ist, wurde zum ersten Mal 1204 oder 1205 in Konya in der Türkei herausgegeben. Derzeit gibt es in den Bibliotheken der Welt etwa siebzig Abschriften des Manuskripts mit verschiedenen Titeln, darunter die folgenden: *Das Buch von der Reise in die Wirklichkeit* und *Das Buch von der Einsamkeit.* Es gibt auch zwei gedruckte Ausgaben in Arabisch. Die eine erschien in Kairo um 1914 und die andere in Hyderabad 1948.

Es gibt keine kritische Ausgabe der *Reise zum Herrn der Macht.* Ich habe beide gedruckten Ausgaben des Textes herangezogen und die unvollständige Kopie eines Manuskripts aus dem 17. Jahrhundert, die sich in der Garrett-Sammlung der Princeton University befindet. Die Übersetzung aber folgt weitgehend einer dritten gedruckten Version, die mit dem Kommentar von Abd al-Karim al-Jili zusammenhängt.

Was den Kommentar von Abd al-Karim al-Jili (ca. 1365 bis ca. 1417) betrifft, so trägt dieser den Titel: *Al-isfar an risalat al-anwar fima yatajalla li ahl il dhikr min al-asra* (»Die Entschleierung der Geheimnisse, die den Menschen offenbart werden, welche dem *dhikr* ergeben sind.«). Aber nur wenig ist über ihn in Erfahrung zu bringen. Er trägt kein Datum. Die bibliografischen Quellen erwähnen nur zwei Manuskripte. Der Kommentar existiert auch unter dem Titel *Sharh al-khalwat il mutlaq* (»Erklärung über die geistige Übung der vollständigen Einsamkeit«). Die einzige mir zugängliche Version wurde in arabischer Sprache 1929 in Damaskus herausgegeben.

Ibn Arabis *Reise zum Herrn der Macht* wurde, wie aus dem Text klar hervorgeht, zur Beantwortung der Fragen eines nicht genannten Freundes geschrieben, der selbst ein Heiliger und ein Sufi-Meister war. Obwohl Ibn Arabi viele Bände geschrieben hat, behauptet er dennoch, stets auf Göttlichen Befehl geschrieben zu haben. Im vorliegenden Werk beschreibt er die Umstände, die Erfahrungen und die Ergebnisse des vollständigen Aufgehens in Gott.

Die *Reise zum Herrn der Macht* ist eine Erläuterung von *khalwa,* der geistigen Übung der Einsamkeit, einer fortgeschrittenen und gefährlichen Sufi-Übung zur Erlangung der Gegenwart Gottes durch absolute Aufgabe der Welt.

Khalwa ist auf keinen Fall eine Technik für jedermann. Ibn Arabi sagt ausdrücklich, dass *khalwa* wegen der Selbsttäuschung der Vorstellungskraft nur geübt werden darf entweder auf Anweisung eines Scheichs oder von jemandem, der ein Meister seiner selbst geworden ist. Er weist weiter daraufhin, dass es eine Herausforderung der geistigen Zerstörung bedeutet, wenn man die Erfahrungen von *khalwa* sucht, ohne in den Pflichten und geistigen Übungen des Islams versiert zu sein. Schließlich ist jeder Zustand des Aufstiegs, den er beschreibt, eine Versuchung, der nachzugeben Leid und Verlust bedeutet. Nur wer vom Wunsche nach Gott überwältigt wird und wem nichts anderes mehr etwas bedeutet, ist bei dieser Übung sicher.

Die Übung des *khalwa* im Islam begann schon durch den Propheten Mohammed (Mögen Allahs Frieden und Segen mit ihm sein!), der sich in eine Höhle im Berge Hira zur Kontemplation zurückzuziehen pflegte. Der geistige Aufstieg durch alle Stufen der Existenz, bis hin zur Göttlichen Gegenwart, die Ibn Arabi beschreibt, hat eine Vorgeschichte, die mit dem Propheten zusammenhängt. In der großen Nachtreise und Auferstehung wurde Mohammed in einem Augenblick, der zugleich siebzigtausend Jahre lang dauerte, von Mekka nach Jerusalem versetzt und von Jerusalem durch alle Himmel zur Gegenwart des Geliebten und wieder zurück gebracht.

Es gibt eine Überlieferung, derzufolge Abu Jahl, einer der bedeutendsten Feinde und Verfolger des Propheten, von diesem Ereignis hörte und daraufhin Mohammed besuchen ging. Der Prophet empfing ihn.

»Hebe einen Fuß vom Boden«, sagte Abu Jahl. Der Prophet tat es.

»Jetzt hebe den anderen«, fuhr der andere fort.

»Das kann ich nicht«, sagte der Prophet.

»Wie kannst du, der du nicht einmal deine beiden Füße zugleich vom Boden heben kannst, behaupten, du wärest letzte Nacht zum höchsten Himmel gegangen?« fragte Abu Jahl.

»Aber ich habe nicht gesagt, ich sei gegangen« antwortete der Prophet. »Ich habe gesagt, man hat mich dorthin gebracht.«

Wie Abd al-Karim al-Jili in seinem Kommentar hervorhebt, wird die Gabe der Himmelfahrt des Propheten ohne Vorbereitung gegeben, von den Heiligen aber muss sie verdient werden. Ihr Preis ist die Beherrschung aller inneren und äußeren Künste des Islams bis zur Vollendung. Und das bedeutet die Ergebung in Gott. Ohne das Wissen, das durch das heilige Gesetz und den inneren Kampf mit dem Ego erlangt wird, kann es keine Kontemplation geben. Ibn Arabi schreibt:

> Die Offenbarung entspricht stets dem Ausmaß und dem Inhalt des Wissens. Das Wissen um Gott, das du in deinen Kämpfen während deiner Lehrzeit von Ihm erlangst, kommt erst danach in der geistigen Betrachtung zu dir. Aber was du in der Betrachtung über Ihn erfährst, ist jenes Wissen, das du dir schon vorher geschaffen hast. Der ganze Fortschritt besteht nur in einer Übertragung aus dem Reich des Wissens (*ilm*) in das der Schau (*ayn*). Der Inhalt ist aber derselbe.

Die *Reise zum Herrn der Macht* ist ein kurzer und sehr gedrängt geschriebener Brief, der viele Themen berührt, die in den anderen Büchern von Ibn Arabi vollständig abgehandelt werden. Abd al-Karim al-Jili hebt das in seinem Kommentar hervor und beleuchtet viele Behauptungen, die sonst sehr schwer verständlich wären, indem er sie mit großer Einsicht und großer Vertrautheit mit dem Gegenstand der übrigen Werken von Ibn Arabi in Beziehung bringt. Seine Kommentare zu einigen der schwierigsten Passagen sind als Fußnoten angeführt.

Viele Geschichten, die das Leben von Ibn Arabi betreffen, sind uns überliefert. Einige von ihnen werden auf den folgenden Seiten erzählt. Viel weniger aber wissen wir von Abd al-Karim al-Jili. Dieser viel respektierte Mann, der zwischen 1408 und 1417 gestorben ist, war selbst ein Scheich. Er war ein Nachkomme des großen Abd al-Qadir al-Gilani. Er ist der bedeutendste unter denen, die das Werk des Ibn Arabi in ein System gebracht und sich mit ihm befasst haben. Sein Buch *Al-insan al-kamil* (»Der vollkommene Mensch«), eine Erklärung von Ibn Arabis Lehren über die Struktur der Wirklichkeit und die Vollkommenheit des Menschen, gilt selbst als eines der Meisterwerke der Sufi-Literatur. Er hat gesagt, dass das Hervorbringen von Heiligen der Gegenstand der Sufi-Bewegung ist. Die Heiligen des Islams werden *awliyah* genannt, die

Freunde Gottes. Der Koran beschreibt ihren Zustand so: »Die Freunde Allahs – keine Furcht kommt über sie und keine Trauer« (Sure 10:62). Die *awliyah* sind jene, in denen keine Spur des Falschen zurückgeblieben ist. Gott hält sie immerfort im Gehorsam fest, so dass ihr Handeln Sein Handeln ist. In einem Hadith *qudsi* heißt es: »Nichts gefällt Mir besser, als etwas, das Meinem Diener hilft, in Meine Nähe zu kommen, und als die Anbetung, die Ich ihm zur Verpflichtung gemacht habe. Und Mein Diener hört nicht auf, Mir durch immer neue bewusste Hingabe näherzukommen, so lange, bis Ich ihn liebe. Und wenn Ich ihn liebe, werde Ich der Gehörsinn, mit dem er hört, das Auge, mit dem er sieht, die Hand, mit der er greift, und der Fuß, mit dem er geht.« Durch jene Heiligen, deren Leben Zeugnis von diesem Zustand ablegt, möge die Menschheit das Werk verstehen, für das sie erschaffen wurde, und erkennen, dass der wahre Mensch ein Vertreter Gottes ist. Durch Göttliches Versprechen wird die Welt bis zum Ende der Zeiten niemals ohne solche Menschen sein.

Ich darf hier Dank sagen für die Mithilfe von Professor Roy Parviz Mottahedeh von der Princeton University und Simon Bryquer von New York, die das Manuskript durchgesehen haben.

Preis sei Allah für die Großzügigkeit von Scheich Muzafferuddin Ozak Efendi al-Jerrahi al-Halveti von Istanbul, dessen Worte eine erleuchtende Einleitung zu Ibn Arabis Text sind, und für die unschätzbare Beratung durch Scheich Tosun Bekir Bayrak Efendi Al-Jerrahi Al-Halveti von New York.

Ich widme diese Übersetzung meinem Vater und meiner Mutter. Alle Fehler in diesem Buch sind die meinen. Alles Lob gebührt Ihm.

Mögen die Leserinnen und Leser das Studium dieses Buches gewinnbringend finden.

RABIA TERRI HARRIS

Einführung

von Muzaffer Ozak

DIESES BUCH, DAS GÖTTLICHE GEHEIMNISSE ENTHÄLT, IST
ein lichtvoller Wegweiser für die Suche nach Wahrheit und
Gottesschau. Wer die intime Freundschaft mit Gott pflegen
möchte, wer durch den Garten geht und nach den Rosenknospen
des inneren Wissens Ausschau hält, der sollte dieses Buch lesen
und lernen, einfach da zu sein. Da Ibn Arabi der Autor dieses
Buches ist, wird jeder, der darin liest, mit diesem Mann Zwie-
sprache halten.

Der wunderbare geistige Einfluss, den dieser Heilige im Osten
wie im Westen genommen hat, liegt klar zutage. Er hat die
Menschheit *tawhid* gelehrt, das Einssein, und er wird bis zum Tage
des Gerichts damit fortfahren, die Menschheit zu erleuchten. Seine
Lehre vom Wunder der Schöpfung und sein wunderbares Wissen,
das in Büchern wie den *Futuhat al-Makkiyah* (den »Mekkanischen
Eröffnungen«), den *Fusus al-Hikam* (»Die Weisheit der Propheten«)* und vielen anderen, insgesamt über fünfhundert, zum Ausdruck kommt, geben Zeugnis von seiner großen Bedeutung.

Er hatte ebenso viele Feinde, wie er Menschen hatte, die ihn
liebten. Seine Feinde waren engstirnige Dogmatiker, die wie die
Fledermäuse vom Licht geblendet wurden, das von diesem heiligen
Mann ausging. Manche Menschen werden die Feinde jener, die sie
nicht kennen, nicht kennen können und nicht verstehen können.
Auch die, die ihn *ash-shaykh al-akbar* (den größten Meister) nannten, gehörten zu jenen, die ihn nicht verstanden. Einige von diesen
hassten ihn sogar. Der Heilige aber verzieh diesen unwissenden
Menschen nicht nur, er erklärte auch, dass er am Tage des
Jüngsten Gerichts für sie eintreten werde, denn er müsse Mitleid
haben mit denen, die nicht imstande seien, ihn zu verstehen.

Sicherlich kennt der Weise den Wert der Weisheit, so wie der
Goldschmied den Wert des Goldes kennt. Der allwissende voll-
kommene Mensch vergibt den unwissenden ihre geistige Armut.
Dieses Mitleid des Heiligen ist ein hinreichender Beweis für seine
Vollkommenheit.

Eines Tages wurde einer der Widersacher von Ibn Arabi krank.
Der Scheich ging hin, ihn zu besuchen. Er klopfte an die Tür und
bat die Frau des Kranken, diesem zu sagen, dass er seine Aufwar-

* Chalice Verlag, Zürich 2005.

tung machen wolle. Die Frau überbrachte die Botschaft und kam mit der Nachricht zurück, dass ihr Gatte den Scheich nicht zu sehen wünsche. Der Scheich habe in diesem Haus nichts verloren, ließ er ihm sagen, der richtige Platz für ihn sei die christliche Kirche. Der Scheich dankte der Frau und sagte, dass er der Empfehlung nachkommen würde, denn ihr Gatte würde ihn sicher nicht an einen unrechten Platz senden. So sprach der Scheich noch ein Gebet für die Gesundheit und das Wohlergehen des kranken Mannes und machte sich dann auf den Weg zur Kirche.

Als er ankam, zog er die Schuhe aus, trat demütig und gesittet ein und setzte sich still in eine Ecke. Der Priester war gerade dabei, eine Predigt zu halten, der Ibn Arabi mit größter Aufmerksamkeit zuhörte. In dieser Predigt sprach der Priester davon, dass Jesus von sich behauptet hätte, er sei der Sohn Gottes. Der Scheich empfand dies als eine Verunglimpfung von Jesus. Er stand daher auf, um höflich zu widersprechen. »Oh ehrwürdiger Priester«, begann er, »der heilige Jesus hat das nicht gesagt. Im Gegenteil, er hat die frohe Botschaft verkündet, dass der Prophet Ahmad (Mohammed, Friede und Segen seien mit ihm!) nach ihm kommen werde«.

Der Priester behauptete, dass Jesus das nicht gesagt hätte. Die Diskussion wollte kein Ende nehmen. Schließlich deutete der Scheich auf ein Bild von Jesus an der Kirchenwand und sagte dem Priester, er solle Jesus selbst fragen. Er würde dann antworten und die Frage ein für allemal entscheiden. Der Priester widersprach dem heftig und wandte ein, dass ein Bild nicht sprechen könnte.

Dieses Bild würde aber sprechen, versicherte der Scheich, denn Gott, Der Jesus als neugeborenes Kind in den Armen der Heiligen Jungfrau habe sprechen lassen, sei auch imstande, ein Bild sprechen zu lassen. Da ergriff die Aufregung auch die Gemeinde, die der erhitzten Diskussion die ganze Zeit über zugehört hatte. Unter ihrem Drängen wandte sich der Priester schließlich an das Bild und sprach zu ihm wie folgt: »Oh Sohn Gottes, zeige uns den richtigen Weg, sage uns, wer von uns beiden recht hat.« Weil es der Wille Gottes war, begann das Bild zu sprechen und antwortete: »Ich bin nicht der Sohn Gottes, ich bin Sein Botschafter, und nach mir kam der letzte der Propheten, der heilige Ahmad. Ich habe euch das vorhergesagt, und ich wiederhole jetzt diese frohe Botschaft.«

Auf dieses Wunder hin trat die ganze Gemeinde zum Islam über, und unter der Führung von Ibn Arabi gingen sie alle durch die Straßen hin zur Moschee. Als sie beim Haus des kranken Mannes vorbeikamen, konnte man diesen sehen, wie er mit Augen, die vor Erstaunen weit aufgerissen waren, aus dem Fenster schaute, um das seltsame Schauspiel zu betrachten. Der Heilige blieb stehen, segnete den Mann, der ihn beleidigt hatte, und dankte ihm. Er sagte, er müsse ihn loben für die Bekehrung all dieser Menschen.

Nicht viele Menschen verstanden diesen Heiligen zu seinen Lebzeiten. Eines Tages stieg er in Damaskus auf einen Berg, um dort zu predigen. Dabei sagte er: »Leute von Damaskus, der Gott, den ihr anbetet, ist unter meinen Füßen.«

Als sie diese Worte hörten, steckten ihn die Leute ins Gefängnis und wollten ihn töten. Einer Überlieferung zufolge starb er daraufhin den Märtyrertod. Nach einer anderen Überlieferung hat Abu al-Hasan, ein anderer Scheich jener Zeit, ein gutes Wort für ihn eingelegt und ihn vom Tode gerettet, wobei es zu folgendem Gespräch kam:

»Wie konnten die Menschen jemanden einsperren«, fragte er Ibn Arabi, »durch den die Welt der Engel zur Welt der Sterblichen heruntergekommen ist?«

»Meine Worte«, antwortete der Heilige, »wurden aus der Trunkenheit jenes Zustands gesprochen, den du mit diesen Worten beschreibst.«

Dennoch führten damals Ibn Arabis gesprochene und geschriebene Worte zu so heftigen Reaktionen, dass sein Grab nach seinem Tode so gründlich zerstört wurde, dass keine Spur davon übrigblieb. Eine von Ibn Arabis rätselhaften Behauptungen war: *Idha dakhala al-sin ila al-shin / yazhara qabru Muhyiddin.* Das heißt: »Wenn *sin shin* betreten wird (*sin* und *shin* sind zwei Buchstaben des arabischen Alphabets), wird das Grab des Muhyiddin entdeckt werden.« Als dann Selim II, der neunte ottomanische Sultan, im Jahre 1516 Damaskus eroberte, erfuhr er durch einen Gelehrten namens Zembilli Ali Efendi von dieser Behauptung des Ibn Arabi. Der Gelehrte gab dazu die folgende Deutung: »Wenn Selim (arabisch geschrieben beginnt sein Name mit dem Buchstaben *sin*) die Stadt Sham (arabischer Name für Damaskus, der mit dem Buchstaben *shin* beginnt) betreten wird, dann wird er Ibn Arabis Grab entdecken.«

In der Folge gelang es Sultan Selim, mit der Hilfe der Theologen aus Damaskus den Platz zu finden, wo der Heilige erklärt hatte: »Der Gott, den ihr anbetet, ist unter meinen Füßen.« Er ließ an dieser Stelle nachgraben. Dabei entdeckte er einen Schatz von Goldmünzen, der nachträglich klar machte, was Ibn Arabi mit seinen Worten gemeint hatte. In der Nähe entdeckte er dann Ibn Arabis Grab.

Aus den Mitteln des Schatzes baute Sultan Selim einen kostbaren Schrein und eine Moschee an der Stelle, wo das Grab ist. Beides findet man noch heute in der Stadt Damaskus an einem Ort am Abhang des Berges Qasiyun, der Salihiyah genannt wird.

Muhibbuddin al-Tabari berichtet, dass seine Mutter die folgende Geschichte erzählt hat:

Muhyiddin Ibn Arabi hielt bei der Kaaba eine Predigt über die Bedeutung der Kaaba. Ich aber war innerlich mit dem, was er sagte, nicht einverstanden. In der darauffolgenden Nacht sah ich den Scheich im Traum. In diesem Traum sah ich Fakhruddin al-Razi, einen der größten Theologen jener Zeit, wie er mit großem Pomp und Zeremoniell auf Pilgerfahrt war und um die Kaaba herumging. Dabei fielen seine Augen auf einen einfachen Mann im Pilgergewand, der still dasaß. Da sagte er zu sich selbst: »Es ist eine Unverschämtheit, dass dieser Mann in der Gegenwart eines so bedeutenden Menschen, wie ich es bin, nicht aufsteht.«

Ein wenig später ging Fakhruddin al-Razi in die große Moschee von Mekka, um dort zu predigen. Die ganze Bevölkerung der heiligen Stadt hatte sich versammelt, um die Worte dieses großen Gelehrten zu hören, der die wichtigste Interpretation des Koran geschrieben hatte. Fakhruddin al-Razi stieg langsam zum Rednerpult empor und begann: »Oh große Gemeinschaft der Gläubigen« – und dann sagte er nichts mehr. Kein weiteres Wort kam aus seinem Munde. Es war, als wären alle Gedanken in seinem Geist ausgelöscht worden. Er begann vor Verlegenheit zu schwitzen. Er entschuldigte sich und sagte, er fühle sich nicht wohl, und verließ dann das Rednerpult ohne ein weiteres Wort.

Als er zu Hause ankam, betete er vorwurfsvoll zu Gott: »Oh Herr, was habe ich getan, dass Du mich mit solcher Verlegenheit bestrafst?« In der folgenden Nacht wurde ihm im Traum der Mann gezeigt, den er im Geheimen dafür getadelt hatte, dass er in seiner Gegenwart nicht aufgestanden

war. Es war der Muhyiddin Ibn Arabi. Tagelang suchte er
überall nach ihm. Doch gerade als er die Hoffnung aufgege-
ben hatte, ihn zu finden, klopfte es an seiner Tür und Ibn
Arabi stand vor ihm. Und als er diesen um Verzeihung bat,
wurde ihm sein Wissen zurückgegeben.

In jüngster Zeit gab es ein Ereignis, das einen anderen Gelehrten
betrifft, nämlich Ibrahim Haleri, den Imam der Fatih-Moschee in
Istanbul, der ein äußerst orthodoxer Mann war und ein Gegner der
religiösen Lehren des Ibn Arabi. Eines Tages befand er sich in einer
erregten Diskussion mit Menschen, die den Scheich verteidigten.
Dabei stampfte er mit dem Fuß auf dem Boden auf und sagte:
»Wäre ich dort gewesen, hätte ich ihm so den Schädel zertrüm-
mert!« Und dabei trat er auf einen riesigen Nagel. Die Wunde heil-
te niemals und verursachte schließlich seinen Tod. (Die Fatih-
Moschee hat keinen Holzboden, sondern einen Steinboden.)

Einer mündlichen Überlieferung zufolge sah Ibn Arabi eines
Tages in Damaskus einen auffallend schönen jüdischen Knaben.
Als er ihn anschaute, kam der Knabe zu ihm und sprach ihn mit
»Vater« an. Von diesem Tage an blieb er bei ihm. Der Vater des
Knaben suchte nach ihm. Er fand ihn schließlich bei dem Scheich
und wollte ihn wieder mitnehmen. Der Knabe aber erkannte ihn
nicht und blieb bei der Behauptung, der Scheich sei sein Vater.
Der entsetzte Vater sagte dem Scheich, er könne hundert Zeugen
benennen, um zu beweisen, dass der Knabe sein Sohn sei. Der
Scheich antwortete: »Wenn der Knabe behauptet, dass ich sein
Vater bin, dann bin ich sein Vater.« Hierauf ging der Vater vor
Gericht, um den Anspruch auf den Knaben durchzusetzen, wobei
er Hunderte von Zeugen namhaft machte. Als der Richter den
Scheich fragte, ob der Knabe ihm gehöre, da verlangte dieser, dass
der Knabe selbst befragt würde. Der Knabe behauptete, dass der
Scheich sein Vater sei. Dann fragte der Scheich die Zeugen, ob dieser jüdische Knabe den Koran auswendig gelernt hatte. Sie antworteten: »Wie sollte ein jüdischer Knabe den Koran auswendig lernen?« Der Richter forderte den Knaben auf, den Koran zu rezitie-
ren, was dieser hierauf mit großer Kunstfertigkeit und Schönheit
tat. Dann fragte der Scheich die Zeugen, ob der Knabe die Überlieferung des Propheten kannte. Sie antworteten: »Wie kann ein
jüdischer Knabe eine solche Wissenschaft beherrschen, die doch
nicht zu seiner Lebensart gehört?« Der Richter stellte dem Knaben

eingehende Fragen über die Überlieferung des Propheten. Der Knabe beantwortete jede von ihnen richtig und vollständig. Die Juden aber verstanden, dass hier ein Wunder geschehen war und traten zum Islam über.

Die folgende Geschichte findet sich gegen Ende der *Futuhat al-Makkiyah:* In der orthodoxen Atmosphäre einer Schule des religiösen Rechts erklärte ein Lehrer den Ursprung des arabischen Wortes *zindiq,* das »Irrlehrer« bedeutet. Im Scherz fragten ihn einige Schüler, ob es vielleicht von *zenuddin* käme, was »religiöse Frau« bedeutet. Ein anderer Schüler sagte ebenfalls im Scherz: »Zindiq ist einer wie der Muhyiddin Ibn Arabi, nicht wahr?« »Ja«, sagte der Lehrer kurz.

Das war zur Zeit des Fastenmonats Ramadan. Für den Abend hatte der Lehrer die Schüler zur Abendmahlzeit, die das Fasten des Tages beendet, in sein Haus eingeladen. Als sie dasaßen und gemeinsam auf den Beginn des Mahles warteten, trieben die Schüler wieder ihre Scherze mit dem Lehrer. Sie sagten: »Wenn du uns nicht sagen kannst, wer der größte Heilige unserer Zeit ist, werden wir unser Fasten nicht mit deinem Mahl beenden.« Der Lehrer antwortete, der größte Scheich aller Zeiten sei Muhyiddin Ibn Arabi. Die Schüler widersprachen und wandten ein, vorher in der Schule hätte er zugestimmt, als sie Ibn Arabi als Beispiel für einen Irrlehrer genannt hätten, und jetzt sollte dieser Scheich der größte Heilige der Gegenwart sein. Der Lehrer antwortete mit der Andeutung eines Lächelns um seine Lippen: »In der Schule waren wir unter der Orthodoxie, unter Gelehrten und Rechtswissenschaftlern. Hier aber sind wir unter uns Männern der Liebe.«

Einzelheiten aus dem Leben des Ibn Arabi

von Tosun Bayrak

IBN ARABIS VATER, ALI IBN MUHAMMED IBN ARABI, BEGAB

sich in vorgerücktem Alter nach Bagdad. Es war sein innigster Wunsch, nach seinem Tod einen Erben zu hinterlassen. Er besuchte den großen Scheich Muhyiddin Abd al-Qadir al-Gilani und bat ihn, zu Gott zu beten, damit Dieser ihm einen Sohn gewähren möge. Der Scheich zog sich zurück und ging in den Zustand der Versenkung ein. Nach seiner Rückkehr sagte er zu Ali Ibn Muhammed: »Ich habe die Welt der Geheimnisse geschaut, und es ist mir offenbart worden, dass du keine Nachkommen haben wirst. Verschwende daher deine Kraft nicht auf den Versuch, hieran etwas zu ändern.«

Der alte Mann war tief enttäuscht. Aber er gab nicht auf. Hartnäckig bat er: »Oh Heiliger, Gott wird dein Gebet sicher erhören. Ich bitte dich darum, dass du dich in dieser Sache für mich einsetzt.«

Darauf zog sich Scheich Abd al-Qadir al-Gilani noch einmal zurück und fiel in einen Zustand tiefer Versenkung. Nach einer Weile kam er wieder zurück und sagte, Ali Ibn Muhammed wäre kein Nachkomme bestimmt, ihm selbst aber wäre einer bestimmt, und er fragte den alten Mann, ob er diesen Sohn als den seinen haben wolle.

Der Besucher erklärte freudig sein Einverständnis. Mit ineinander verschränkten Armen stellten sich die beiden Männer Rücken an Rücken auf. Ali Ibn Muhammed erzählte die Begebenheit später so:

»Als ich mit dem heiligen Abd al-Qadir al-Gilani Rücken an Rücken stand, da fühlte ich, wie etwas Warmes von meinem Nacken abwärts auf meinen Rücken lief. Eine Zeit später wurde mir ein Sohn geboren, und ich gab ihm den Namen Muhyiddin, wie Abd al-Qadir al-Gilani es mir aufgetragen hatte.«

Muhyiddin Ibn Arabis voller Name war Abu Bakr Muhammed Ibn Ali Ibn Muhammed al-Hatimi al-Tai al-Andalusi. Man hat ihm viele Titel gegeben: *ash-shaykh al-akbar* (der größte Scheich), *khatim al-awliyah al-Muhammadi* (das Siegel der Heiligen des Mohammed), *ash-shaykh al-azam* (der erhabene Scheich), *qutb al-arifid* (die Achse des wahren Wissens), *imam al-munahiyuddin* (re-

ligiöses Oberhaupt der Bekehrten), *rahbar al-alam* (Führer der
Welt) und noch andere mehr. Über seine große Gelehrsamkeit hat
Ibn Jawziyah gesagt: »Ibn Arabi war wohl vertraut mit der
Alchimie, und er kannte das Geheimnis des größten Gottes-
namens, der im Koran verborgen liegt.« Scheich Saduddin Hamawi sagte: »Muhyiddin ist ein Ozean des Wissens, der keine Ufer
hat.«

Muhyiddin Ibn Arabi wurde am Montag, dem siebzehnten
Tage des heiligen Monats Ramadan des Jahres 560 islamischer
Zeitrechnung (28. Juli 1165) in der Stadt Murcia in der damals islamischen Provinz Andalusien in Spanien geboren. Sein Vater war
ein Sufi von sehr hohem Ansehen. In seiner frühen Kindheit
wurde Ibn Arabi von zwei weiblichen Heiligen entdeckt und gelehrt, nämlich von Yasmin von Marchena und Fatima von Cor-
doba. Im Alter von acht Jahren übersiedelte er mit seiner Familie
nach Sevilla, wo er bei Abu Muhammed und Ibn Bashkuwal stu-
dierte. Das waren zwei der größten theologischen Gelehrten der
prophetischen Tradition in jener Zeit. Als er neunzehn Jahre alt
war, sprach der berühmte Mystiker und Philosoph Ibn Rushd (im
Westen als Averroes bekannt) den Wunsch aus, mit ihm
zusammenzutreffen. Er war sehr bewegt von der großen Kraft, die
er von dem jungen Mann ausgehen fühlte, und er sagte zu seinem
Vater die Worte, die Ibn Arabi selbst aus seiner Erinnerung wie
folgt wiedergibt:

> Er dankte Gott, dass er in mir jemanden getroffen hatte, der
> sich als Unwissender zur geistigen Übung der Einsamkeit
> zurückgezogen und aus dieser dann in dem Zustand hervor-
> gegangen war, in dem ich mich befand. Er sagte: »Das ist
> etwas, wovon ich immer gewusst habe, dass es möglich ist,
> ohne dass ich bisher irgend jemanden getroffen hätte, an dem
> es sich vollzogen hat. Gepriesen sei Gott, dass ich zu einer
> Zeit lebe, in der es einen Meister gibt, der diese Erfahrung
> wirklich gemacht hat; einen von denen, die die Schlösser
> Seiner Tore öffnen. Gepriesen sei Gott dafür, dass Er mir die
> Gabe gewährt hat, einen solchen Menschen mit meinen
> Augen zu sehen.

Da Ibn Rushd durch das Gerücht darüber, »was Gott diesem jungen Mann im Zuge seiner geistigen Übung der Einsamkeit offen-

bart hatte«, aufmerksam geworden war, wissen wir, dass Ibn Arabi die erste Erfahrung mit dem Gegenstand dieses Buchs, nämlich dem mystischen Aufstieg in *khalwa,* gemacht hatte, noch bevor er zwanzig Jahre alt war. Das Buch *Reise zum Herrn der Macht* hat er aber erst zwanzig Jahre später geschrieben.

Im Jahr 1201, im Alter von sechsunddreißig Jahren, unternahm Ibn Arabi eine Pilgerfahrt nach Mekka. Dabei betete er zu Gott, dass ihm Dieser alles offenbaren möge, was in dieser Welt und in den geistigen Welten in Zukunft geschehen würde. Gott erfüllte seinen Wunsch und offenbarte ihm die Welt der Geheimnisse. Über diese Dinge sagte Ibn Arabi später:

> Ich kenne den Namen und den Stammbaum eines jeden *qutb,* der da kommen wird, bis zum Tage des Gerichts. Aber da es die sichere Vernichtung bedeutet, sich dem entgegenzustellen, was bestimmt ist, habe ich mich aus Mitleid mit kommenden Generationen dazu entschlossen, dieses Wissen für mich zu behalten.

Nach dieser Pilgerfahrt reiste Ibn Arabi durch Ägypten und den Irak; er besuchte Damaskus und hielt sich in Konya in der Türkei auf, wo er Sadruddin al-Qunawi traf, einen jungen Sufi-Gelehrten, dessen Mutter er heiratete. Der junge Sadruddin wurde einer seiner vertrautesten Jünger. Ibn Arabi bereicherte ihn mit bedeutendem geistigen und materiellen Wissen. Die *Reise zum Herrn der Macht,* die von ihrem Autor drei Jahre nach der Pilgerfahrt in Konya herausgegeben wurde, war wahrscheinlich an diesen jungen Mann gerichtet.

Im Jahr 1223 kehrte Ibn Arabi nach Damaskus zurück, wo er – sichtbar und unsichtbar –, mit anderen Sufi-Meistern zusammentraf. Dort verbrachte er den Rest seines Lebens. Man glaubt, dass er im Jahre 1240 gestorben ist.

Ibn Arabi erwähnt, dass er mit Khidr, dem geheimen Oberhaupt der Sufis, dreimal zusammengetroffen ist. Über das erste Zusammentreffen berichtet er so:

> Es war in der Frühzeit meines Studiums. Mein Scheich, Abu al-Hasan, hatte behauptet, eine bestimmte Lehre, von der die Rede war, stamme von einem bestimmten Lehrer. Aber den ganzen Tag über war ich in diesem Punkte anderer Meinung

als er. Als ich ihn verließ, traf ich auf meinem Heimweg einen Mann von besonderer Schönheit, der mich grüßte und mir sagte: »Was dein Lehrer dir gesagt hat, war richtig. Glaube ihm!« Ich lief zu meinem Scheich zurück und sagte ihm, was geschehen war. Er sagte mir, er hätte dafür gebetet, dass Khidr kommen und seine Lehre bestätigen solle. Als ich das hörte, beschloss ich ein für allemal, nie mehr wieder anderer Meinung zu sein als er.

Über sein zweites Zusammentreffen sagte er:

Ich war im Hafen von Tunis an Bord eines Schiffes. Eines Nachts konnte ich nicht schlafen und ging auf dem Deck des Schiffes spazieren. Ich betrachtete den vollen Mond in seiner Schönheit, als ich plötzlich einen großgewachsenen Mann mit weißem Bart auf mich zukommen sah, der auf dem Wasser an der Seite des Schiffes entlangging. Ich war erstaunt. Er kam auf mich zu, bis er unmittelbar vor mir stand, und stellte zum Gruße seinen rechten Fuß auf seinen linken. Ich sah, dass seine Füße nicht nass waren. Er begrüßte mich, sagte dann einige Worte und ging dann weiter auf die Stadt Menares zu, die dort auf einem Berge liegt. Zu meinem Erstaunen bewegte er sich mit jedem Schrill, den er tat, eine Meile weit fort. Aus der Ferne konnte ich noch hören, wie seine angenehme Stimme den *dhikr* sang. Am nächsten Tag ging ich in diese Stadt und traf dort einen Scheich, der mich fragte, wie mein Zusammentreffen mit Khidr gewesen sei und worüber wir gesprochen hätten.

Ibn Arabi drittes Treffen mit Khidr hat nach der Überlieferung in einer kleinen Moschee stattgefunden, die in Spanien am Ufer des Atlantik gelegen ist. Ibn Arabi verrichtete dort gerade seine Mittagsgebete. Er hatte einen Begleiter bei sich, der behauptete, es gebe keine Wunder. Außerdem waren noch einige andere Reisende in der Moschee. Plötzlich sah Ibn Arabi unter ihnen den gleichen Mann, den er in Tunis gesehen hatte. Dieser großgewachsene Mann mit seinem weißen Bart nahm seine stroherne Gebetsmatte aus der Gebetsnische, erhob sich vierzehn Fuß hoch in die Luft und sprach dort oben sein Gebet. Später kam er zu Ibn Arabi zurück, um ihm zu sagen, dass er das getan hätte, um den

Skeptiker zu überzeugen, der mit ihm gekommen war, der nicht zugeben wollte, dass es Wunder gibt.

Als Ibn Arabi über die geistige Stufe seines Lehrers, Scheich Abu al-Hasan Uriyani, hinausgelangt war, schrieb er an diesen einen Brief, in dem er sagte: »Wende dich in deinem Herzen an mich und stelle mir deine Fragen. Dann will ich mich in meinem Herzen an dich wenden und sie beantworten.« Nach einer Weile erhielt er von seinem Lehrer einen Brief, in dem es hieß:

Ich habe geträumt, dass alle Heiligen im Kreise standen, zwei Männer aber im Mittelpunkt. Einer von diesen war Abu al-Hasan Ibn Siban. Das Gesicht des anderen konnte ich nicht sehen. Dann hörte ich eine Stimme, welche sagte, der andere Mann in der Mitte wäre ein Andalusier und er wäre der *qutb* unserer Zeit. Dann wurde ein Vers aus dem Koran gesungen und beide warfen sich nieder. Und die Stimme sagte: »Wer von diesen als erster seinen Kopf erhebt, der wird der *qutb* sein.« Als erster erhob der Andalusier seinen Kopf. Ich stellte der Stimme eine Frage, in der es weder Buchstaben noch Worte gab. Und die Stimme antwortete mir, indem sie einen Hauch in meine Richtung tat. Dieser Hauch enthielt die Antworten auf all meine Fragen. Und mit diesem Hauch fielen alle Heiligen in diesem Kreis in Ekstase, und mit ihnen auch ich. Ich schaute in das Gesicht des Andalusiers, der im Mittelpunkt des Kreises war. Und das warst du, Muhyiddin Ibn Arabi.

Reise zum Herrn der Macht

Im Namen Gottes,
des Allgütigen und Allergnädigsten

LOB GEBÜHRT GOTT, DEM GEBER UND ERZEUGER DER Vernunft, Der die geistige Überlieferung angeordnet und eingesetzt hat. Sein ist die Gnade und die Macht. Von Ihm kommt alle Kraft und alle Stärke. Es gibt keinen Gott außer Ihm, dem Herrn des unermesslichen Thrones. Mögen Gottes Friede und Segen mit dem sein, der die Zeichen des Göttlichen Führers trägt und den Er mit dem Licht gesandt hat, durch das Er die Menschen nach Seinem Willen führt – und auch in die Irre führt; ebenso wie mit dessen edler Familie und seinen reinen Gefährten bis zum Tage des Gerichts.

Edler Freund und enger Gefährte, ich will deine Frage beantworten über die Reise zum Herrn der Macht (Er sei gepriesen!), über die Ankunft in Seiner Gegenwart und darüber, wie man durch Ihn zurückkehren kann von Ihm zu Seiner Schöpfung, ohne Ihn aber zu verlassen. Mit Sicherheit existiert nichts anderes als Gott, der Allerhöchste, Seine Eigenschaften und Seine Handlungen. Alles gehört Ihm, stammt von Ihm und bewegt sich auf Ihn zu. Würde Er für die Dauer eines Augenzwinkerns von der Welt getrennt werden, so würde die Welt in diesem Augenblick verschwinden. Die Welt kann nur dadurch bestehen, dass Er sie erhält und über sie wacht. Allerdings ist das Licht, das von Seiner Erscheinung ausgeht, so gewaltig, dass es unser Wahrnehmungsvermögen überschreitet und wir nur Seine Schöpfung erkennen können, die Ihn verhüllt.
Ich werde zuerst die Reise beschreiben, die zu Ihm führt (Gebe Allah den Erfolg!). Dann werde ich beschreiben, wie es ist, wenn man bei Ihm ankommt und vor Ihm steht.

Und ich werde beschreiben, was Er sagt, wenn du auf dem Teppich der Gottesschau sitzt. Dann beschreibe ich die Rückkehr von Seiner Gegenwart in die Gegenwart (*hadra*) Seiner Tätigkeit. Diese Rückkehr erfolgt mit Ihm und zu Ihm hin. Und ich werde den Zustand des Aufgehens in Ihm beschreiben, der weniger weitgehend ist als der Zustand jener Rückkehr.[1]

Wisse, oh edler Bruder, dass es zwar viele Pfade gibt, aber nur einen Weg der Wahrheit. Es sind nur Einzelne, die den Weg der Wahrheit suchen. Aber obwohl der Weg der Wahrheit nur einer ist, so hat er doch viele Gestalten je nach den Umständen, unter denen die Menschen leben, die ihn suchen, je nach der Stärke oder Schwachheit ihrer geistigen Natur, der Geradheit oder Abwegigkeit ihrer Absichten und je nach der gesunden oder krankhaften Art ihrer Beziehung zu ihrem geistigen Ziel. Einige Sucher

Anmerkungen aus dem Kommentar von Abd al-Karim al-Jili

1. Weil nämlich das Aufgehen (*istihlak*) ein *fana* (Aspekt der Vollkommenheit. Siehe Register der arabischen Fachausdrücke, Seite 149) ist, worin man nicht die Vielfalt der Manifestationen der einen Essenz erfährt, das heißt die vielfache Art, auf die diese Essenz in die Gegenwart der Namen heruntersteigt. Dieser Zustand des Erfahrens der Vielfalt ist eines der Charakteristika von *baqa*, das nach *fana* kommt, und ist die Ursache der Manifestation, jenes geliebte Wissen, um dessentwillen Er die Welt erschaffen hat.

2. »*Das Wissen um die Strukturen der einzelnen Bereiche*«: Dieses Wissen soll überschauend gegeben werden, nicht im Detail. [Die Bereiche] können nicht verstanden werden, solange du nicht weißt, woher du kommst, wo du bist und wohin du gehst. Dann aber wirst du ein allgemeines Wissen darüber haben, was jeder dieser Bereiche von seiner eigenen Essenz her oder durch seine Beziehung zu einem anderen Bereich oder aus beiden diesen Gründen erfordert. Auf diese Art bist du in der Lage, dich dem jeweiligen Bereich, in dem du dich befindest, entsprechend zu benehmen, und auch entsprechend jenem Bereich, in den du durch dein Verhalten in dem Bereich gebracht wirst, in dem du dich gegenwärtig befindest. »*Und ich werde deutlich machen, was diese Bereiche zu bedeuten haben, wenn man sich in ihnen befindet*«. Das heißt, welche Deutung davon ausgeht, dass du dich in diesem Bereich befindest, und nicht, welche Bedeutung der Bereich für sich allein gesehen hat. [Die absolute Natur dieser Bereiche] wirst du erst ent-

haben alle jene Eigenschaften, die für den geistigen Weg wünschenswert sind, andere wieder haben nur einige davon. So kann es zum Beispiel sein, dass das geistige Streben eines Menschen edel und gut ist, sein Gesundheitszustand aber ein Hindernis.

Und der Fall eines jeden ist diesem Prinzip unterworfen.

Ich muss hier zuerst das Wissen um die Strukturen der einzelnen Bereiche deutlich machen und sagen, was diese Bereiche zu bedeuten haben, wenn man sich in ihnen befindet. Unter Bereichen (*mawatin*) verstehe ich die Inhalte von Augenblicken, in denen Dinge Existenz bekommen und in denen die Wahrnehmung tatsächlich stattfindet. Du musst wissen, was die Wahrheit in jedem solchen Bereich von dir verlangt, damit du dich, ohne zu zögern und ohne Widerstand zu leisten, beeilen kannst, ihr zu gehorchen.[2]

decken, wenn du zu ihnen gebracht wirst. Daher wäre es nutzlos, jetzt darüber zu sprechen. Der Suchende muss tun, was das Wichtigste ist. Er muss jedem Bereich dadurch seinen Respekt zollen, dass er ihm gibt, was ihm gebührt; denn wenn ein Suchender von einem Bereich wieder weggebracht wird, ihm aber das entgangen ist, was er dort hätte erwerben sollen, wird er das niemals erlangen. Das führt zu einem Fehlschlag für immer. [Im Hadith heißt es:] »Eine der Schönheiten des Islams ist es, dass sich der Mensch nicht mit dem befasst, was ihn nicht betrifft« und »Die Zeit ist ein schneidendes Schwert. Wenn du sie nicht schneidest, dann schneidet sie dich.« [Und es wurde gesagt:] »Der Sufi ist der Sohn des Augenblickes« und »Die Gegenwart kehrt nicht wieder«.

Wisse, dass die Welt in jedem Augenblick durch einen überwältigenden Sieg der Einheit (*ahadiyah*) über die Vielheit zur Nichtexistenz verschwindet. Allerdings wird [in jedem Augenblick] durch die Autorität der essentiellen Liebe ein Abbild der soeben verschwundenen Welt erzeugt, denn die Existenz der Welt ist das Herankommen ihrer Nichtexistenz. So schreibt das Manifestierte dem an erster Stelle gelegenen Verborgenen die Manifestation vor, und so wird die Welt geschaffen. Als Nächstes schreibt das Verborgene dem zuerst manifest Gewordenen die Verborgenheit vor, und die Welt verschwindet. Dann kehrt die Autorität zum Manifestgewordenen zurück – und so geht das in Ewigkeit weiter. Das ist es, was »erneuerte Schöpfung« (*khalq jadid*) genannt wird. Die eingebildete Fortdauer der Dinge, die aus diesem Fluss ähnlicher Erscheinungen zu resultieren scheint, ist die Zeit, und die Bewegung ist deren Maß.

Alles außer Gott ist zeitlich. Wenn es unmöglich ist, dass die (wirkliche) Dauer eines Ereignisses mehr als einen Augenblick beträgt, dann ist *jedes* Geschehen »das Erzeugnis seines Augenblickes« und sonst nichts. Das Geschehen ist für

Obwohl es viele solche Bereiche gibt, lassen sie sich alle auf sechs grundlegende Bereiche zurückführen. Der erste Bereich ist [der vor unserer eigenen Existenz gelegene Bereich, in dem uns die Frage gestellt wird:] »Bin Ich nicht dein Herr?« Unsere körperliche Existenz hat uns aus diesem Bereich verbannt. Der zweite Bereich ist die Welt, in der wir jetzt sind. Der dritte Bereich ist der, durch den wir uns in der Zeit zwischen dem kleineren und dem größeren

seinen Augenblick notwendig, und der Augenblick ist das für das Geschehen notwendig. Oder vielmehr: Der Augenblick bestimmt im Wesentlichen das Geschehen, das von diesem nicht getrennt werden kann. So ist der Augenblick der Platz des Ereignisses oder sein Bereich (*watan*). Die Augenblicke sind unendlich, deshalb sind auch die Bereiche unendlich.

Wisse, dass die Erneuerung des Ähnlichen (die man sich als Zeit vorstellt) so vor sich geht, dass ein Ding verschwindet und dass sein Abbild auf das Ding folgt: Weiß wird nicht existent, und weiß wird wieder erzeugt. Würde ein Ding verschwinden und würde sein Gegenteil darauf folgen – das heißt: würde weiß verschwinden und würde schwarz erzeugt –, so würde das eine Veränderung in der Gestalt der Dinge bedeuten.

Wenn die Plätze der Ähnlichkeiten ihre Augenblicke sind, dann sind die Plätze der Augenblicke die Formen, aus denen ähnliche Formen neu geschaffen werden. Wenn man die einzelnen universellen Bereiche zur Gesamtheit in Beziehung setzt, dann ähneln sie der Struktur, die aus diesen Formen zusammengesetzt ist. Deshalb hat der Scheich gesagt: »*Unter Bereichen verstehe ich die Inhalte von Augenblicken, in denen Dinge Existenz bekommen und in denen die Wahrnehmung tatsächlich stattfindet*«. Gemeint ist: durch Fortschreiten von der Nichtexistenz zur Existenz, durch erneuerte Schöpfung. Auf dieser Ebene verweilt das Geschehen, während es geschieht. Verstehe das, denn das ist ein heikler Punkt.

»*Du musst wissen*«, oh Schüler, nachdem du das Wissen um die Bereiche erlangt hast, »*was die Wahrheit in jedem solchen Bereich von dir verlangt*«, in dem du gegenwärtig bist, »*damit du dich beeilen kannst, ihr zu gehorchen*« und damit du sie auf die beste Art zum Vorschein bringst, »*ohne zu zögern*«, das heißt, ohne dich mit Dingen zu befassen, die dich davon abhalten würden, denn das führt zu deiner Zerstörung, »*und ohne Widerstand zu leisten*« – den du wegen der Schwierigkeit dessen, was Gott hier von dir verlangt, in dir vorfindest –, denn das führt zu Trägheit und dazu, dass es dir nicht gelingt, die Wahrheit auf der Stelle zum Vorschein zu bringen.

3. »*Die Bereiche*«, über die wir versprochen haben, dich zu informieren, »*sind zwar viele*« vom Standpunkt ihrer Besonderheiten. Ihre Aufzählung übersteigt die Fähigkeiten des Menschen, und doch »*lassen sie sich alle*« in verständlicher Weise »*auf sechs grundlegende Bereiche zurückführen*«.

»*Der erste Bereich*« ist der Bereich des »*Bin ich nicht dein Herr?*« Das ist der Bereich, wo du vor deiner physischen Existenz gewesen bist als ein Atom, unter

Tod bewegen. Der vierte Bereich ist der der Auferstehung auf der erwachenden Erde und der Rückkehr zum Urzustand. Der fünfte Bereich ist der Garten und das Feuer. Der sechste Bereich ist die Sanddüne außerhalb des Gartens. In jedem dieser Bereiche sind Plätze, die wiederum Bereiche innerhalb der Bereiche sind. Die gesamte Vielfalt dieser Bereiche zu überblicken, ist mit den menschlichen Fähigkeiten allein nicht möglich.[3]

einer Schar von Geistern. Du wusstest, dass Gott den Wunsch hatte, dich in diesen Bereich zu verpflanzen, als Er dich wissen ließ, dass Er deine Einzigartigkeit aus reiner Großzügigkeit und Freundlichkeit geschaffen hatte. So hast du dich beeilt, sofort zu vollbringen [was von dir dort gewünscht wurde], ohne zu zögern, denn Er wünschte es und verlangte es unmittelbar. Die Autorität Seines Willens ist unwiderstehlich, besonders, wenn Sein Verlangen zugleich mit Seinem Willen und ohne Zwischenträger an dich herantritt.

Was von dir in jenem Bereich verlangt wurde, ist die Anerkennung Seiner Herrschaft. Er sagt (Er sei gepriesen!): »Und als dein Herr die Söhne Adams aus ihrer Manifestation als Atome herausnahm und sie zu Zeugen ihrer selbst mit den Worten aufrief ›Bin Ich nicht dein Herr?‹, da antworteten sie: ›Ja‹« (Koran 7:172). Hier liegt ein subtiles Geheimnis, das nur einer kennt, der mit der Wirklichkeit von Pflicht und Verantwortung vertraut ist. Als du dann aus der Höhe der Welt der Geister in die Tiefen der Welt der Körper heruntergestiegen bist, da hast du diesen Bereich vergessen und vergessen, was dir darin geschah. Wenn du dich suchend an Gott wendest, dann wirst du dich mit Gottes Willen daran erinnern [dass du Seine Herrschaft anerkannt hast]. Du wirst bei dieser Gelegenheit sagen, was das Siegel der Heiligkeit des Mohammed (Scheich Ibn Arabi; möge Gott an ihm Gefallen finden!) in folgendem Vers gesagt hat:

Ich habe Zeugnis gegeben für Dich, den König, vor unserem Leben,
Aus dem, was das Auge sah in einer Hand voll Atome,
Als ein besonderer Zeuge, dessen Wesen ich erst jetzt
    verstehe.
Zur Zeit, da das Zeugnis ich gab, war ich kein Opfer der Täuschung.
Den Weg, den ich nahm, nahm ich einfach und freudig.
Ich war nicht gefangen in den Fesseln einer Begrenzung.

Der Scheich hat sich auf die Trennung von diesem Bereich bezogen, als er sagte: »Unsere körperliche Existenz hat uns aus diesem Bereich verbannt.«

»Die Welt, in der wir jetzt sind« (der zweite Bereich) erstreckt sich nach den Worten des Scheichs von der inneren Oberfläche der Kugel der himmlischen Wohnungen bis hin zur Oberfläche der Erde.

»Der Zwischenraum« (al burzakh, der dritte Bereich) ist die Barriere zwischen dieser Welt und der nächsten. Der Scheich (Möge Gott an ihm Gefallen finden!) sagt:

Wisse, dass »der Zwischenraum« ein Ausdruck für etwas ist, was zwei verschiedene Dinge voneinander trennt, so wie die Trennungslinie zwischen Sonne und Schatten und wie Er sagt (Er sei gepriesen!) betreffend die Mischung der beiden Meere: »Zwischen ihnen ist eine Barriere (*barzakh*), welche sie nicht überschreiten können« (55:20). Die Beziehung des »nicht überschreiten können« ist, dass die beiden nicht zueinander kommen können, weil diese Trennungslinie zwischen ihnen ist. Der Gesichtssinn kann die andere Seite nicht sehen. Und wenn man sie plötzlich doch sieht, dann hört die Barriere auf zu existieren. Wenn eine Barriere besteht zwischen dem Bekannten und dem Unbekannten, zwischen dem Nichtexistierenden und dem Existierenden, dem Geleugneten und dem Anerkannten, dem Rationalen und dem Irrationalen, dann nennt man diese »den Zwischenraum« – und dieser Zwischenraum ist die Vorstellung.

Wenn du die andere Seite wahrnimmst – und Vernunft hast –, dann weißt du, dass dein Sehvermögen etwas gesehen hat, was existiert. Und doch weißt du mit Sicherheit, dass es sich dabei nicht in jeder Hinsicht um »Dinge« handelt. Was aber ist etwas, dessen Eigenschaft als »Ding« zugleich besteht und doch nicht besteht? Es ist eine Vorstellung, denn diese ist weder existierend noch nicht existierend, weder bekannt noch unbekannt, sie wird weder geleugnet noch anerkannt. Der Mensch begibt sich in seinem Schlaf und nach seinem Tod zu ihr, und er sieht ihre Gebilde als existierende verkörperte Formen. Daran gibt es keinen Zweifel. Der intuitive Mensch sieht in seinem Wachzustand, was der Schlafende im Schlaf sieht und der Dahingeschiedene nach seinem Tod.

»Der vierte Bereich ist der der Auferstehung«, die Versammlung der Menschen *»auf der erwachenden Erde«* (79:14). Es ist dies die Oberfläche der Erde. Sie wird »das Erwachen« genannt, weil dort sowohl der Wachzustand als auch der Schlaf der Menschen stattfindet. Der Scheich sagt:

> Wisse, oh Bruder, wenn die Menschen in ihren Gräbern stehen und Gott, der Allerhöchste, durch Seinen Willen anordnet, dass die Erde anders wird, als sie ist, dann wird die Erde mit Gottes Erlaubnis eine langgestreckte Form einnehmen und wird eine Brücke bilden über die Dunkelheit. Die ganze Schöpfung wird sich auf dieser Brücke befinden. Und dann wird Gott die Erde durch Seinen Willen umformen in eine andere Erde, die »das Wachsein« genannt werden wird. Diese ist dann eine Erde des Wissens um Gott. Nichts schläft auf ihr. Gott, der Strahlende und Erhabene, wird sie ausdehnen wie eine Haut. Bei dieser Ausdehnung, die Er durch Seinen Willen anordnet, wird Er sie stark machen, wo sie zuvor schwach war (indem Er sie größer und besser macht), und Er wird sie von einundzwanzig Teilen auf neunundneunzig vergrößern. Er wird sie ausdehnen, als wäre sie eine Haut. Dann wirst du keine Bosheit und keine Gesetzesübertretungen mehr auf ihr sehen.

»Rückkehr zum Urzustand«. Dieser Urzustand (*hafira*) bedeutet von der Etymologie des Wortes her den Weg, auf dem ein Mensch gekommen ist. Man sagt: »Dieser ist zu seinem Urzustand zurückgekehrt«, wenn er dahin zurückgekehrt ist,

woher er gekommen ist. Die Bedeutung der Redewendung: »Ich bin einer von denen, die zum Urzustand zurückkehren« ist, dass wir nach dem Tod als Lebendige zurückkehren.

»*Der fünfte Bereich ist der Garten*« – und der liegt zwischen der inneren Oberfläche der sternenlosen Sphäre und der inneren Oberfläche der Sphäre der himmlischen Wohnungen – und »*das Feuer*«, das sich von der inneren Oberfläche der Sphäre der himmlischen Wohnungen bis zum Mittelpunkt der Erde erstreckt. Denn die sieben Himmel und die Elemente werden nach der Teilung und dem Gericht ihre Form ändern und zur Hölle werden.

»*Der sechste Bereich ist die Sanddüne*« (73:14). Das ist ein Berg aus weißem Moschus, wo sich die Geschöpfe zu der Zeit aufhalten, da sie die Vision Gottes des Strahlenden und Erhabenen erleben. Diese Düne liegt »*außerhalb des Gartens*« denn es ist der Garten Eden, der die Befestigung und die Zitadelle außerhalb der anderen Gärten ist. Die meisten Menschen werden in die Gegenwart und die Eigenschaften des Königs nur dadurch eintreten, dass sie diesen Platz besuchen.

»*Und in jedem dieser*« sechs Bereiche, die wir erwähnt haben, »*sind Plätze, die wiederum Bereiche innerhalb der Bereiche sind. Die gesamte Vielfalt dieser Bereiche zu überblicken, ist mit den menschlichen Fähigkeiten allein nicht möglich. In unserer gegenwärtigen Lage brauchen wir nur eine Erklärung für den Bereich dieser Welt, die der Platz unserer Verantwortung, unserer Prüfungen und unserer Arbeit ist,*« was [Göttlichen] Segen in den darauffolgenden Bereichen erforderlich macht, denn unter diesen Bereichen ist keiner, in dem es Verpflichtungen gibt (besonders die Verpflichtung, sich für den Dienst an Gott – *taklif* – zu entscheiden), ausgenommen dieser eine. Diese Tatsache deutet auf das Geheimnis hin [das mit dem Wort ausgedrückt wird:] »Der Augenblick erstreckt sich nicht auf seine Belohnung.«

Wenn du sagen würdest, dass die moralische Verantwortlichkeit so verteilt ist, dass Kinder und Verrückte jedenfalls den Bereich der Auferstehung erreichen und dass unsere gegenwärtige Welt die Wurzel aller anderen Bereiche ist, so dass die Bereiche des Zwischenraums, der Auferstehung, des Gartens, des Feuers und der Sanddüne gerade die sind, die zur Manifestation dieses weltlichen Bereiches gehören, dann könntest du folgerichtig davon ausgehen, dass alle diese Bereiche in besonderer Weise von Pflichten abhängig sind. Verstehe aber, dass dies nicht der Fall ist. Wenn du darüber nachdenkst, wirst du finden, dass Pflicht eine (charakteristische) Erscheinung des Bereichs der gegenwärtigen Welt ist. Sofern auch im Bereich der Auferstehung Pflichten erscheinen, geschieht das nicht deshalb, weil das dort charakteristisch wäre. Der Bereich der Auferstehung, anders als der Bereich der gegenwärtigen Welt, verlangt seinem Wesen nach keine Pflicht. Er verlangt Abrechnung und gerechte Zuteilung, sonst nichts. Wenn [die gegenwärtige Welt] aus ihrer charakteristischen Struktur heraus Pflichten verlangt, dann könnte sie auch gerechte Zuteilung verlangen, aber nur durch etwas, was nicht ihre charakteristische Struktur ist, so wie auch die Auferstehung Pflichten verlangt, aber nicht Kraft ihrer essenziellen Struktur.

Der Scheich erwähnt die Strukturen der Bereiche nicht weiter, sondern er behauptet, dass wir keine von ihnen hier beschreiben müssen, außer den Bereich der gegenwärtigen Welt.

In unserer gegenwärtigen Lage brauchen wir nur eine Erklärung für den Bereich dieser Welt, die der Platz unserer Verantwortung, unserer Prüfungen und unserer Arbeit ist.

Wisse, dass die Menschen nicht aufgehört haben, Wanderer zu sein, seit Gott sie aus dem Nichts erschaffen hat. Es gibt für sie auf dieser Reise keinen anderen Rastplatz als den Garten oder das Feuer, und jeder Garten und jedes Feuer entspricht dem Anteil seiner Menschen. Jeder vernünftige Mensch muss wissen, dass die Reise auf der Mühsal und den Plagen des Lebens beruht, auf Heimsuchungen und Prüfungen und auf dem Hinnehmen von Gefahren und sehr großem Schrecken. Es ist unmöglich, dass ein Reisender auf dieser Reise nur Annehmlichkeiten, Sicherheit oder Glückseligkeit findet.

Denn das Wasser kann verschiedene Arten von Geschmack haben; das Wetter verändert sich, und der Charakter der Menschen ist an jenem Platz, an dem man sich aufhält, anders als am nächsten. Der Reisende muss lernen, was in jeder Situation für ihn von Nutzen ist. Nur für eine Nacht oder für eine Stunde jeweils ist er der Gefährte eines

---

4. »*Aufgehen in der Wirklichkeit durch Auflösung ihrer Beziehungen zu den Welten*«. Das ist ein technischer Ausdruck. Der Scheich sagte, dass diese »Auflösung der Beziehungen« (*mahq*) das eigentliche Auftreten deiner Existenz in der Welt ist, das durch Ihn geschieht und eine Vizeregentschaft und eine Stellvertretung Seiner Person begründet, so dass danach die Herrschaft über die Welt dein ist. Die »Auflösung der Auflösung« (*mahq al-mahq*) ist dein Erscheinen als Seine Verschleierung. In der »Auflösung der Auflösung« verhüllst du Ihn, so dass die Menschheit dir wie einem Geschöpf begegnen, ohne dass dies seine Richtigkeit hätte (der Regel entspräche), denn sie können nicht wissen, dass Gott dich als Seine Verkleidung zu ihnen gesandt hat, solange sie nicht selbst ihre Augen zu Ihm wenden. So steht die »Auflösung der Auflösung« im Kontrast zur »Auflösung der Beziehungen«. Sie ist nicht eine übertriebene Weiterentwicklung der Auflösung der Beziehungen. Vielmehr ist sie wie die »Nichtexistenz der Nichtexistenz«.

Tatsächlich ist der Diener bei seinem Aufbrechen von der Gegenwart Gottes zur Schöpfung mit den Mitteln ausgestattet, ein Herrscher unter den Menschen zu sein. Dessen sind sich die Menschen nicht bewusst, obwohl sie von einigen dieser Herrscher als Boten gehört haben könnten (Der Friede und der Segen Gottes sei mit ihnen!), die Gott einst als Seine stellvertretenden Regenten auf die

anderen, dann geht seine Reise wieder weiter. Wie kann
man da vernünftig von jemandem erwarten, dass er sich
unter solchen Umständen wohlfühlt?

Diese Worte sind nicht für jene Menschen bestimmt,
die den Annehmlichkeiten dieser Welt zugetan sind, die
nach diesen Annehmlichkeiten streben und der Suche
nach weltlichem Reichtum ergeben sind. Wir beschäftigen
uns nicht mit denen, die dieser kleinlichen und verach-
tenswerten Beschäftigung nachgehen, und wir richten
auch nicht unsere Aufmerksamkeit auf sie. Vielmehr sind
diese Worte nur als Ratschlag für jene gedacht, die den
Wunsch haben, die Glückseligkeit der geistigen Betrachtung in anderen Bereichen als in diesem hier bald zu erfahren und früher den Zustand von *fana,* der Auflösung, zu
erreichen, anders als auf die gewöhnliche Weise, und die
sich nach dem Aufgehen in der Wirklichkeit sehnen durch
Auflösung ihrer Beziehungen zu den Welten.[4]

Die Meister unter uns sind kritisch, was dies [diesen
Ehrgeiz] betrifft, denn es ist eine Zeitverschwendung und
ein Verlust an (wahrer) Würde und bringt die Welt mit
dem in Beziehung, was nicht mit ihr zusammengehört.[5]

Erde gesandt hat, um Sein Gericht wirksam werden zu lassen. Gott hat diese
Fähigkeit in den Erben [der Propheten] verborgen, die nichtsdestoweniger
Vizeregenten sind, auch wenn man ihrer nicht gewahr wird.

Wisse, dass unter den Menschen Gottes, die »Auflösung der Auflösung« schon
in dieser Welt zur Vollendung gebracht wird, die »Auflösung der Beziehungen«
aber erst in der nächsten. Allerdings gelangen nur die größten Auserwählten unter
den Menschen Gottes mit Erfolg zur »Auflösung der Auflösung«, denn diese ist
den erleuchteten Geistern vorbehalten. Nur der Auserwählte erreicht mit Erfolg
die »Auflösung der Beziehungen«, denn sie ist für die erleuchteten Seelen. Möge
Gott uns Teil der Auflösung Seiner Auflösung werden lassen; möge das, was Sein
ist, Ihm allein zugeschrieben werden!

5. »*Die Meister unter uns sind kritisch, was dies betrifft.*« Wir empfehlen nicht
Kontemplation und *fana* und das Aufgehen im Wirklichen durch Abbrechen der
Beziehungen zu dieser Welt. Tatsächlich sind *»die Meister unter uns«* – die
Gesellschaft der Heiligen – *»kritisch, was das betrifft.*« Darauf bezieht sich Sein
Ausspruch (Er sei gepriesen!): »Der Messias hat auf keine Weise geleugnet, ein
Diener Gottes zu sein« (4:172). *»Denn es ist keine Zeitverschwendung«,* wir sollten

Denn die Welt ist das Gefängnis des Königs, und nicht Sein Haus; und jeder, der den König in Seinem Gefängnis aufsucht und sich nicht gänzlich aus diesem zurückzieht, der verstößt gegen die Regel des rechten Betragens (*adab*), und etwas sehr Wichtiges entgeht ihm. Denn der Zustand von *fana* in der Wahrheit ist das Aufgeben eines erreichten Zustandes zugunsten eines höheren.

Die Offenbarung entspricht stets dem Ausmaß und dem Inhalt des Wissens. Das Wissen um Gott, das du in deinen Kämpfen während deiner Lehrzeit von Ihm erlangst, kommt erst danach in der geistigen Betrachtung zu dir. Aber was du in der Betrachtung über Ihn erfährst, ist jenes Wissen, das du dir schon vorher geschaffen hast. Der ganze Fortschritt besteht nur in der Übertragung aus dem Reich des Wissens (*ilm*) in das der Schau (*ayn*). Der Inhalt ist aber derselbe.

unsere Zeit nützen für Bemühung, Beobachtung und das Erwerben der Göttlichen Wissenschaften der Frömmigkeit. Auch weil das »*ein Verlust an* (*wahrer*) *Würde*« ist, nämlich an innerer Schau und am Aufgehen in der nächsten Welt.

Das Ausmaß der Gottesschau in der nächsten Welt entspricht dem Maß an Wissen um Gott, das wir hier erworben haben. Deshalb ist diese Welt dazu da, dass wir hier durch unsere Anstrengung Wissen erwerben. Die nächste Welt ist dann der Ort der Leichtigkeit und der Kontemplation. In der Zeit, die du in dieser Welt in Kontemplation verbringst, verlierst du an Wissen, das, hättest du es erworben, deine Kontemplation in der nächsten verbessert hätte. Daher bringt Kontemplation, die in dieser Welt unternommen wird, einen Mangel an erworbenem Wissen. Und das bedeutet einen Verlust an der Würde deiner Kontemplation in der nächsten Welt, denn die Kontemplation entspricht dem Ausmaß des Wissens. In *dieser* Welt hast du die Kontemplation auf Ihn erst unternommen, nachdem du Ihn in einem gewissen Ausmaß kennengelernt hast; und was du gesehen hast, war die Form deines Wissens. Dieses Wissen, das die Basis deiner Kontemplation gebildet hat, wurde auf der Suche nach größerem Wissen erworben. Hättest du dieses größere Wissen erworben, dann wäre deine Kontemplation entsprechend tiefer geworden. Wenn dir Kontemplation in dieser Welt entgeht, weil du dich um das Wissen bemühst, dann wird sie dir im nächsten Leben nicht entgehen. Aber wenn dir wegen der Kontemplation in dieser Welt Wissen entgeht – denn Kontemplation ist ein *fana*, mit dem kein Bewusstsein einhergeht –, dann wird dir in der nächsten Welt Kontemplation entgehen. Das ist ein Verlust an der Würde der inneren Schau.

Du erfährst [in der Betrachtung] das, was du in dessen eigenem Bereich belassen sollst, nämlich im Haus der anderen Welt, in der es keine Arbeit gibt. So wäre es besser für dich, wenn du zur Zeit deiner Betrachtung äußerlich mit Arbeit beschäftigt wärest und zur selben Zeit innerlich beim Erlangen von Wissen, das von Gott zu dir kommt. Dann würden Tugend und Schönheit wachsen sowohl in deiner geistigen Natur, die ihren Herrn durch das Wissen sucht, das du von Ihm für deine Frömmigkeit und deine guten Werke erhalten hast, als auch in deiner persönlichen Natur, die ihr Paradies sucht. Denn die höhere Natur des Menschen erlebt ihre Auferstehung in der Form ihres Wissens, und die Körper erleben ihre Auferstehung je nach der Form ihrer Werke entweder in Schönheit oder in Hässlichkeit.

Was den Verlust in Bezug auf die »Auflösung der Beziehungen« angeht, wisse, dass die Manifestation der Stellvertretung und der Vizeregentschaft für Gott nicht geziemend ist, ausgenommen in der nächsten Welt, wo es weder Verpflichtungen gibt, noch eine Versteinerung der Kategorien des Seins. In der nächsten Welt (in Nachahmung dessen, was der Koran als das schöpferische Handeln Gottes beschreibt) sagt der *Mensch* zu einem Ding: »Sei!«, und es ist. So wurde auch berichtet, dass Gott zu den Menschen des Gartens eine Botschaft folgenden Inhalts sandte (Und Gott weiß es am besten!): »Ein Brief vom immerwährenden Leben an das immerwährende Leben. Ich sage zu einem Ding ›Sei!‹, und es ist; und Ich habe es so eingerichtet, dass auch du zu einem Ding sagst ›Sei!‹ und es ist.« Und jene dort sagen niemals zu einem Ding »Sei!«, ohne dass es danach wirklich existiert. Das ist die Essenz der Manifestation der Vizeregentschaft, und diese Welt ist dafür nicht geeignet, denn diese Welt ist das Haus der Arbeit und der Verantwortung; und der Grad, bis zu dem die Vizeregentschaft hier in Erscheinung tritt, ist der Grad, zu dem sie in der nächsten Welt verloren geht. Wie Gott der Allerhöchste gesagt hat: »Du hast deinen Segen im Leben dieser Welt aufgebraucht« (46:20).
Allerdings ist dies nur dann der Fall, wenn die Manifestation der Vizeregentschaft in dieser Welt nicht auf Göttliche Anordnung hin erfolgt. Wenn sie auf Göttliche Anordnung hin erfolgt – wie das bei den Göttlichen Sendboten der Fall ist –, sind die Meister nicht kritisch in Bezug auf das, was »die Welt« (damit ist diese Welt gemeint) »*mit dem in Beziehung bringt, was nicht mit ihr zusammengehört*:« der Manifestation der Vizeregentschaft und dem Verzicht auf den Erwerb von Wissen.

So ist das bis zu deinem letzten Atemzug, da du von der
Welt der Pflicht und zugleich vom Bereich der aufwärts
führenden Pfade und der Vorwärtsentwicklung getrennt
wirst. Erst dann wirst du die Frucht ernten, die du ge-
pflanzt hast.

Wenn du alles verstanden hast, wisse (Möge Gott uns
beiden darin Erfolg gewähren!): Wenn du die Gegenwart
der Wahrheit betreten und von Ihm ohne Vermittler etwas
empfangen willst, und wenn du dich nach dem vertraulichen Umgang mit Ihm sehnst, so wird das dennoch nicht
möglich sein, solange dein Herz ein Herrschaftsverhältnis
zu irgendeinem anderen anerkennt außer zu Ihm, denn du
gehörst immer dem, was eine Autorität für dich bedeutet.
Daran gibt es keinen Zweifel. Daher wird es unvermeidlich für dich sein, dass du dich vor den Menschen zurückziehst und dass dir die Einsamkeit (*khalwa*)⁶ lieber ist als
menschliche Beziehung, denn das Ausmaß deines Ab-
stands von der Schöpfung ist zugleich das Ausmaß deiner
Nähe zu Gott – sowohl äußerlich als auch innerlich.

Deine erste Pflicht ist es, jenes Wissen zu suchen, das dich
zu den Gewohnheiten der Waschung und des Gebets, des
Fastens und der geistigen Ehrerbietung führt. Du bist
nicht verpflichtet, mehr zu suchen als das. Das ist das erste
Tor, an dem die Reise beginnt. Dann kommt die Arbeit,
dann die moralische Vorsicht, dann die Askese und dann
das Vertrautsein. Im ersten Zustand dieses Vertrautseins
wirst du vier Wundern begegnen. Diese sind die Zeichen
und Beweise dafür, dass du den ersten Zustand des

---

6. »*Khalwa*«: Der Scheich sagte: »Wisse (Und möge Gott der Allerhöchste uns
dabei Erfolg gewähren!), dass die Wurzel von *khalwa* ein heiliges Gesetz ist: ›An
jeden, der sich bei sich selbst an Mich erinnert, an den erinnere Ich Mich; und
jeder, der während einer Versammlung Meiner gedenkt, dessen gedenke Ich in
einer besseren Versammlung als der seinen‹ (Hadith *qudsi*).« Die Wurzel von *al-
khalwa* ist *khala*, die Leere, in der die Welt (vor ihrer Erschaffung) existiert hat.

Vertrautseins erreicht hast. Diese Zeichen sind das Durchqueren der Erde, das Gehen auf dem Wasser, das Durchqueren der Luft und das direkte Beziehen der Nahrung aus dem Universum. Diese Dinge verwirklichen sich in diesem Zustand. Von da an kommen noch weitere Zustände, Wunder und Offenbarungen zu dir, in einem stetigen Strom bis zu deinem Tod.

Suche um Gottes Willen nicht die Einsamkeit, bevor du weißt, in welchem Zustand du bist und einschätzen kannst, wie groß deine Kraft ist, deinen bloßen gedanklichen Vorstellungen Widerstand zu leisten. Wenn du von deinen Vorstellungen beherrscht wirst, darfst du nicht die Einsamkeit suchen, außer auf Empfehlung eines Scheichs, der Unterscheidungskraft hat und weiß, was er tut. Wenn du aber deine Vorstellungskraft beherrschen kannst, suche furchtlos die Einsamkeit.

Bevor du das aber tust, musst du dir Disziplin auferlegen. Geistige Disziplin (*riyada*) bedeutet charakterliche Erziehung, Aufgabe der Sorglosigkeit und Ertragen von Erniedrigungen. Wenn jemand die Einsamkeit sucht, noch ehe er Disziplin erlangt hat, dann wird er niemals ein richtiger Mann werden, außer in seltenen Fällen.

Wenn du dich von der Welt zurückziehst, hüte dich vor Menschen, die dich besuchen und dir nahekommen, denn wer sich vor den Menschen zurückzieht, der öffnet nicht seine Tür ihren Besuchen. In der Tat ist der Zweck der Zurückziehung die Trennung von den Menschen und vom Zusammensein mit ihnen. Der Zweck der Trennung von den Menschen ist nicht das Verlassen ihrer körperlichen Gegenwart, sondern er besteht darin, dass weder dein Herz noch dein Ohr ein überflüssiges Wort aufnehmen soll, das Menschen dir sagen. Dein Herz wird nicht frei vom irren Wahn der Welt, solange es nicht von ihr Abstand hält. Jeder, der sich in sein Haus »zurückzieht« und dabei seine Tür für Besucher offenhält, der sucht in Wahrheit eine

Führerrolle und Ansehen. Er wird von der Schwelle des Allerhöchsten Gottes hinweggewiesen. Einem solchen Menschen ist die Vernichtung näher als sein eigenes Schuhband. Um Gottes Willen, um Gottes Willen, schütze dich vor der Täuschung des Ego in diesem Zustand, denn das Ego ist der größte Zerstörer der Welt. So schließe deine Tür zur Welt. Dann wird auch die Tür deines Hauses die Menschen deiner Umgebung von dir fernhalten.

Beschäftige dich mit *dhikr,* dem fortwährenden Gedenken an Gott, was immer für ein Mittel (*dhikr*) du dafür wählst. Das höchste dieser Mittel ist der Name des Allerhöchsten. Du verwendest es, wenn du immer nur sagst »Allah, Allah« und nichts außer »Allah«.

Schütze dich vor der Heimsuchung durch irregeleitete Vorstellungen, die dich bei deiner Übung stören. Achte auf deine Ernährung. Es ist besser, wenn das, was du isst, nahrhaft ist, aber es sollte kein tierisches Fett enthalten.[7] Hüte dich sowohl vor vollständiger Sättigung als auch vor übertriebenem Hunger. Halte dein Körperbefinden im Gleichgewicht, denn wenn dein Körper ausgetrocknet ist, dann führt das zu falschen Vorstellungsbildern und langen fiebertraumähnlichen Zuständen.

Wenn es – und das wäre wünschenswert – Einflüsse geben sollte, die auf dein Befinden einwirken[8], dann musst du zwischen engelhaften und dämonischen Einflüssen unterscheiden. Das Kriterium der Unterscheidung ist der

---

7. »*Es ist besser, wenn das, was du isst, nahrhaft ist*«, damit deine Gesundheit nicht durch Austrocknung aus dem Gleichgewicht gerät; »*aber es sollte kein tierisches Fett enthalten*«, denn das tierische Fett stärkt die Tierhaftigkeit, und deren Prinzipien würden dann in dir stärker sein als die geistigen Prinzipien.

8. »*Wenn es Einflüsse geben sollte, die auf dein Befinden einwirken*«, wie zum Beispiel Schmerzen, die den Propheten Gottes in der Zeit zwischen der Ankunft des Erzengels Gabriel und dem Herabsteigen [des Korans] in sein reines Herz befallen haben. Dieser Zustand drückte die Gegenwart [des Gabriel] aus. Weil [die Natur eines Engels mit der Natur des Menschen] nicht vereinbar ist, war dies sehr schwer für den Propheten. Sein Gesundheitszustand wurde strapaziert, und er schwitzte an den Brauen.

Zustand, in dem du dich befindest, nachdem sich der Einfluss ausgewirkt hat. Auf engelhafte Einflüsse folgt Kühle und Glückseligkeit. Du fühlst keinen Schmerz, du erleidest keine Veränderung deines Geisteszustandes[9] und der Einfluss hinterlässt dir ein bestimmtes Wissen.

Wenn es aber ein dämonischer Einfluss war, kommt es in dir zu Störungen der physischen Orientierung, zu Schmerz, Verzweiflung, Verwirrung und Schlechtigkeit, und ein Zustand geistiger Zerrüttung bleibt zurück. Schütze dich, indem du nicht aufhörst, das *dhikr* in deinem Herzen solange zu wiederholen, bis Gott den dämonischen Einfluss von dir genommen hat.[10] Das ist in dieser Lage erforderlich.

Sprich klar aus, was du im Sinne hast. Wenn du dich in die Einsamkeit zurückziehst, so tue es mit dem festen Vorsatz, dass nichts für dich so bedeutungsvoll sein soll wie Gott. Zu jeder Gestalt, die dir in der Einsamkeit erscheint und sagt: »Ich bin Gott«, sage: »Vielmehr gepriesen sei Gott als diese Erscheinung! Du bist *durch* Gott.« Erinnere dich an die Gestalt, die du gesehen hast, wende aber deine Aufmerksamkeit von ihr ab und beschäftige dich fortwährend mit *dhikr*.

Das ist der eine Vorsatz, den zu fassen musst. Der zweite ist, dass du in der Einsamkeit von Ihm nichts anderes zu erlangen suchst als Ihn selbst und dass du deine *himma,* die Willenskraft deines Herzens, an nichts anderes hängen

---

9. *»Du erleidest keine Veränderung deines Geisteszustandes«:* Wenn der Einfluss auf der Ebene der abstrakten Essenzen seinen Ursprung nimmt und dich auf der Ebene der Welt der Bilder erreicht, dann erleidest du durch seine Wirkung keine Veränderung deines Geisteszustandes.

10. *»Bis Gott den dämonischen Einfluss von dir genommen hat«,* denn Gott ist der Gefährte dessen, der von Ihm spricht; und der Teufel hält sich in Entfernung von Gott dem Allerhöchsten. So findet man Gott und den Teufel niemals in derselben Gesellschaft.

wirst als an Ihn. Wenn alles im Universum vor dir ausgebreitet wird, nimm es gnädig entgegen, aber mache dort nicht halt. Sei hartnäckig in deiner Suche, denn Er prüft dich. Wenn du dich mit dem zufrieden gibst, was dir angeboten wird, dann wird Er dir entkommen. Aber wenn du Ihn selbst erlangst, wird dir nichts entgehen. Wenn du das weißt, dann wisse auch, dass Gott dich durch jene Dinge prüft, die Er dir anbietet. Was Er dir zuerst enthüllt, ist Seine Gabe der Herrschaft über den Bereich der Materie, wie ich das jetzt im Folgenden erklären will: Die Welt der Sinnesgegenstände, soweit sie dir verborgen war, wird dir enthüllt werden, so dass Wände und Schatten dir nicht mehr verbergen können, was die Menschen in ihren Häusern tun.

Wenn dir aber Gott das Geheimnis eines anderen zu wissen gegeben hat, bist du verpflichtet, es nicht auszuplaudern. Würdest du es ausplaudern und sagen, dieser hier ist ein Ehebrecher, jener ein Trinker, jener ein Verleumder und jener ein Dieb, dann wärest du selbst ein großer Sünder und der Satan wäre in dich gefahren.

Darum handle in Übereinstimmung mit Gott, Dem man auch den Namen *al-Sattar,* der Verhüller, gegeben hat. Wenn ein solcher Mensch zu dir kommt, gib ihm eine vertrauliche Warnung wegen seiner Taten. Gib ihm den Rat, sich vor Gott zu schämen und die Grenzen der Göttlichen Gesetze nicht wieder zu übertreten. Wende dich von dieser erweiterten Wahrnehmung soviel als möglich ab und beschäftige dich mit *dhikr.*

Ich werde jetzt erklären, wie man den Unterschied zwischen wirklicher und eingebildeter übersinnlicher Wahrnehmung erkennen kann. Das geht so: Wenn du einen Menschen siehst oder einen materiellen Vorgang, und wenn diese Wahrnehmung auch dann noch vorhanden ist, wenn du deine Augen schließt, dann ist sie eine Einbildung. Aber wenn sie in diesem Augenblick verschwindet, ist dein Bewusstsein wirklich in Verbindung mit dem Ort, den du in der Wahrnehmung gesehen hast. [Wenn es solcherart eine übersinnliche Wahrnehmung ist,] dann tritt Folgendes ein:

Wenn du deine Aufmerksamkeit von der Wahrnehmung abwendest und dich wieder mit *dhikr* beschäftigst, dann bewegst du dich von der Wahrnehmungsebene weg, hin zur Ebene der Vorstellung. Dort kommen dann abstrakte Ideen zu dir, die aber die Form von Sinneswahrnehmungen haben. Das Hinuntersteigen in diesen Bereich ist schwierig, weil niemand weiß, was mit diesen Erscheinungsbildern gemeint ist, außer einem Propheten oder einem gerechten Menschen, dem Gott das entsprechende Wissen verleiht.

Befasse dich nicht mit diesen Dingen. Wenn man dir etwas zu trinken anbietet, wähle Wasser. Wenn kein Wasser zur Auswahl steht, wähle Milch. Wenn dir beides angeboten wird, mische das Wasser mit der Milch. Das gilt auch für Honig. Iss ihn. Sei aber vorsichtig mit dem Trinken von Wein, wenn er nicht mit Regenwasser gemischt ist. Lehne es ab, ihn zu trinken, auch wenn er mit dem Wasser von Flüssen oder Quellen gemischt ist.[11] Beschäftige dich mit *dhikr,* solange bis die Welt der Vorstellungen von dir hinweggenommen und dir die Welt der von der Materie befreiten abstrakten Bedeutungen offenbart wird.

---

11. *»Wenn man dir etwas zu trinken anbietet«* im Zuge dieser Offenbarung, *»wähle Wasser«*, denn dieses ist die Form des absoluten Wissens. *»Wenn kein Wasser zur Auswahl steht, dann wähle Milch«*, das Symbol der reinen ursprünglichen Religion. Wie der Prophet (Friede und Segen seien mit ihm!) es getan hat, als er zum Himmel hinaufstieg [und man ihm eine ähnliche Wahl anbot], denn Milch ist die äußere Form des Wissens um die heiligen Wege. *»Und wenn dir beides angeboten wird, mische das Wasser mit der Milch«*, denn das ist die Form der Beziehung zwischen dem übrigen Wissen und dem vorgeschriebenen Wissen um die heiligen Gesetze, das heißt die Beziehung eines jeden zu diesen Dingen und deren Beziehung zu jedem von ihnen. *»Das gilt auch für Honig. Iss ihn«*, denn er

Beschäftige dich mit *dhikr,* dem Gedenken, so lange bis Der, Dessen du gedenkst, vor dir erscheint. Im Augenblick, da Er erscheint, erlischt deine Anrufung, die du zum Gedenken übst. Allerdings kann das [Verschwinden des *dhikr*] nicht nur in der geistigen Betrachtung sondern auch im Schlaf geschehen. Die Unterscheidung zwischen diesen beiden Fällen geschieht danach, dass geistige Betrachtung eine Erinnerung hinterlässt und dass Glückseligkeit auf sie folgt, wohingegen der Schlaf keine Spuren und beim Erwachen Reue und die Bitte um Verzeihung hinterlässt.

Der Allmächtige Gott breitet als Prüfung die einzelnen Stufen der Schöpfung vor dir aus. Es ist deine Pflicht, diese Erfahrungen zu durchleben. Zuerst wirst du die Geheimnisse der Welt der Mineralien entschleiern. Du wirst mit dem Geheimnis eines jeden Steins und mit seinen schädlichen und nützlichen Eigenschaften vertraut werden. Wenn du dich in diese Welt verliebst, wird sie dich gefangen nehmen, und du bleibst Gott fern. Er wird dir alles wieder nehmen, woran du gehangen hast, und du wirst verloren sein. Aber wenn du nicht abhängig bist, dich mit *dhikr* beschäftigst und an der Seite Dessen, Den du an-

---

ist die äußere Form des erlaubten philosophischen Wissens und der geheiligten Systeme, die von Philosophen niedergelegt und von Priesterschaften weitergegeben wurden, um Gott zu gefallen. *»Sei aber vorsichtig mit dem Trinken von Wein«,* wenn dieser ungemischt ist. Du wirst von ihm auf Abwege geführt – denn er ist die äußere Form des Wissens um die einzelnen Zustände, *»wenn er nicht mit Regenwasser gemischt ist«,* das die äußere Form des (von Gott) gegebenen Wissens ist, durch das du richtig geleitet wirst. Wenn diese Zustände das von Gott gegebene Wissen, das keinen Irrtum zulässt, nicht enthalten, dann führen sie die, die in sie eintreten, in die Irre. *»Auch wenn er mit dem Wasser von Flüssen und Quellen gemischt ist«,* das die äußere Form des Wissens um die Natur ist, *»lehne es ab, ihn zu trinken«,* denn das führt zu Irrlehre und Abfall und zu schlechter Gesinnung.

Wäre der Wein mit Quellwasser gemischt, welches die äußere Form des intellektuellen Wissens ist, so wäre es dasselbe, denn wenn diese Zustände mit Gedanken durchsetzt werden, dann nimmt der Irrtum zu und die Richtigkeit nimmt ab. Trinke das Wasser der Flüsse und Quellen ungemischt oder trinke es, wenn es mit Regenwasser oder mit Milch gemischt ist, aber trinke es nicht, wenn es mit Quellwasser oder mit Honig gemischt ist, und trinke kein Quellwasser, wenn es nicht mit Regenwasser gemischt ist oder mit Milch.

rufst, deine Zuflucht suchst, dann wird Er dich aus der Welt der Mineralien wieder befreien und dir die Welt der Pflanzen offenbaren. Jedes grüne Gewächs wird dir dann seine schädlichen und seine nützlichen Eigenschaften aufzählen. Du aber verhalte dich so, wie du dich zuvor verhalten hast.

Während sich dir die Welt der Mineralien offenbart, ernähre dich von dem, was Hitze und Feuchtigkeit vermehrt. Während der Offenbarung der Pflanzenwelt aber ernähre dich von dem, was der Hitze und der Feuchtigkeit entgegenwirkt.

Wenn du dort nicht stehen bleibst, wird Er dir die Welt der Tiere offenbaren. [Die Tiere] werden dich begrüßen und dich mit ihren schädlichen und nützlichen Eigenschaften vertraut machen. Jede Tiergattung wird dir ihren Anspruch auf Huldigung und Lob vortragen.

Doch habe acht auf Folgendes: Wenn du diese Welten so erlebst, dass alle darin mit demselben *dhikr* beschäftigt sind wie du, dann ist deine Wahrnehmung nicht wirklich, sondern eingebildet. Es ist dann dein eigener Zustand, der dir in allen Dingen widergespiegelt vorgestellt wird. Aber wenn du diese Welten so wahrnimmst, dass jede Gattung darin mit ihrem eigenen *dhikr* beschäftigt ist, dann handelt es sich um richtige Wahrnehmung. Dieses Aufsteigen ist das Aufsteigen des geistigen Aufgehens in der Ordnung der Natur, und ein Zustand von geistiger Zusammenziehung (*qabd*) wird dich in diesen Welten begleiten.[12] Dann, nach

---

12. »*Dieses Aufsteigen ist das Aufsteigen des geistigen Aufgehens*«, denn die materiellen Ursprünge lösen sich in ihm auf, wie der Scheich gesagt hat. Ihre Auflösung findet nur in Beziehung auf das Bewusstsein des Suchenden statt, so wie auch deren Einsetzung nur in Beziehung auf sein Bewusstsein stattgefunden hat. Sicherlich weißt du, dass das in Wahrheit so ist. Diese Auflösung ist nur »die Ordnung« unter den Elementen in der äußeren Welt.

Du weißt, dass »*der Zustand von geistiger Zusammenziehung* (qabd) *dich begleiten wird*« bei deiner Entdeckung und bei deiner Untersuchung aller »*dieser Welten*«, denn du befindest dich im Aufsteigen des geistigen Aufgehens, in dem deine Essenz verschwindet. Und das braucht ohne Zweifel Zusammenziehung.

dem Tierreich, offenbart Er dir die Welt der Lebenskraft, die in das Lebendige einfließt. Du erfährst, wovon dieses Einfließen in jedem Wesen entsprechend dessen Anlagen abhängt und wie die Ausdrucksform (des Glaubens) in diesem Einfließen mit enthalten ist.[13]

Wenn du dort nicht stehen bleibst, offenbart Er dir die »Zeichen des Übergangs«.[14] Du wirst von Schrecken befallen werden, und viele verschiedene Zustände werden über dich kommen. Du wirst deutlich den Mechanismus der Umformung sehen können. Du wirst sehen können, wie das Grobstoffliche feinstofflich wird und das Feinstoffliche grobstofflich.

13. »*Die Welt der Lebenskraft, die in das Lebendige einfließt*« wie das Leben, das durch die Hand Jesu erschienen ist (Friede sei mit ihm!), in jene Geschöpfe, die er zum Leben erweckt hat, wie zum Beispiel den toten Mann, den er auferweckt hat, und die Vögel aus Lehm, die er lebendig gemacht hat. Die Wirkung, die diese Lebenskraft auf jedes dieser Geschöpfe hatte, die er durch sie zum Leben brachte, entsprach der vorher schon existierenden Essenz dieser Geschöpfe. Wo zum Beispiel diese Essenz die Essenz eines Vogels war, dort wurde ein Vogel lebendig, und wo die Essenz die Essenz eines Menschen war, da wurde ein Mensch lebendig. Die Lebenskraft aber bleibt dabei ein und dasselbe Ding (unabhängig davon, dass es sich einmal um einen Vogel, einmal um einen Menschen und zu anderen Gelegenheiten um andere zum Leben erweckte Formen handelte). Die Wirkungen der Lebenskraft sind verschieden. Sie richten sich nach den verschiedenen schon vorher existierenden Strukturen, in die sie eingeht.

»*Und wie die Ausdrucksform* (*des Glaubens*) *in diesem Einfließen mit enthalten ist*«, wie zum Beispiel wenn Er sagt (Er sei gepriesen!): »Als du mit Meiner Erlaubnis aus Lehm das Bild eines Vogels herstelltest und ihm deinen Atem einhauchtest, da ward es durch Meine Erlaubnis ein Vogel. Und du heiltest den, der blind geboren war und den Leprakranken mit Meiner Erlaubnis, und du erwecktest den Toten mit Meiner Erlaubnis« (5:110). Und wenn er [Jesus] sagt: »Ich blase meinen Atem darein, und es wird ein Vogel mit Allahs Erlaubnis, und ich heile den blind Geborenen und den Leprakranken, und ich erwecke den Toten zum Leben mit Allahs Erlaubnis« (3:49).

14. »*Zeichen des Übergangs*«. Ich kenne die Bedeutung der »Zeichen des Übergangs« (*al-lawa'ih al-lawhiyah*) nicht, aber wir haben das Wissen über die »Zeichen der Zustände«.

Wisse, dass der Scheich (Möge Gott an ihm Gefallen finden!) gesagt hat:

Die Zeichen (*lawa'ih*) bedeuten für die Menschen Gottes die Erhebung von einem Zustand zum anderen, der vor ihrer inneren Erlebensfähigkeit zu erscheinen beginnt. Für uns bedeuten diese die essentiellen Lichter –

Wenn du dort nicht stehen bleibst, wird das Licht der Zerstreuung der Funken für dich sichtbar werden und du wirst dich vor diesem Licht verhüllen müssen. Habe keine Furcht und verharre im *dhikr*, denn wenn du im *dhikr* ausharrst, wird keine Zerstörung über dich kommen.

Wenn du dort nicht stehen bleibst, offenbart Er dir das Licht der aufsteigenden Sterne[15] und die Gestalt der universellen Ordnung.[16] Du wirst direkt das *adab* sehen können, das richtige Betragen, sowohl für das Eintreten in die Gegenwart Gottes als auch dafür, wie man der Einen Wirklichkeit gegenübersteht, und dafür, wie man Seine

den transzendenten Glanz, wie man ihn mehr aus der Perspektive der Bejahung sieht als aus der der Verneinung – und die Lichter der Göttlichen Namen, die bei der Kontemplation über deren Wirkungen erscheinen. All dies wird für jenes Auge sichtbar, das nicht von Gier eingeschränkt ist.

So wirst du diese Lichter nacheinander sehen können.

Was die Erhebung von einem Zustand zum anderen betrifft, so ist zu sagen, dass man nicht mehr zurückkehrt, wenn man einen Zustand mit einem höheren vertauscht hat.

Das Ziel [in einem Zustand], ist das Erfahren der Göttlichen Einflüsse und des Wissens von Gott, das er bringt. [Die Zustände selbst] sind Stufen, sie sind nicht besondere Gnadengaben. Sie können zu wiederholten Malen eintreten, aber wer sie erlebt, der preist sie nur dann, wenn sie sein Wissen um Gott vermehren (was nicht notwendigerweise der Fall ist).

15. »*Das Licht der aufsteigenden Sterne*«. Der Scheich sagte: »»Die aufsteigenden Sterne« (*tawali*) ist ein technischer Ausdruck für die Lichter des Erklärens und der Einheit (*tawhid*), das in den Herzen der Mystiker auftritt und den Rest der Lichter zum Erlöschen bringt« – und damit meint er die Lichter der spekulativen Beweise, nicht jene der prophetischen und offenbarenden Beweise. Diese bringen auch die Lichter der Intuition zum erlöschen. Das ist das *tawhid*, das Gott von Seinem Anbeter verlangt. Was darin an spekulativen Gedanken ist, ist nur der Erklärung der Einheit. Seine Existenz ist im besonderen der Gegenstand der Anbetung, so dass es nichts außer Ihm gibt, was man anbeten kann. Dies betreffend, sagt er, liegt die Offenkundigkeit klar zutage.

16. »*Die Gestalt der universellen Ordnung*«. Dies ist ein Ausdruck für das Erscheinen Gottes in Form der Schöpfung. Du wirst wissen, dass sich die essentielle Existenz aus *haqq*, der Wahrheit, und *khalq*, der Schöpfung, zusammensetzt. Aber du wirst das nicht verwirklichen, solange du nicht bis jenseits des Lichts der aufgehenden Sterne vorgedrungen bist.

Gegenwart verlässt und zur Schöpfung zurückkehrt. Du erfährst, wie man Ihn ohne Unterlass anbetet unter Gebrauch der Göttlichen Namen (*al-Asma, al-Ilahiyah*) als den »Manifestierten« und als den »Unmanifestierten« und als die Vollkommenheit, die nicht jedem zum Bewusstsein kommt, denn alles, was den Bereich des Manifesten verlässt, geht über in den Bereich des Verborgenen. Es bleibt aber in der Essenz dasselbe. Nichts ist jemals verlorengegangen.

Danach wirst du erfahren, welches die Mittel sind, von Gott dem Allerhöchsten Göttliches Wissen zu erhalten, und wie du dich darauf vorbereiten musst, es entgegenzunehmen. Erfahre so das richtige Betragen beim Empfang und beim Geben, bei der Zusammenziehung und bei der Ausdehnung. Wisse, wie du dein Herz vor der Zerstörung durch das Feuer schützen kannst, welches der Ort ist, an dem die einzelnen Geisteszustände in dir beginnen. So erfahre auch, dass alle Wege Kreise sind. Es gibt keine gerade Linie. Dieses Buch ist zu kurz, um Gegenstände wie diesen hier zu behandeln.

Wenn du dort nicht haltmachst, offenbart Er dir die einzelnen Grade der spekulativen Wissenschaften, die richtigen universellen Ideen, und Er lässt dich wissen, welche Bewandtnis es mit jenen verblüffenden Fragen hat, die das Verständnis verwirren. Er offenbart dir den Unterschied zwischen Vermutung und Wissen, und Er sagt dir, wie die Möglichkeiten zwischen der Welt der Geister und der physischen Welt geboren werden.[17] Er nennt dir die

---

17. »*Die einzelnen Grade der spekulativen Wissenschaften*« in Bezug auf die Aktualität. Du wirst wissen, welche von ihnen höher und welche niedriger sind, welche vorhergehen und welche danach kommen sollten. Er offenbart dir die Welt der »*richtigen universellen Ideen*«, so wie sie sind und frei von Irrtum. »*Er lässt dich wissen, welche Bewandtnis es mit jenen verblüffenden Fragen hat, die das Verständnis verwirren*«, so dass das Befinden derer, die über diese Fragen nachdenken, aus dem Gleichgewicht gerät, und »*Er offenbart dir den Unterschied zwischen Vermutung und Wissen*« – und es gibt nur wenige unter den Wissenden, die diesen Unterschied kennen. Die meisten Beobachter machen diesen Unterschied nicht. Er sagt dir, »*wie die Möglichkeiten zwischen der Welt der Geister und der phy-*

Ursache dieser Schöpfung und lässt dich das Einfließen des Göttlichen Mysteriums in den Bereich Seiner liebenden Fürsorge verstehen[18] ebenso wie den Grund für die Notwendigkeit, von der Welt durch eigenes Bemühen oder auf andere Art loszukommen. Er sagt dir noch andere Dinge, die mit diesen in Beziehung stehen und die lange Erklärungen erfordern.

Wenn du bei alldem nicht haltmachst, offenbart Er dir die Welt der Gestaltung, der Verzierungen und der Schönheit. Er sagt dir, bei welchen der heiligen Formen der Verstand richtigerweise verweilen sollte. Er offenbart dir den Lebensatem, der von der Formschönheit und der Harmonie ausgeht, und das Überfließen von Ruhe, Zartheit und Anmut in allen Dingen, die durch diese Eigenschaften gekennzeichnet sind. Von dieser geistigen Ebene her werden die Dichter inspiriert, während von der vorigen die Prediger inspiriert werden.

sischen Welt geboren werden«, so wie Jesus zwischen Maria und Gabriel geboren wurde (Friede sei mit ihnen!) und wie die Seele zwischen dem Geist und dem Körper geboren wurde. Das Prinzip, um das es hier geht, ist das der Befruchtung.

18. »Das Einfließen des Göttlichen Mysteriums in den Bereich Seiner liebenden Fürsorge«. Dies ist die Einheit der Essenz in der Welt der Namen, die Einheit des Intellekts in der Welt der Geister und die Einheit des Thrones in der Welt der Körper. Diese Einheit ist die Essenz aller Gnade. Die Einheit dringt in die Menschen ein, die unter Gottes Fürsorge stehen, bis sie auch deren Essenz durchdringt, ihre Eigenschaften und ihre Handlungen, ebenso wie sie die Göttliche Essenz durchdringt, den Göttlichen Intellekt und den Göttlichen Thron. Und diese Prägung erscheint bei diesen Wesen im König ebenso wie in der Ameise. Auf Menschen des Unglücks aber trifft das Umgekehrte zu.

Wenn du mit mir klettern und mir folgen kannst, dann sage: Es gibt kein Unglück, denn das Göttliche Mysterium durchdringt das Ganze der Welt und in ihm gibt es kein Unglück. Aber alles, was Gott vorgesehen hat, ist der Bereich Seiner liebevollen Fürsorge, denn der ist in der Reichweite der Wirklichkeit. Was in Seiner Reichweite Ihm nahe ist, was nahe Gott ist, ist gut und bleibt erhalten. Das Unglück ist übel, in Ihm aber gibt es kein Übel. So verstehe! Ich habe mit diesen Worten stufenweise ein ganzes Meer von Wirklichkeiten und Wissensbereichen durchmessen. Wenn du die Tiefe davon zu eigen machst und ihre Perlen herausholen kannst, dann bist du der Meister des Augenblicks und Gott (Er sei gepriesen!) ist es, Der dich führt. Es gibt keinen anderen Herrn als Ihn.

Wenn du dort nicht haltmachst, offenbart Er dir die einzelnen Stufen von *qutb*. Alles, was du bis dahin gesehen hast, ist von der Welt der linken Hand, und nicht von der Welt der rechten Hand. Diese aber ist der Platz des Herzens. Wenn Er dir diese Welt offenbart, lernst du die Widerspiegelungen kennen, die Unendlichkeit der Unendlichkeit, die Ewigkeit der Ewigkeit, die Ordnung der Daseinsformen, und du erfährst, wie diesen die Existenz eingeflößt wird. Du erfährst die Göttlichen Weisheiten und erhältst die Macht, diese zu bewahren und die Verlässlichkeit, sie den Weisen zu übermitteln. Du erhältst Macht über die Symbole, das Wissen um sie alle und die Befugnis, über ihre Verschleierung und Entschleierung zu bestimmen.

Wenn du dort nicht haltmachst, offenbart Er dir die Welt des Fiebers und der Raserei, des Eifers für die Wahrheit und des Eifers für die Unwahrheit. Die Welt ist das Fundament der Unterschiede, die in der physischen Welt erscheinen, der Vielfalt der Formen, der Uneinigkeit und des Hasses.

Wenn du dort nicht haltmachst, offenbart Er dir die Welt der Eifersucht und des Enthüllens der Wahrheit vor dem jeweils vollkommeneren Seiner Gesichter, die Welt der vernünftigen Standpunkte, der Schulen, die die Wahrheit lehren, und der überlieferten Offenbarungen. Du wirst als ein Wissender sehen, dass Gott der Allerhöchste unter allen geistigen Lehren gerade diese mit dem schönsten Zierrat geschmückt hat.

19. »*Alles, was Er dir als einer dieser Stufen*«, das heißt, jeder der vorher erwähnten Stufen, »*angehörig offenbart*« von den Himmeln, den Elementen und den lebendigen Geschöpfen, »*grüßt dich mit Ehrerbietung und Freude. Du erfährst von allem die Stufe, die es vor der Göttlichen Gegenwart einnimmt, und alles liebt dich mit seinem ganzen Wesen.*« Das ist eine Prüfung von Gott dem Allerhöchsten, durch die Er erfährt, ob deine Konzentration auf Ihn fest ist, ob deine Suche nach Ihm aufrichtig ist und ob du dich von allem abwendest, was von Ihm verschieden ist. Wenn du dich in die großartigen Dinge verliebst, die Er vor dir ausbreitet, und bei ihnen stehen bleibst, wirst du von Seinem Tor wieder vertrieben und bist

Alles, was Er dir als einer dieser Stufen angehörig offenbart, grüßt dich mit Ehrerbietung und Freude. Du erfährst von allem die Stufe, die es vor der Göttlichen Gegenwart einnimmt, und alles liebt dich mit seinem ganzen Wesen.[19]

Wenn du dort nicht stehen bleibst, offenbart Er dir die Welt der Würde, der Heiterkeit und der geistigen Festigkeit, der Kniffe, der Rätsel, der Geheimnisse und ähnlicher Dinge.

Wenn du dort nicht stehen bleibst, offenbart Er dir die Welt der Verwirrung, der Hilflosigkeit, der Unfähigkeit und der Aufbewahrungsorte der Taten. Und diese ist der höchste Himmel.[20]

Wenn du dort nicht stehen bleibst, offenbart Er dir die paradiesischen Gärten: die Stufen der aufwärts führenden Leiter, und wie diese ineinander übergehen und wie man sie in Bezug auf die Freude, die sie bereiten, miteinander vergleichen kann. Du wirst angehalten auf dem engen Pfad und an die Schwelle der Hölle gebracht. Du schaust hinunter auf die einzelnen Stufen der absteigenden Leiter. Du siehst, wie sie ineinander übergehen und wie man sie miteinander vergleichen kann in Bezug auf ihre Schrecken. Er offenbart dir, welche Taten den Aufenthalt in jeder dieser Stätten zur Folge haben. Wenn du dort nicht stehen bleibst, offenbart Er dir eines der Heiligtümer, in dem Geister in die Göttliche Schau versunken sind. Darin sind diese trunken und verwirrt. Die Macht der Ekstase hat sie besiegt, und ihr Zustand ist einladend für dich.

verloren. Aber wenn du ausharrst in der Suche nach Ihm, und wenn du dich von allem abwendest, was von Ihm verschieden ist, und so Seine heilige Gegenwart erreichst, dann triumphierst du, dann bist du der Sieger, und auf Seine Anordnung hin erlangst du die Herrschaft über alles, was vor dir ausgebreitet wurde.

20. »Die Welt der Verwirrung«: Er hat sie als eine Welt »der Verwirrung, der Hilflosigkeit und der Unfähigkeit« erschaffen, weil sie im Licht der unausdrücklichen Seinsnatur Gottes (huwiyah) enthalten ist und sie wegen der Helligkeit ihres Lichtes niemand sehen oder wahrnehmen kann. Das Betrachten dieser Seinsnatur schenkt Leben, was nicht geleugnet werden kann.

Wenn du es bei dieser Einladung nicht bewenden lässt, wird dir ein Licht offenbart, in dem du nichts anderes siehst als dich selbst. In diesem packt dich großes Entzücken, und große Liebe wird dir gegeben. Darin findest du die Glückseligkeit mit Gott, wie du sie zuvor nicht gekannt hast. Alles, was du je zuvor gesehen hast, wird klein in deinen Augen, und du schwingst hin und her wie eine Lampe.[21]

Wenn du dort nicht stehen bleibst, offenbart Er dir die [ursprünglichen] Formen der Söhne Adams. Schleier werden gelüftet, Schleier senken sich hernieder.[22] Sie haben ein besonderes Loblied, das du erkennst, wenn du es hörst. Du wirst nicht überwältigt.[23] Du siehst deine Gestalt unter ihnen, und daher erkennst du den Augenblick, in dem du dich befindest.

21. »*Und du schwingst hin und her wie eine Lampe*« im Blasen des Windes. Wisse (Und möge Gott dir gnädig sein!), dass dieser Ort zu jenen gehört, die von den Suchenden den größten Mut verlangen, denn wenn sie dort ankommen und sich ihnen dieses Einssein offenbart und dieses Licht, das der Scheich erwähnt hat, über ihnen aufgeht, dann meinen sie, dass sie in der Gegenwart des Einsseins (*ahadiyah*) angekommen sind und den Triumph der Offenbarung der innersten Dinge erlebt haben. Der Grund hierfür ist die Göttliche Glückseligkeit, die sie in diesem Zustand finden, und die Tatsache, dass es darin keine andere Wirklichkeit gibt, als die ihrer selbst. Wenn du, oh Sucher, auf diesen Wegen bei dieser Offenbarung anlangst, dann sei nicht durch sie gebunden und wünsche sie nicht herbei wegen der Freude und der Glückseligkeit, die mit ihr verbunden sind.

22. »*Und Schleier werden gelüftet und Schleier senken sich hernieder*« auf die »*Formen der Söhne Adams*«. Das geschieht aus folgendem Grund: Als der Erste von uns (Adam) Gott dem Allerhöchsten ungehorsam war, da änderte sich seine Form. Ein Schleier vom Namen *al-Sattar*, der Verhüller, senkte sich zwischen [der geänderten Form des Adams] und den übrigen Formen hernieder, so dass diese nicht wussten, was den Menschen befallen hatte, und die Veränderung nicht erkannten, die der Mensch durch seine Übertretung erfahren hatte. Als er bereute, wurde seine Form wieder zu dem, was er gewesen war. So wurde der Schleier wieder von Adam genommen, und die übrigen Formen sahen ihn in seinem ursprünglichen Zustand. Das geschieht durch die Gnade und die Großzügigkeit Gottes.

23. »*Ein besonderes Loblied, das du erkennst, wenn du es hörst*«. Und dieses lautet: »Erhaben ist Er, Der das Schöne offenbart und das Hässliche verbirgt.«

Wenn du dabei nicht stehen bleibst, offenbart Er dir den Thron des Erbarmens (*sarir al-rahmaniyah*). Auf diesem ist alles, was existiert. Wenn du alles betrachtest, siehst du darauf alles, was du je gekannt hast, und noch mehr: Es bleibt keine Welt und nichts Existierendes übrig, was du dort nicht wahrnehmen kannst. Suche nach dir selbst in allem: Wenn die Zeit dafür gekommen ist, wirst du dein Schicksal, deinen Platz und die Begrenzungen deiner Stufe erfahren. Du wirst erfahren, welcher Name Gottes dein Herr ist und wo dein Anteil an der Erkenntnis und der Heiligkeit gelegen ist. Du wirst die Gestalt deiner eigenen Einzigartigkeit erfahren.

Wenn du dabei nicht stehen bleibst, offenbart Er dir die Feder, den Ersten Verstand, den Meister und Lehrer von allem. Du erforschst seinen Ursprung, erfährst die Botschaft, die er überbringt, und wirst Zeuge ihrer Umkehr, ihrer Aufnahme und ihrer Spezialisierung des verständlichen [Wissens] durch den Engel al-Nuni.[24]

24. »*Und wenn du dabei nicht stehen bleibst*«, nämlich beim Throne des Gnädigen, »*offenbart Er dir (...) den Ersten Verstand*«, welcher der erste Lehrer ist und die erste Existenz der Welt der Aufzeichnung und des Aufgeschriebenen. Dieser ist der Regisseur und zugleich derjenige, von dem mit Erlaubnis und auf Befehl Gottes, des Allerhöchsten, alle Dinge ausgehen. Deshalb ist der Erste Verstand »*der Meister von allem*«, wobei »*alles*« den Thron bedeutet, die Seele des Universums. Dieser Verstand übermittelt der Seele alles, was er von Gott, dem Allerhöchsten, empfängt. Wenn der Thron die Tafel genannt wird, dann ist der Verstand die Feder (*al-qalam*), die darauf schreibt. Wenn er eine Seele genannt wird, dann ist dieser Verstand ihr Meister. So ist dieser Verstand ihr »*Lehrer*«. »*Du erforschst seinen Ursprung*« in den Wirklichkeiten der Welt und in der Wirklichkeit dieses Zustandes, und du erfährst »*die Botschaft, die er überbringt, und wirst Zeuge seiner Umkehr*«, soweit er eine Feder ist, denn wenn du mit einer Feder schreibst, dann ist diese dabei umgekehrt. Du wirst Zeuge »*ihrer Aufnahme*«, nämlich wie sie das verständliche Wissen aufnimmt, [so wie eine Feder mit Tinte gefüllt wird,] und »*ihrer Spezialisierung des verständlichen [Wissens]*«, nämlich dem Niederschreiben desselben auf die Tafel »*durch den Engel al-Nuni*«. Was das Lernen Seiner Sprache betrifft, so verhält sich die Feder zur Tafel wie ein Hauptwort zu einem Attribut, das im Genitiv steht.

Wisse, dass der Scheich in seinem Buch *Uqlat al-mustawfiz* (»Die innere Einstellung des gehorsamen Dieners«) geschrieben hat, dass es zwischen dem Göttlichen Verstand und dem Schöpfer (Ehre sei Ihm!) keinen Vermittler gibt,

Wenn du dort nicht stehen bleibst, offenbart Er dir den, der die Feder bewegt, die rechte Hand der Wahrheit.[25]
Wenn du dort nicht stehen bleibst, wirst du vertilgt[26], dann zurückgezogen[27], dann ausgelöscht, dann zersplittert[28] und dann gänzlich vernichtet.

obwohl gesagt wird, dass zwischen ihnen der Engel ist, der al-Nuni heißt (wie der Buchstabe *nun,* die Abkürzung, mit der die siebente Sure des Korans beginnt, welche »die Feder« genannt wird), welcher das universelle Wissen in sich begreift und die Quelle der Tinte ist, wenn der Erste Verstand die Feder ist und die Seele die Tafel. Das ist aber nicht richtig. Vielmehr wird der Erste Verstand selbst in Bezug auf das Verständnis des Wissens in seiner Essenz *al-nuni* genannt, und das Aufschreiben der Details dieses Wissens auf die Tafel, wodurch dieses zum Leben erweckt wird, wird »die Feder« genannt.

25. *»Und wenn du dort nicht stehen bleibst«,* das heißt, beim Meister aller Dinge, welcher die höchste Feder ist, dann *»offenbart Er den, der die Feder bewegt«.* Er ist *»die rechte Hand der Wahrheit«.* Damit sind Seine Eigenschaften der Schönheit gemeint, denn sie sind das, was zur Existenz der Welt notwendig ist. Darum machen sie die Feder lebendig. So verstehe! Wenn es Gottes Wille ist, wirst du richtig geführt werden.

Wenn du dort nicht Halt machst, offenbart Er dir die entzückten Engel, die aus der Wolke geschaffen sind. Wenn du bei ihnen nicht Halt machst, offenbart Er dir die Wolke, in der unser Herr existierte, bevor Er die Welt erschuf und das Wort, die Botschaft des Erhabenen an uns, das uns Seine Wirklichkeit eröffnet hat. Der Scheich (Möge Gott an ihm Gefallen finden!) sagt:

Die Wolke ist der Sitz des Namens »der Herr« (*al-Rabb),* und der Thron ist der Sitz des Namens »der Gnädige« (*al-Rahman).* Die ist das erste der Dinge. In ihr erschienen die Bedingungen von Raum und Stufe in Ihm, Der nicht in einen Ort oder in eine Stufe eingeht. Durch sie manifestieren sich die Strukturen [aller überhaupt möglichen Arten des Existierens], so dass sie die abstrakten Essenzen der Verkörperung (*al-ma'ani al-jismaniyah)* der Welt der Sinne und der Welt der Bilder in sich enthält. Diese Wolke ist ein erhabenes Wesen, dessen abstrakte Essenz die Wahrheit ist, jene Wahrheit, durch die alles geschaffen ist und die nichts anderes ist als Gott der Allerhöchste. Sie ist das Wesen, in dem die Quellformen aller Geschöpfe niedergelegt sind und existieren. Sie enthält die Wirklichkeit der Möglichkeiten, die Bedingung des Ortes und den Rang der Stufe. Sie hat den Namen »der Ort«. Und von der Erde bis zu dieser Wolke gibt es keine Namen für Gott den Allerhöchsten, die nicht Namen von Handlungen sind. In der ganzen Welt, soweit sie verstehbar und erlebbar ist, gibt es zwischen diesen beiden Extremen keine Spur von etwas anderem als dem.

Wisse, wenn du bei der Wolke nicht stehen bleibst, offenbart Er dir den Atem des Gnädigen (*al-nafas al-rahmani).* Dieser ist die Quelle der Wolke. Wenn du dort nicht stehen bleibst, offenbart Er dir die Seite der Namen der Transzendenz. Die Namen der Handlungen verschwinden, und du lernst das Wissen um die Verneinung. Du wirst geehrt über die ganze Welt, und du erfährst die Stufe, die für dich notwendig ist.

26. *»Wenn du dort nicht stehen bleibst«*, wirst du erhoben zum essentiellen Einssein und dort *»vertilgt«*. Der Scheich sagte:

Vertilgung (*mau*) ist für die Auserwählten (Möge Gott an ihnen Gefallen finden!) die Vertilgung der charakteristischen Gewohnheiten und die Entfernung der Gebrechen und die Entfernung all dessen, was das Wirkliche verschleiert und verneint. Er (Er sei gepriesen!) sagt: »Gott vertilgt und erschafft, was Er will« (13:39). Folglich erschafft Er die Vertilgung. Wenn Juristen von Gesetzen sprechen, nennen sie das die Aufhebung oder Derogation. Der Vorgang, um den es hier geht, ist eine Göttliche Aufhebung. Gott der Allerhöchste erhebt [den, den Er dafür auserwählt] und vertilgt ihn wieder, nachdem er die Bestimmung seiner Existenz erfüllt hat. Das bedeutet, sowohl in Bezug auf die Dinge als auch in Bezug auf deren Prinzipien, die Beendigung des Zeitintervalls, das für deren Existenz zur Verfügung steht, und das Überqueren der Grenze, jenseits der die Fortsetzung »zu einer bestimmten Zeit« (6:2) stattfindet. Denn Er sagte: »Alles findet zu einer bestimmten Zeit seine Fortsetzung und existiert bis zu einem festgelegten Augenblick« (20:129). Dann löscht Er die Bestimmung der Geschöpfe aus, nicht aber deren essentielle Form (*ayn*), denn Er sagte: »wird fortgesetzt zu einer bestimmten *Zeit*« [und die wesentlichen Formen existieren überhaupt nicht in der Zeit]. Und wenn die bestimmte Zeit herankommt, hört die »Fortsetzung« (oder das »Fließen«) auf, aber die ursprüngliche Form bleibt erhalten.«

27. *»Dann zurückgezogen«*. Der Scheich sagt:

Geistige Abwesenheit (*ghayba*) ist für die Menschen die Abwesenheit des Herzens vom Wissen darüber, was in der Welt geschieht, die daher rührt, dass das Herz mit dem beschäftigt ist, was es beeindruckt. Wenn Abwesenheit nur das ist, dann besteht sie nur in der Abwesenheit von etwas, das Gott erschaffen hat. Die geistige Abwesenheit soll nicht durch ein erschaffenes Ding entstehen, das einen bewegt. [Vielmehr sollte sie darin bestehen], dass man [wahrhaft] innerlich beschäftigt ist und dadurch abwesend von den Umständen der Welt. Dadurch unterscheidet sich die Schar [der Menschen der Wahrheit] von den anderen, denn die innere Abwesenheit [als solche] gibt es buchstäblich bei allen Menschen. Die innere Abwesenheit jener, die zu den Menschen der Wahrheit gehören, rührt in Wahrheit von Gott her und ist deshalb edel und lobenswert.

Die Menschen, die Gott dem Allerhöchsten angehören, haben verschiedene Grade der inneren Abwesenheit, obwohl die innere Abwesenheit bei ihnen allen wahren Bestand hat. Die innere Abwesenheit der Mystiker ist Abwesenheit mit der Wahrheit durch die Wahrheit. Die innere Abwesenheit der Übrigen von jenen, die Gott dem Allerhöchsten angehören, ist in Wahrheit Abwesenheit von der Schöpfung. Die innere Abwesenheit der

Wenn dann die Wirkungen der Vertilgung und aller darauf folgenden Vorgänge abgeschlossen sind, wirst du in deiner Existenz bestätigt,[29] dann gegenwärtig gemacht, dann bleibend gemacht, dann zusammengesammelt und dann zugeordnet. Die [für deine Stufe] erforderlichen Ehrenkleider werden dir übergeben. Und es sind deren viele.

Größten unter diesen Gott-Kennern ist eine Abwesenheit von der Schöpfung durch die Schöpfung, denn diese Menschen haben erkannt, dass nichts existiert außer Gott, Der die möglichen Bestimmungen der unveränderlichen ursprünglichen Formen gestaltet.

28. *»Dann zersplittert«.* Das ist ein Ausdruck für das Verschwinden der Struktur deiner Wirklichkeit durch die beherrschende Macht, die von der Offenbarung des essentiellen Einsseins ausgeht.

29. *»Du wirst in deiner Existenz bestätigt«.* Der Scheich (Möge Gott Gefallen an ihm finden!) sagt:

Bestätigung (oder Unveränderlichkeit: *ithbat*) ist die vorbestimmte Ordnung der ganzen Welt. Jeder, der die gewohnte Ordnung abschaffen will, verletzt damit bestimmt *adab,* die Regel des richtigen Betragens, und ist unwissend. Was einige Menschen »das Durchbrechen von Gewohnheiten« nennen, ist selbst eine Gewohnheit, denn das fortwährende Durchbrechen einer Gewohnheit ist eine Gewohnheit.

Daher kann ein gewohnheitsmäßiger Gebrauch nicht anders überwunden werden als durch Bejahung, denn [damit eine solche Überwindung geschieht] muss der, der sich dafür einsetzt, mit der Wirklichkeit in Verbindung sein und die Prinzipien der Gewohnheit, die er neu schaffen will, aus dieser Verbindung heraus schaffen, denn sein Göttlicher Freund hat diese Prinzipien zugrunde gelegt aus Freundschaft und innerer Übereinstimmung. Wie kann man dann Sein Freund sein und mit Ihm verbunden, wenn man gegen Ihn Entscheidungen trifft und das beseitigen will, was die Weisheit zu bestätigen als richtig erachtete? Besonders, da doch der Betreffende auf dieser Stufe bestimmt weiß, dass Gott »ein Weiser und Wissender ist«, was jenes betrifft, das Er erschafft und existent werden lässt. So wird ein solcher Mensch das bejahen, was sein Freund bejaht. Wenn er das nicht tut und statt dessen das zu beseitigen sucht [was Gott bejaht hat], ist er einer, der widerstreitet. Wer dir aber widerstreitet, der ist nicht dein Freund, und du bist nicht sein Freund. Ein solcher Mensch ist nahe dem Ungehorsam. Aber der Freund, der bejaht, ist auf ewig mit der Wahrheit in Verbindung, so dass er die gewohnten Prinzipien bejaht und Ihn in diesen Prinzipien wahrnimmt. Wer [auch nur für den Augenblick] die Widerrufung der Gesetze und nicht ihre Aufhebung sucht, der steht innerlich nicht fest in dieser Freundschaft.

Dann gehst du den Weg wieder zurück und untersuchst alles, was du zuvor in verschiedenen Formen gesehen hast, bis du zur Welt deiner begrenzten irdischen Sinne zurückkehrst. Oder [du hältst dich fest] dort, wo du nicht existierend warst. Das Schicksal eines jeden Suchers hängt von dem Weg ab, den er gegangen ist.

Unter [denen, die diesen Weg gegangen sind] sind solche, denen Sein Wort anvertraut wurde, und solche, denen Sein Wort nicht anvertraut wurde. Jeder, dem ein Wort anvertraut wurde, ohne Unterschied, welches Wort es ist, wird der Erbe des Propheten dieser Sprache.* Das ist es, was die Menschen dieses Weges meinen, wenn sie sagen, dieser oder jener sei von Moses, von Abraham oder von Enoch. Unter ihnen gibt es auch solche, denen zwei, drei, vier oder auch noch mehr Worte anvertraut sind. Dem Vollkommenen ist die Gesamtheit der Worte anvertraut, und er ist dann von Mohammed selbst.

Während er an seinem Ziel ist und solange er nicht zurückkehrt, wird der Sucher ein »Anhaltender« (*waqif*) genannt. Zu den Anhaltenden gehören auch jene, die in diesem Zustand aufgehen, wie zum Beispiel Abu Iqal und andere. In diesem Zustand nimmt [Gott] die Menschen, und in diesem Zustand erleben sie ihre Auferstehung.[30] Zu

---

* Jeder Prophet verkörpert einen bestimmten Aspekt der Göttlichen Botschaft. Er ›spricht‹ in der ›Sprache‹ dieses Aspekts und ist so die Verkörperung eines Wortes. Die Heiligen, die diese willkommene Beziehung verwirklicht haben, sind so die Erben der Propheten, die jenes Wort als erstes verkörpert haben. Der Prophet Mohammed als das Siegel der Vollkommenheit der Propheten enthält in sich alle diese prophetischen Worte (Anmerkung der englischen Übersetzerin).

30. »*Während*« der Adept festgehalten wird »*an seinem Ziel*«, wo sein Suchen ein Ende gefunden hat, »*wird er ein Anhaltender (al-waqif) genannt*«, ein Ergriffener, ein Genommener, und man schreibt ihm die Hälfte der Vollkommenheit zu – er ist »hingegangen«, aber nicht zurückgekommen«, »*solange er nicht zurückkehrt*« Wenn er aber zurückkehrt, wird ihm die Vollkommenheit der Vollkommenheit zugeschrieben. Unter den »Anhaltenden« versteht man die, die das Ziel jener Straße erreicht haben, die ihnen von ihren Veranlagungen her vorgege-

den *waqif* gehören auch jene, die zurückgesandt werden
(*mardudun*). Diese sind in höherem Maße vollkommen als
die, die nur in jenem Zustand aufgegangen sind (*mustahlikun*), obwohl die beiden in jenem Zustand einander gleich
sind. Wenn einer [ein Suchender] in einem Zustand aufgeht, der höher ist als der, von dem ein anderer zurück-
kommt, dann sagen wir nicht, dass der, der zurückkehrt,
höher steht, denn ein Vergleich ist nur dann möglich,
wenn zwei Dinge einander ähnlich sind. Wenn diese
Bedingung eintritt, dann lebt der, der zurückkehrt und aus
dem Zustand des Aufgegangenen herabgestiegen ist, auf
Erden und erreicht schließlich den Zustand des Aufgegangenen, übertrifft ihn an Nähe, übertrifft ihn am Herunter-
kommen und übertrifft ihn an Entwicklung und Aufnahme von Wissen.

Unter den Zurückgekehrten gibt es wiederum zwei
Arten von Menschen. Der eine kehrt zu sich selbst zurück.
Er ist der Herabgestiegene, den wir soeben erwähnt haben.
Dieser Mensch weilt als Gnostiker, *arif,* unter uns. Er
kehrt auf einer anderen Straße zurück als der, auf der er
hinaufgestiegen ist, um sich selbst vollkommen zu machen. Der andere aber ist der, der mit der Sprache der Anleitung und der Lenkung zur Schöpfung zurückgesandt
wird. Er ist *alim,* einer, der die Erbschaft des Wissens in
Besitz genommen hat.

ben ist, denn es gibt kein Ende, es sei denn, in Beziehung zu einem Anfang. Die
Existenz eines absoluten Endes kann man sich nicht vorstellen. Das wäre gegen
die Gesetze der Wirklichkeit.

»Diejenigen, die in diesem Zustand aufgehen«, der das Ende ihres Weges ist: *»wie
zum Beispiel Abu Iqal«* al-Maghribi, einer der großen Adepten, *»und andere«* wie
Abu Yazid Bistami, der, als er bei den Suchern der heiligen Gegenwart anlangte,
mit der Robe des Vizekönigtums und der stellvertretenden Herrschaft geehrt
wurde und zu dem gesagt wurde: »Gehe hinaus zu Meiner Schöpfung in Meiner
Form, und jeder, der dich sieht, sieht Mich...«

»In diesem Zustand«, das bedeutet den Zustand, in den die Betreffenden ver-
tieft sind, *»nimmt [Gott] die Menschen, und in diesem Zustand erleben sie ihre
Auferstehung«,* denn ein Mensch stirbt so, wie er gelebt hat, und er erlebt so seine
Auferstehung, wie er gestorben ist.

Nicht alle, die zu Gott aufrufen und Erben des Wissens sind, sind auf derselben Stufe, sondern die Art ihrer Anrufung schafft unter ihnen eine Einteilung, und einige sind auf einer höheren Stufe als andere. Daher hat Gott der Allerhöchste gesagt: »Wir haben es so eingerichtet, dass einige dieser Boten höher stehen als andere« (2:253). Unter denen, die Erben des Wissens sind, sind solche, die Mahner sind im Worte von Moses, Jesus, Shem, Noah, Isaak, Ismael, Adam, Enoch, Abraham, Josef, Aaron und anderer. Diese sind die Sufis. Im Vergleich zu denen, die unter uns die Meister sind, sind sie die Adepten geistiger Zustände.[31] Unter [den Erben des Wissens] sind auch die, die Ermahner sind im Worte von Mohammed (Friede und Segen sei mit ihm!); diese sind die *malamiyah,* die Adepten des Bleibenden und der Wirklichkeiten.

Wenn sie die Schöpfung aufrufen zu Gott dem Allerhöchsten, dann ist unter ihnen jener, der sie vom Tor des *fana* aus zu der Erkenntnis ruft, dass sie Seine Diener sind (*ubudiyah*).[32] [Auf dieses *fana* bezieht sich auch] Sein Ausspruch (Er sei gepriesen!): »auch als Ich dich zuvor erschaffen habe, da du nichts warst« (19:9). Und unter ihnen ist jener, der vom Tor der Aufmerksamkeit aus zum Dienen aufruft, das in Bescheidenheit und dem Ertragen von Not besteht, und der sagt, was die Stufe des Dienens

---

31. »*Im Vergleich zu jenen, die unter uns die Meister sind*«, also den Adepten der Stufen, »*sind sie die Adepten geistiger Zustände*«.

32. Wisse, dass »*ubudiyah*«, das Dienen, die charakteristische Eigenschaft des Dieners ist. Diese Eigenschaft ist die Essenz jener Armut, die Möglichkeiten bedeutet. *Ubudiyah* besteht darin, dass der Kontemplation die ungeteilte Aufmerksamkeit gewidmet ist, so wie es sich geziemt, dass ein Diener diese seinem Herrn widmet, und in deren fortwährender Beibehaltung in jedem Zustand, auf jeder Stufe und angesichts jeder Offenbarung, Enthüllung oder Kontemplation, unter allen Umständen. Und Dienen ist das, was entsprechend den Erfordernissen der Eigenschaft als Diener daraus folgt. *Fana* in *ubudiyah* bedeutet das Nichtexistieren der Kontemplation [gesehen von der Stellung] des Herrn und gleichmäßige Konzentration auf alle Aspekte [in denen sich die Wirklichkeit präsentiert].

alles erfordert. Und unter ihnen ist jener, der vom Tor der Aufmerksamkeit für Seine gnadenvolle Natur ruft, und jener, der vom Tor der Aufmerksamkeit für Seine siegreiche Natur ruft, und jener, der vom Tor der Aufmerksamkeit für Seine heilige Natur ruft. Das ist das vierte Tor und das erhabenste von allen.[33]

Wisse, dass dem Propheten und dem Heiligen drei Dinge gemeinsam sind: erstens das Wissen, das ohne Lernen erworben wurde; zweitens das Handeln aus *himma,* der Absicht des Herzens, wobei Dinge ohne Zuhilfenahme des Körpers vollbracht werden, die zu vollbringen gemeinhin nur unter Zuhilfenahme des Körpers für möglich gehalten wird, oder etwas vollbracht wird, was zu vollbringen der Körper nicht fähig ist; drittens das Sehen der Welt der Bilder im Zustand des wachen Bewusstseins. Der Prophet und der Heilige unterscheiden sich voneinander nur in der Art, wie sie zu den Menschen sprechen, denn die Rede des Heiligen ist anders als die Rede des Propheten.[34]

Glaube nicht, dass der Aufstieg der Heiligen ebenso ist wie der Aufstieg der Propheten. Das ist deshalb nicht so,

33. *»Das erhabenste von allen«* – denn es enthält [alle] Türen (...) und es ruft [die Menschen] zur Gesamtheit der Namen auf.

34. *»Der Prophet und der Heilige unterscheiden sich voneinander nur in der Art, wie sie zu den Menschen sprechen, denn die Rede des Heiligen ist anders als die Rede des Propheten.«* Der Heilige spricht zu allen, die ihm nachfolgen. Der Prophet spricht durch seine essentielle Autorität zu denen, die vor ihm sind, und nicht zu denen, die ihm nachfolgen. Der Heilige steht, wenn er spricht, hinter dem Schleier seines Propheten, während der Prophet ohne seinen Schleier spricht, das heißt ohne die Vermittlerschaft eines anderen Propheten.

35. *»Das ist bei uns nicht der Fall«,* weil der Nachfolgende, soweit er ein Nachfolger ist, niemals den Zustand dessen erreicht, dem er nachfolgt. Er ist nur insofern ein Heiliger, sofern er ein Nachfolgender ist, denn seine Heiligkeit ist die Essenz seines Nachfolgens.

36. *»Geschieht doch der Aufstieg der Propheten durch das ursprüngliche Licht selbst...«,* das heißt durch das von Gott offenbarte Wissen. »Ursprünglich«, weil das Licht vom Ursprung her zu den Propheten kommt, und nicht erst später. Es

weil das Aufsteigen besondere Unternehmungen erfordert. Wenn Heilige und Propheten deshalb die gleiche Aufgabe hätten, weil sie auf die gleich Art aufgestiegen sind, dann wären Heilige und Propheten das Gleiche. Das aber ist bei uns nicht der Fall.[35] Obwohl Heilige und Propheten auf der gleichen Grundlage bestehen, nämlich ihrer Stufe der Gotteserkenntnis, geschieht doch der Aufstieg der Propheten durch das ursprüngliche Licht selbst, wohingegen der Aufstieg der Heiligen durch das geschieht, was das Licht in gütiger Vorsehung gewährt.[36] Obwohl es zum Beispiel sein kann, dass beide [der Heilige und der Prophet] auf der Stufe des Vertrautseins sind, wäre das doch nicht bei beiden der gleiche Aspekt dieser Stufe. Die Überlegenheit des einen über den anderen drückt sich nicht in der Stufe der erreichten Erkenntnis aus, sondern in ihrem Aspekt. Der Aspekt des Vertrautseins hängt von denen ab, die das Vertrauen haben. Das Gleiche gilt für alle Zustände und Stufen von *fana* und *baqa*, Einssein und Getrenntsein, Harmonie und Uneinigkeit und so weiter.

---

gibt keine anderen Propheten als die, die durch dieses Licht erhoben wurden. *»Wohingegen der Aufstieg der Heiligen durch das geschieht, was das Licht in gütiger Vorsehung gewährt.«* Mit der »gütigen Vorsehung« ist die Anlage dieses Menschen gemeint, durch dieses Licht Heiligkeit zu erlangen, das auf jeden fällt, in dem er steht. Eine Stufe der Heiligkeit besitzt das ursprüngliche Licht nur in dem Umfang, der ihrer ursprünglichen Form entspricht. Die Veranlagung zur Heiligkeit besteht genau hierin.

Die Fähigkeit der Heiligen entsteht aus menschlicher Bemühung. Daher steigt der Heilige nur zu jener Intensität des ursprünglichen Lichts auf, die im Ausmaß seiner Verdienste auf ihn fällt. Das Aufsteigen geschieht durch dieses Licht, denn das Aufsteigen der Wahrheit selbst ist für die Augen der Mystiker dunkel. Dieses Licht ist das offenbarte Wissen, mit dem Er die Menschen erleuchtet. Es wird dem Propheten ohne Vorbereitung gegeben. Deshalb kann die Stellung als Prophet nicht verdient werden. Das ist ein wahrer Satz und auch die Meinung des Scheichs. Das Licht wird den Heiligen nur aufgrund ihrer Empfänglichkeit gegeben, die durch Werke erworben ist, zu denen diese von den Propheten inspiriert wurden. Die Werke des menschlichen Geistes haben an dieser Vorbereitung keinen Anteil, denn Heiligkeit wird durch die Werke des heiligen Gesetzes erlangt, und nicht durch Werke des Denkens.

Wisse, dass jeder Heilige von Gott dem Allerhöchsten das erhält, was er durch die Meditation über denjenigen Propheten erhält, dessen heiligen Wegen er folgt. Das ist die Grundlage, auf der die Kontemplation erfolgt. Es gibt jene, die das wissen, und jene, die es nicht wissen und sagen: »Gott hat zu mir gesprochen.« Aber nichts anderes hat zu ihnen gesprochen als die geistige Natur [ihres Propheten]. Es gibt noch weitere Geheimnisse Seiner Erhabenheit, die aufzunehmen es in diesen Seiten an Platz gefehlt hat, da dies hier nur als eine Einführung gedacht ist.

Unter den Heiligen aus der Gemeinschaft um Mohammed, der die Zustände aller Propheten in sich vereinigt hat (Mögen Friede und Segen mit ihm sein!), können auch noch solche sein, die Erben sind am Zustand des Moses. Aber ein solcher ist dann ein Erbe am Licht des Mohammed, und nicht am Licht des Moses. Sein Zustand ist aus Mohammed, gerade so wie der Zustand des Moses aus Mohammed war. Manchmal scheint es, als würde ein Heiliger kurz vor seinem Tod Moses oder Jesus Verehrung zollen. Gewöhnliche Menschen, die das Wissen nicht haben, glauben dann, dass dieser Mensch ein Jude oder ein Christ geworden ist, weil er diese Propheten im Zuge seines Sterbens erwähnt; aber tatsächlich ist die Ursache dafür die Wahrnehmungskraft, die für die geistige Stufe dieses Menschen charakteristisch ist. Der *qutb* aber gehört unmittelbar zum Herzen von Mohammed. Wir haben auch Menschen getroffen, die zum Herzen von Jesus gehören – unter ihnen ist der erste Scheich, den wir erwähnt haben – ebenso wie Menschen, die zum Herzen des Moses gehören, andere, die zum Herzen Abrahams gehören, und noch andere, [die zum Herzen noch anderer Propheten gehören]. Dies wird für alle ein Geheimnis bleiben, ausgenommen für unsere Freunde.

Wisse, dass es Mohammed ist (Friede und Segen seien mit ihm!), der allen Propheten und Göttlichen Sendboten

auf der Erde und in der Welt der Geister ihre Stufen angewiesen hat, ehe er selbst in seinen Körper gesandt wurde.[37]
Wir sind ihm gefolgt [und sind deshalb seiner unmittelbaren Führung in dieser vergänglichen Welt teilhaftig gewor-
den]. Die Propheten, die ihn auf Erden erlebt haben und
die, die nach ihm kommen,[38] haben das mit uns gemeinsam. Die Heiligen jener Propheten, die vor Mohammed
gekommen sind, beziehen [ihre geistige Erbschaft] ebenfalls von Mohammed. So ist es den Heiligen von Mohammed und den Propheten gemeinsam, dass sie alle [die direkte Übermittlung] von ihm beziehen. Deshalb heißt es
im Hadith: »Die Wissenden dieser Gemeinschaft sind die

37. »*Wisse, dass es Mohammed ist*« – und zwar deshalb, weil er [wie es auch im
berühmten Hadith heißt] schon ein Prophet war, als Adam noch zwischen
Wasser und Lehm war –, »*der allen Propheten und Göttlichen Sendboten*« ihre
Wissenschaft, ihre heiligen Wege sowie ihre geistigen Stufen und Zustände »*in
der Welt der Geister angewiesen hat*«, denn er ist der Hüter der Göttlichen
Geheimnisse. Sein Geist ist der Erste Verstand, der Schatzhüter des Göttlichen,
der Uranfang der Welt, der Aufzeichnung und des Geschriebenen, die Wirklichkeit der ersten Bestimmung, die der Ursprung aller Bestimmungen ist. So ist
er gemäß dem Gottesnamen »der Verborgene« durch seine Wirklichkeit und seinen Geist der Geber all dessen, was gegeben wurde. Entsprechend dem Gottesnamen »der Manifeste« sind alle, welche Gaben geben, seine Stellvertreter und
Gefolgsleute. Sie erhalten von ihm im Namen des Verborgenen und herrschen
über die Welt im Namen des Manifesten. Und so war ihre Herrschaft unaufhörlich »*ehe er selbst in seinem Körper gesandt wurde*«, nämlich im physischen Körper,
zu »den Schwarzen und den Roten« [den Rassen, nämlich zur ganzen Mensch-
heit].

38. »*Die Propheten, die ihn auf Erden erlebt haben*«, nämlich zu der Zeit, als er
im Körper erschien wie Khidr (Friede sei mit ihm!), der nach der Überzeugung
des Scheichs zu den Propheten gehört und der mit dem Boten Gottes in der materiellen Welt zusammengetroffen ist, von ihm empfangen hat und ihm gefolgt
ist. Dieser Ausdruck bezieht sich auf nichts, was der heiligen Überlieferung widersprechen würde [das heißt, es soll damit nicht die Würde Mohammeds als des
letzten der Propheten angezweifelt werden], denn das wäre nicht richtig, weder
gemessen an der überlieferten Lehre noch an der Intuition.
«*Die nach ihm*« vom Himmel »*kommen*«, nämlich nach Mohammed: Damit
ist Jesus gemeint (Friede sei mit ihm!), der am Ende der Zeit herabsteigen wird
und nach unserem Gesetz richten, Schweine töten und Kreuze brechen und die
Menschen zur Gemeinschaft des Mohammed rufen wird (Friede und Segen sei
mit ihm!). Er ist der Siegel der Allgemeinen Heiligkeit.

Propheten von Israel.« Gott der Allerhöchste sagte über uns: »...damit ihr Zeugen seid für die Menschen« (22:78), und die Sendboten betreffend sagte Er: »Und an diesem Tage werden Wir aus jeder Gemeinde einen Zeugen aufstehen lassen, der ihnen gegenüber Zeugnis ablegen soll aus ihrer Mitte« (16:89). So sind wir und die Propheten die Zeugen für die, die ihnen nachfolgen. Deshalb übe *himma,* wenn du dich zurückziehst, in Bezug auf alles, was Mohammed uns hinterlassen hat.

Wisse, dass der selbstsichere, ausdauernde und vollkommene Weise jener ist, der sich unter allen Umständen und in jedem Augenblick richtig verhält und der nicht Umstände und Augenblicke miteinander verwechselt. Das ist der Zustand des Mohammed (Friede und Segen seien mit ihm!), denn er war zwei Bogenlängen entfernt von seinem Herrn oder noch weniger. Und als er unter seinen Leuten erwachte und zu ihnen darüber sprach, da glaubten ihm die Polytheisten nicht, denn er hatte keine Zeichen [der Erhöhung] an sich und seine äußere Erscheinung war dieselbe wie die ihre. Für Moses war das nicht möglich. Er verbarg sich, als das Zeichen [der Göttlichen Offenbarung] an ihm erschien.

---

39. *»Doch wird er ständig von Ereignissen begleitet, die außerhalb des Gewöhnlichen liegen«.* [Er wird] das volle Bewusstsein in Bezug auf alle Zustände, so wie diese zu existieren beginnen [besitzen]. Das ist notwendig für das »genaue Gleichgewicht der Waage« (55:9) und das Nichtexistieren von »verringertem Gewicht und verkürztem Maß«.

»Ohne Unterlass wird er mit jedem Atemzug sagen«, nämlich mit jedem Atemzug des gnädigen Gottes, Dessen Ziel die Erneuerung der Schöpfung ist, oder nach einer anderen Lesart, mit jedem menschlichen Atemzug – das ist die offenkundigere Interpretation.

»Während sich die himmlischen Sphären nach Seinen Atemzügen bewegen«. Der Scheich sagte: »Dann wirst du die Bedeutung des Sufi-Wortes verstehen, dass sich die himmlische Sphäre durch den Atem der Welt dreht, was bedeutet, dass die Welt beatmet wird. Das heißt, die Ursache ihrer Umdrehung ist die Existenz von Atemzügen. Mit der Umdrehung der Welt erneuert Gott diese Atemzüge.«

Jeder Suchende wird jedenfalls die Wirkung zu spüren bekommen, die die einzelnen Zustände auf ihn ausüben, und er wird spüren, wie die verschiedenen Welten eine in die andere übergehen. Aber dann hat er noch die Entwicklung vor sich, die von diesem Zustand zu jenem führt, in dem die Göttliche Weisheit innerhalb der äußeren Welt mit ihren üblichen Prinzipien erscheint. Sein Hinausragen über die gewohnte Ordnung wird sein Geheimnis werden. Doch wird er ständig von Ereignissen begleitet, die außerhalb des Gewöhnlichen liegen. Ohne Unterlass wird er mit jedem Atemzug sagen: »Oh Herr, lass das Wissen in mir wachsen, während sich die himmlischen Sphären nach Deinen Atemzügen bewegen.«[39] Und er möge sich bemühen, dass jeder seiner Augenblicke ein Atemzug Gottes ist. Wenn der Einfluss dieses Augenblickes über ihn kommt, dann wird er ihn empfangen. Er möge sich davor hüten, in [den Einfluss des Augenblicks] verliebt zu sein. Aber er möge dieses Einflusses eingedenk sein. Denn das ist notwendig, wenn er sich als Lehrer betätigt. Die meisten Scheichs kommen nur deshalb nicht als Lehrer in Frage, weil sie es versäumen, an das zu denken, was wir hier nicht erwähnt haben, und weil sie keine Beziehung dazu haben.

Der Augenblick[40] wird länger oder kürzer entsprechend dem Bewusstsein desjenigen, der ihn erlebt. Es gibt Men-

40. »Der Augenblick« (*waqt*) ist ein Ausdruck für deinen Zustand in der Zeit. Dieser Zustand lehnt sich nicht an die Vergangenheit und nicht an die Zukunft an. Er ist ein Existierendes zwischen zwei Nichtexistierenden. Wenn dein Augenblick die Quelle deines Zustandes ist, bist du der Sohn deines Augenblicks, und dein Augenblick entscheidet, was du bist, denn er existiert und du existierst nicht. Du bist eine Täuschung, und dein Augenblick ist Wirklichkeit. Wenn dein Augenblick Gehorsam ist und deine Kontemplation in jedem Zustand deiner Eigenschaft als Diener entspricht, dann bist du einer der Ausdauernden. Wenn das Gegenteil davon der Fall ist, dann bist du einer der Vorübergehenden. Im ersten Fall ist dein Augenblick Nähe, und im zweiten Fall ist dein Augenblick Entfernung: Unvermeidlich ist es in jedem Fall der Augenblick, der dir seine Erfahrung gibt. Wenn dein Augenblick Nähe ist, stammt deine Erfahrung aus der

schen, deren Augenblick eine Stunde, einen Tag, eine Woche, ein Jahr oder die ganze Lebenszeit umfasst. Und zur Menschheit gehören auch solche, für die es keinen Augenblick gibt, denn wer aufmerksam auf jeden seiner Atemzüge achtet, der hat die Stunden in seiner Gewalt, und alle längeren Zeiträume auch. Aber der, dessen Augenblick das Bewusstsein der Stunden ist, der verliert die Atemzüge. Und der, dessen Augenblick die Tage sind, der verliert die Stunden. Und der, dessen Augenblick die Wochen sind, der verliert die Tage. Und der, dessen Augenblick die Jahre sind, der verliert die Monate, und der, dessen Augenblick sein ganzes Leben ist, der verliert die Jahre. Und der, für den es keinen Augenblick gibt, der hat gar keine Lebenszeit, und er verliert auch das Leben nach dem Tod. Seine tierische Art, den Willen zu gebrauchen (*himma*), wird dort nicht fortgesetzt. Und wer sich selbst groß macht, der legt damit Zeugnis ab von der Beschränktheit seines Augenblicks und von der Kleinheit seines Wissens.

Wer keinen Augenblick hat, der hat ihn nur so lange nicht, wie seine Krankheit andauert, so lange er von seiner tierischen Natur regiert wird; denn das Tor zur unsichtba-

Gegenwart der Nähe. Wenn dein Augenblick Entfernung ist, entstammt deine Erfahrung der Gegenwart der Entfernung. Und jeder, der über die Vergangenheit trauert und den gegenwärtigen Augenblick mit Vergangenheit anfüllt, ist einer von jenen, die in Entfernung gesetzt wurden; denn er lässt das entgleiten, was der augenblickliche Zustand erfordert, und hängt dem nach, was nicht zurückkehren wird. Das ist die Essenz des Nichtexistierenden. Jeder, der sich mit der Zukunft beschäftigt, ist im gleichen Zustand.

41. »...*dessen Herz sich danach sehnt«*, denn Sehnsucht (*shahwa*) ist nach den Worten des Scheichs ein begrenzter naturgebundener Wunsch. Deshalb heftet sich Sehnsucht nur an solche Objekte, die der Neigung des naturgegebenen Antriebs entsprechen. Wenn jemand eine Neigung zu etwas verspürt, ohne dass daran ein natürlicher Antrieb beteiligt ist, wie zum Beispiel eine Neigung zu abstrakten Bedeutungen und hohen geistigen Essenzen, zur Vollkommenheit, zur Gottesschau und zum Wissen um Gott, braucht er sich vor dieser Neigung nicht

ren Welt und ihren Geheimnissen kann niemals für den geöffnet werden, dessen Herz sich danach sehnt.[41] Was das Tor des kontemplativen Wissens von Gott betrifft, so öffnet sich dieses so lange nicht, wie das Herz seinen Blick auf irgendetwas in der sichtbaren oder in der unsichtbaren Welt gerichtet hat.

Wisse auch betreffend diese Dinge, die [uns] anvertraut sind [von Gott, nämlich die Pflichten, die das heilige Gesetz auferlegt]: Wenn jemand diese Dinge sucht und mit ihnen geziemend verfährt, ohne die Absicht (*himma*), irgendetwas über den Bereich dieser Dinge Hinausgehendes zu erreichen, ausgenommen, dass er sich das Paradies erhofft, dann ist dieser ein Anbeter und ein Gefährte des Wassers und der Gebetsnische. Wenn aber die Absicht eines Menschen auf etwas gerichtet ist, das jenseits der vorbereitungslosen Anbetung gelegen ist, wird diesem nichts offenbart werden und er kommt der Erfüllung seiner Absicht nicht näher. Im Gegenteil, ein solcher Mensch gleicht einem Kranken. Seine Kräfte und Fähigkeiten verschwinden völlig. Sein Wille (*himma*) und seine Fähigkeit zu handeln werden ernsthaft beeinträchtigt. Wie kann ein

zurückzuziehen. Aber wenn er diesen Dingen durch das Vergnügen an trügerischen Vorstellungen zuneigt, ist diese [gleiche Neigung] der Hang zur Sehnsucht. [Sie ist eine Anziehungskraft], die von der äußeren Form her kommt, denn die Vorstellung geht nur so weit, dass sie das körperlich macht, was keine Form hat. Das ist ein Naturgesetz.

Der Scheich sagte:

Der Wille ist eine Göttliche Eigenschaft der geistigen Natur. (…) Wenn die Neigung ohne Vorstellung eine Beziehung zum Immateriellen herstellt, (…) ist das eine Neigung des Willens, und nicht des natürlichen Wunsches; denn die Sehnsucht hat keinen Zugang zu Dingen, die von der Materie unabhängig sind, aber der Wille hat Verbindung zu jedem Gegenstand der Seele und des Verstandes, ob dieser Gegenstand [für das Verlangen] anziehend ist oder nicht. Die Sehnsucht hat keinen anderen Bezug als den Wunsch, dass die Seele ein bestimmtes Vergnügen erlangt.

solcher Mensch das erreichen, was er mit seinem *himma* beabsichtigt? Daher ist die Vorbereitung auf die Vollkommenheit durch *himma* und so weiter notwendig.[42]

Wer die Essenz der Wirklichkeit erreicht, dessen Absicht löst sich auf. Für das Erlangen jenseitiger Dinge aber gibt es keine Grenzen. Wer das Ziel erreicht hat, sagt dann: »Anders als so ist es nicht richtig. Und so ist es nur um des Erstaunens willen, das beim Lüften der Schleier entsteht.« Denn durch das Wissen, das in der Kontemplation zu ihm kommt, erfährt er das, was jenseits der äußeren Erscheinungen gelegen ist: die Wahrheit jenseits der Erscheinungen. Denn der Erscheinende Eine ist zwar Einer in Seiner Essenz, aber unendlich in Seinen Aspekten. Diese sind Seine Spuren in uns.[43]

42. »*Himma und so weiter*«. Damit ist äußerliche Anbetung gemeint, die die Vervollkommnung des Äußeren bedeutet.

43. »*Wer die Essenz der Wirklichkeit erreicht*« und als Suchender mit all den vorbereitenden Erfahrungen ausgezeichnet wird, die wir beschrieben haben, und so zur Erkenntnis der Essenz der geformten Wirklichkeit gelangt, »*dessen Absicht löst sich auf*« – das heißt, sein Wille löst sich im Willen Gottes auf, und er erkennt, dass sein Wille ein Zweig des Göttlichen Willens ist. Gott der Allerhöchste hat gesagt: »Und ihr werdet nichts anderes wollen als das, was Gott will« (76:30). Wäre es nicht Gottes Wille gewesen, dass der Suchende Ihn erreicht, dann hätte er Ihn nicht erreicht. Es gibt unzählige Stellen im Koran, die genau das betreffen. Darunter sind Seine Aussprüche: »Er wandte sich zu ihnen, damit sie sich zu Ihm wandten« (9:118) und »Er liebt sie, damit sie Ihn lieben« (5:54). Deine Verwirklichung ist die Verneinung der Spuren deiner Eigenschaften durch Seine Eigenschaften. Er ist Der, Der handelt durch dich, in dir, von dir aus, du bist es nicht. »Und es gibt kein lebendiges Geschöpf, das nicht Er bei der Stirnlocke ergreift« (11:56). Die Auflösung der *himma* ist die Essenz der Erkenntnis des Menschen in seiner Form [das heißt, in seiner wahren, essentiellen menschlichen Form], weil seine Eigenschaften zu dieser Zeit die Essenz der Eigenschaften Gottes darstellen. Verstehe das.

Und wisse, dass die Reise zu Gott nicht weit ist, denn sie bedeutet das Überqueren der nur scheinbaren Entfernung [zwischen dem Menschen und Gott], welche die Essenz der Welt ist. Was aber die Reise *in* Gott betrifft, das heißt das Wissen über Ihn und Seine Eigenschaften, so ist diese unendlich, denn Seine Eigenschaften (Er sei gepriesen!) sind ohne Ende. Deshalb hat das Erlangen Gottes ein Ende, aber *»für das Erlangen jenseitiger Dinge gibt es keine Grenzen«*. Wer am Ziel angekommen ist, sagt mit der Stimme dessen, der *»das Ziel erreicht hat«* – das heißt dessen, in dem einige der Aspekte Gottes, einige Seiner

Dennoch geht der Durst des Wissenden immer weiter. Sehnsucht und Ehrfurcht hängen für immer an ihm. Und dem zuliebe lasst die Arbeitenden arbeiten und lasst die Kämpfenden kämpfen.

Möge der Segen Gottes
mit unserem Meister Mohammed sein
und mit seiner Familie und seinen Gefährten,
und ebenso der Friede.
Preis sei Gott, dem Herrn der Welten.

Namen manifest geworden sind: »*Anders also so*«, nämlich in dem Zustand, den der Betreffende jetzt erreicht hat, »*ist es nicht richtig*«, nämlich dass Gott innerhalb der Essenz der Menschen existiert, denn [in jedem anderen Fall] würde Ihn das begrenzen, und Er (Ehre sei Ihm!) ist bedingungslos und ohne Grenzen. Oder entsprechend einer anderen Interpretation dieses Satzes »*ist es nicht notwendig*«, dass das, was geschehen ist, so geschehen ist, wie es war – und das ist einleuchtender –, sondern es ist geschehen »*um des Erstaunens willen, das beim Lüften der Schleier entsteht.*« Und alle Dinge sind die Gesichter Gottes, die Seine essentielle Gestalt sind. »*Durch das Wissen, das in der Kontemplation zu ihm kommt, erfährt er das, was jenseits der äußeren Erscheinung gelegen ist*«, nämlich das, was jenseits von dem liegt, was er entsprechend seinem Fassungsvermögen erfahren hat, denn das Göttliche Wissen hat ein ungeheures Ausmaß, das mit keiner Engherzigkeit verträglich ist [das heißt, das nicht innerhalb der Begrenzungen dessen untergebracht werden kann, der es sucht, sondern des ihm verwandelt]. Wenn Er sich also vor Seinem Diener als Offenbarung manifestiert, so bereitet das Seinen Diener für noch weitere Offenbarungen vor, und so geht das endlos weiter. Daher ist für den vollkommenen Liebhaber der Wirklichkeit ein Sattwerden nicht vorstellbar, und Begrenzungen und Ende sind für den nicht vorstellbar, der Offenbarungen entgegennimmt. Darüber sagte der Scheich:

Es ist, als würde die Erfahrung dessen, der gewahr ist, durch Den, Dessen Wesen unendlich ist, in sein Herz eingehen und ihn der Endlichkeit unterwerfen, damit auf diese Art die Manifestation in ihm möglich wird.

Das ist »*jenseits der Erscheinungen, denn der Erscheinende Eine ist einer in Seiner Essenz, aber unendlich in Seinen Aspekten. Diese sind Seine Spuren in uns.*« Seine Eigenschaften kommen nicht zur Vollkommenheit, außer in uns. So geben wir Ihm die Eigenschaften, und Er gibt uns das Sein. Wenn das Erlangen dessen, was jenseits dieser Welt ist, keine Grenzen hat, so liegt das daran, dass jede Kontemplation den Betreffenden einer noch höheren Kontemplation Auge in Auge gegenüberstellt. So geht das ohne Ende weiter. »*Und dem zuliebe lasst die Arbeitenden arbeiten und lasst die Kämpfenden kämpfen.*«

Meine Reise
verlief nur in mir selbst

Kapitel 367 aus
den *Futuhat al-Makkiyah*

Vom Arabischen ins Englische übertragen
und kommentiert von James W. Morris

Aus dem Englischen übersetzt
von Wolfgang Herrmann

Einführung

von James W. Morris

DIE URSPRÜNGLICHEN IM KORAN UND DEN HADITHEN ENT-
haltenen Hinweise, die sich auf die Himmelfahrt (*miraj*) oder
Himmelsreise (*isra*, Koran 17:1) des Propheten beziehen und auf
die Offenbarungsvision, mit der sie ihren Höhepunkt erreichte
(53:1–18), gaben in der Folge Anlass zu unermesslich vielen Deutungen im Umkreis der zahllosen späteren Überlieferungen islamischen Denkens und islamischer Spiritualität.[1] Ibn Arabis eigene
Bearbeitung dieses Materials, die in mindestens vier getrennten
längeren Erzählungen niedergelegt ist, spiegelt sowohl die typi-
schen Merkmale seines besonderen Zugangs zum Koran und den
Hadithen wider als auch die ganze Spannweite seiner metaphysisch-theologischen Lehren und seines Interesses an praktischer
Spiritualität. Für ihn ist des Propheten »nächtliche Reise« – ein
Ausdruck, den er bevorzugt einmal, weil er aus dem Koran
stammt, und zum andern, weil er der sich vollendenden, »kreisför-
migen« Natur der in Frage stehenden Bewegung[2] besser angepasst
ist – vor allem ein archetypisches Symbol für die allerhöchsten

1. In dieser Einführung haben wir für gewöhnlich den Ausdruck »Miraj«
(Himmelfahrt) verwendet, der in islamischen Sprachen sehr gebräuchlich ist, obwohl Ibn Arabi selber es vorzieht, dem Koran zu folgen und sich stattdessen auf
die *isra* des Propheten und der Heiligen bezieht. An den meisten Stellen der
Hadithe, wo von dieser Himmelfahrt berichtet wird, spielen die Offenbarungen,
auf die in den koranischen Versen 53:1–18 angespielt wird, eine wesentliche (ja
sogar entscheidende) Rolle und sie werden von Ibn Arabi in all seinen Erzählungen von der Miraj unter diesem Aspekt verstanden.

2. Der koranische Ausdruck *asra* (17:1) enthält eine ganze Reihe von Schattie-
rungen seiner Bedeutung, die Ibn Arabis Vorliebe für diesen Begriff verstehen hel-
fen. Über dessen Verwendung zur Beschreibung einer vollständigen spirituellen
Reise hinaus, die sowohl Aufstieg als auch Rückkehr (*ruju*) enthält, bezieht sich
der Ausdruck im engeren Sinne auf eine *nächtliche Reise*, mit all den Implika-
tionen einer »verborgenen«, zutiefst inneren spirituellen Wandlung, die für die in
all diesen Erzählungen beschriebenen Reisen der Heiligen so entscheidend ist.
Schließlich besteht auch die Verbalform *asra* ganz eindeutig auf *Gott* als dem
(letztendlich) Bewirkenden und als Quelle dieser Bewegung und weist auf die
Hauptfaktoren von Göttlicher Gnade und individueller Empfänglichkeit hin, die
für Ibn Arabis Gedanken über diese Reise (ob für den Propheten oder die
Heiligen) ebenfalls zentral sind.

Stufen bei der inneren spirituellen Reise, die von jedem der Heiligen oder mystisch »Wissenden« angetreten werden muss, will er vollständig am Erbe Mohammeds[3] teilhaben, auch wenn die subjektiven Phasen und Erfahrungen, die diesen Weg markieren, jedem Individuum mit Notwendigkeit unterschiedlich erscheinen.

Mit dem Thema der Miraj verfügt Ibn Arabi somit über einen einzigen symbolisch vereinheitlichenden Rahmen für das ganze Spektrum praktischer spiritueller Fragen und theoretischer Ansätze (der ontologischen, kosmologischen, theologischen und so weiter), die durchgängig vor anderem Hintergrund in den *Futuhat* und seinen anderen Werken behandelt werden.[4] Wenn jede seiner Behandlungen der Miraj sich diesen Fragen von einem jeweils eigenen Standpunkt und auch nur zu einem besonderen Zweck nähert – überdies in einem unterschiedlichen Schreibstil, der für autobiografische Elemente mal mehr, mal weniger offen ist –, so ist ihnen allen doch etwas gemeinsam, was vielleicht das grundlegendste Merkmal all seiner Schriften darstellt, nämlich der ständige Wechsel zwischen dem metaphysischen (allseitig und ewig gültigen) »Göttlichen« Standpunkt[5] und der »phänomenologischen« (persönlichen und erfahrungsmäßigen) Sichtweise jedes einzelnen Reisenden auf dem spirituellen Weg. Die Zielsetzung dieser Art von Dialektik, an die er seine Leser nachdrücklich ganz zu Beginn

3. Obschon Ibn Arabi die einzigartige ›physische‹ Natur von Mohammeds Miraj anerkennt, betont er doch die vorrangige Bedeutung der spirituellen *isra* – sogar für Mohammed – im Gesamtbild der »dreiunddreißig« weiteren, rein spirituellen Reisen des Propheten. Der Anteil der Heiligen am prophetischen Erbe (*wiratha*) hat in allen Erzählungen von der Miraj eine überragende Bedeutung.

4. So ist insbesondere klar, dass die spirituellen Erscheinungen, die diesem von der Miraj bedingten besonderen Schema zugrunde liegen, nicht fundamental verschieden sind von den von Ibn Arabi anderswo diskutierten Wirklichkeiten in Bezug auf weitere traditionelle Sufi-Kategorien, wie etwa der Metapher von der spirituellen »Reise in Gott« (*asfar*) oder der komplexen Unterscheidung zwischen »Stationen« (*maqamat*), Stufen (*manazil*) und so weiter, die durch die ganzen *Futuhat* hindurch verwendet werden.

5. Dieser wird im nachfolgend wiedergegebenen Kapitel 367 der *Futuhat*, zusätzlich zu Ibn Arabis eigener explizit metaphysischen Sprache, besonders verdeutlicht durch die Geister der verschiedenen Propheten, im Speziellen Adam, Idries und Aaron – von denen hier alle, so wie es mit Gott im Koran häufig der Fall ist, aus einer transzendent Göttlichen oder »überzeitlichen« Perspektive sprechen.

des Kapitels 367 erinnert, ist ziemlich klar. Wenn auch die Reise, um die es geht, sich notwendigerweise durch Raum und Zeit fort-zubewegen scheint, so ist es doch nicht so, dass wir am Ende Gott ›erreichen‹ können – da »Er bei dir ist, wo auch immer du sein magst« –, sondern eher so, »dass Er [uns] dazu veranlassen kann, Seine Zeichen zu sehen« (31:31), die überall da sind, an den Horizonten und in den Seelen. Die Himmel dieser Reise, die sie bevölkernden Propheten und Engel, der Tempel oder der Thron, wo die letzte »Enthüllung« stattfindet – all diese Orte, darauf be-steht er, stellen so viele Orte des *Herzens* dar.[6]

Moderne Leser, die diese Erzählungen auf dieser höchsten und innigsten Ebene verstehen wollen, müssen sich freilich erst ihren Weg bahnen durch einen äußerst dichten Komplex von Sinn-bildern und oft nur versteckten Bezüge auf diese, was ein heute weitgehend unvertrauter Schatz an Wissen ist. Die Aufgabe, ihn auszulegen, ist daher nicht unähnlich derjenigen, vor der die Leser von Dantes *Göttlicher Komödie* (und da besonders des *Paradiso*) stehen. Unsere Anmerkungen zu der vorliegenden Übersetzung von Kapitel 367 der *Futuhat* konzentrieren sich hauptsächlich dar-auf, diesen unverzichtbaren Hintergrund in folgenden Bereichen herzustellen:

1. das tatsächliche im Koran und den Hadithen enthaltene Quellenmaterial,[7] das die Grundstruktur und die Schlüssel-symbole für alle von Ibn Arabis Erzählungen der Miraj be-reitstellt;

6. Daher die zentrale Bedeutung des beliebten Göttlichen Ausspruchs (Hadith *qudsi*), mit welchem er den Eröffnungsabschnitt ausklingen lässt (vgl. Anmerkung 29): »Weder Meine Erde noch Mein Himmel vermögen, Mich zu umfassen, aber das Herz Meines Dieners, des Menschen wahren Glaubens, umfasst mich.«

7. Ibn Arabi folgt den Aussprüchen und Taten des Propheten, wie sie in den kanonischen Hadith-Sammlungen verzeichnet sind, peinlich genau und ent-wickelt oft genug seine eigenen spirituellen Deutungen, indem er von einer auf-merksamen Beobachtung noch der kleinsten buchstäblichen Einzelheiten jener Berichte ausgeht. Statt dass er sich auf die formalen Unterschiede oder scheinba-ren Widersprüche zwischen den verschiedenen Hadithen konzentriert (die, wie beispielsweise in Bezug auf die Anzahl und Abfolge der Stufen der Himmelfahrt, sehr offensichtlich sind), schenkt Ibn Arabi seine Aufmerksamkeit typischerweise – »ökumenisch« könnte man sagen – der Vermittlung der spirituellen Bedeutung und Absicht in *jedem* Ausspruch des Propheten und weist damit auf eine

2. die kosmologischen und astrologischen Annahmen, die er im Allgemeinen mit den anderen, mehr oder weniger »wissenschaftlichen« Überlieferungen seiner Zeit teilte;[8]

3. seine eigenen metaphysischen und kosmogonischen Theorien oder Lehren, die im Grunde genommen jene sind, die man auch in seinen anderen Schriften findet; und

4. seine Vorstellung von den eigentümlichen spirituellen »Erbschaften« und ausgeprägten Eigenschaften jedes der Propheten, denen man während der Miraj begegnet, wie sie in den *Fusus al-Hikam* und überall in den *Futuhat* entwickelt werden.

Schließlich mag es hilfreich sein, da die vier größten Berichte von Ibn Arabi bezüglich der Miraj gewisse Merkmale gemeinsam haben – und einige zumindest teilweise in französischen und englischen Übersetzungen vorliegen –, zu Vergleichszwecken einige mehr differenzierende Merkmale herauszuarbeiten.

Verständnisebene, welche verbindet, was ansonsten als Ausdruck von Widerspruch und Konflikt gesehen werden mag. (Dieser Ansatz widerspiegelt seine allgemeine Haltung gegenüber den verschiedenen islamischen Sekten und Gesetzesschulen und letztes Endes gegenüber der bemerkenswerten Mannigfaltigkeit der Religionen und Glaubensbekenntnissen der Menschen.)

8. Glücklicherweise kommt diesen Elementen hier weit geringere Wichtigkeit zu als im Kapitel 167 (siehe weiter unten), welches eine viel stärkere Vertrautheit voraussetzt mit Alchimie und ptolemäisch-aristotelischer Astronomie sowie eine breite Kenntnis traditionellen astrologischen Wissens bezüglich des bestimmten Einflusses der Planeten und zusätzlicher »esoterischer Wissenschaften«. Jedenfalls ist es wichtig anzumerken, dass praktisch alle diese Themen – welche Ibn Arabi dort als von der natürlichen Beobachtungsgabe und der »Urteilskraft« (*nazar*) des Menschen grundsätzlich erkennbar darstellt – vor allem den symbolischen Rahmen des Miraj-Berichts betreffen, und nicht dessen allgemeingültigen spirituellen »Gehalt«. Dieser findet im vorliegenden Kapitel 367 seinen allgemeinen Ausdruck in einer Form, die viel direkter zugänglich ist.

9. Das ganze *Kitab al-Isra* atmet eine Stimmung von unmittelbarer Erregung, die zwingend die relative Nähe einer entscheidenden (und vielleicht noch gar nicht voll umgesetzten) persönlichen Eingebung widerspiegelt. Genauer gesagt scheint das *Kitab al-Isra* noch nicht mit letzter Klarheit zu unterscheiden zwischen dem, was Ibn Arabi später die *maqam muhammadi* (die spirituelle Station

Die weiteren Berichte über die Miraj:
Kitab al-Isra, Risalat al-Anwar und
das Kapitel 167 der Futuhat

Das *Kitab al-Isra,* das früheste und zugleich umfangreichste und persönlichste der hier angesprochenen Werke, wurde im Jahr 1198 in Fes verfasst, offenbar nur vergleichsweise kurze Zeit nach gewissen entscheidenden Eingebungen, welche die letztgültige Einheit der Propheten in der spirituellen »Station von Mohammed« sowie die innere Bedeutung des Korans in seiner vollen zeitlosen Wirklichkeit zum Inhalt hatten und die bald in Ibn Arabis Vorstellung von seiner ureigensten Rolle als »Siegel der mohammedanischen Heiligen«[9] münden sollte. In einem gefühlsbetonten, flüssigen und höchst ausdrucksvollen arabischen Schreibstil, unter Ausschöpfung eines unglaublich dichten und anspielungsreichen symbolischen Vokabulars,[10] wobei er lange poetische Zwischenspiele mit gedrängter Prosa in Reimform kombiniert – was seinen Höhepunkt in einer Reihe von bemerkenswerten »vertraulichen

Mohammeds) – oder dessen erhabenster, einzig ihm selbst als »Siegel der mohammedanischen Heiligen« vorbehaltenen Teil – nennt, und dem, was er dann auch die »Station der Nähe« [zu Gott] (*maqam al-qurba*) nennt, die allgemeiner von der höchsten Rangstufe der Heiligen, den *afrad* oder *malamiyah* erreicht wird. Im *Kitab al-Isra* spielt er häufig auf seine eigne Stufe der erhabenen »mohammedanischen Station« an, jedoch unter Verwendung einer Terminologie – wie es auch bei vielen nachfolgenden Sufis der Fall blieb –, die mit andeutet, dass er von einer spirituellen Stufe spricht, die für andere moslemische Heilige ebenfalls zugänglich ist. Im Zusammenhang mit dieser wichtigen Frage für unser Verständnis von Ibn Arabis eigener spirituellen Autobiografie sei auch auf die berühmte Einleitungspassage der *Futuhat* verwiesen, welche von Ibn Arabis späterer Erfahrung (oder vollkommenen Erkenntnis) seiner ›Investitur‹ als »Siegel der mohammedanischen Heiligen« erzählt.

10. Der größte Teil dieses Labyrinths von Symbolen und Anspielungen auf den Koran und die Hadithe (oft durch nur ein einzelnes Wort oder einen kurzen Satz) könnte theoretisch mit Hilfe ausgiebiger Verweise auf die *Futuhat* und andere Werke erhellt werden. Doch würde ein solcher Kommentar an vielen Stellen seitenlange Anmerkungen zu jedem zweiten Wort notwendig machen – ein Unterfangen, das nicht hoffen dürfte, der poetischen, unmittelbar ausgedrückten emotionalen Qualität gerecht zu werden, dieser so wesentlichen Eigenschaft von Ibn Arabis Werk.

Gesprächen« (*munajat*) mit Gott findet –, kommt er immer wieder
darauf zurück, die Zwillingsthemen der ewigen mohammedanischen Wirklichkeit (die alle Propheten und deren Lehren einschließt) und die universelle metaphysische Gültigkeit des Korans
zu feiern und so auszuarbeiten, wie sie inwendig in seiner eigenen
mystischen Erfahrung wahrgenommen und für wahr befunden
wurden. Dass hier der autobiografische »Reisende«[11] die himmlischen Sphären und die höheren Stufen der Enthüllung der Miraj
durchschreitet, dient nicht so sehr dazu, die aufeinander folgenden
Schritte des spirituellen Wegs und allgemeiner noch den ›Fortschritt‹ der Heiligen zu beschreiben – wie es in gewissem Maße bei
allen anderen Erzählungen der Miraj der Fall ist –, sondern hält in
erster Linie einen Rahmen bereit, in dem verschiedene Aspekte der
eigenen spirituellen Entwicklung des Autors herausgestellt und
verdeutlicht werden können, insofern sie den noch höher aufra-
genden Rang des Propheten widerspiegeln. Was bei diesem Auf-
bau vielleicht am bemerkenswertesten ist, und zwar auf eine Weise,
die Ibn Arabis wiederholte Behauptung untermauert, er habe dies
alles zuerst allein über Göttliche Eingebung (und nicht mit einer
individuellen Bemühung des Denkens) empfangen, ist die Art und
Weise, wie das komplexe metaphysische und ontologische System-
gerüst, das in den *Futuhat* entfaltet wird, hier schon gänzlich vorhanden ist, freilich zum größten Teil nur implizit. Es wird stattdessen über ein unglaublich üppiges Aufgebot von Symbolen und
Anspielungen zum Ausdruck gebracht, die dem Koran und den
Hadithen entnommen sind (und deren volle Erklärung zum größten Teil erst in späteren, mehr analytischen Prosawerken, wie eben
den *Futuhat,* zu suchen ist).

---

11. Die autobiografische Natur des *Kitab al-Isra* wird nicht einmal ansatzweise
verschwiegen. So erklärt Ibn Arabi darin die wiederholte Bezeichnung seiner
selbst als *salik* mit seinem Wunsch nach Unterstreichung der Tatsache, dass »ich
auch jetzt [d.h. nach dem Erreichen der höchsten spirituellen Station] noch
immer auf der Reise bin«, dass er also, anders gesagt, seine »Einheit« nicht im
Sinne einer absoluten gegenseitigen Identität mit Gott versteht.

12. Die [der vorliegenden Ausgabe zugrunde gelegte] vollständige Übertragung
ins Englische durch Rabia T. Harris verfügt zwar über keine Anmerkungen, hat jedoch den Vorteil einer ausgiebigen und nützlichen Auswahl aus al-Jilis Kommentar, welcher selbst zu großen Teilen wiederum aus Zitaten aus den *Futuhat* besteht.

Im Vergleich zu den literarischen und theoretischen Komplexi-
täten des vorangehenden Werkes ist das *Risalat al-Anwar* eine relativ kurze Prosa-Abhandlung, die in Konya im Jahre 1206 (zu
Beginn von Ibn Arabis langem Aufenthalt im moslemischen
Osten) verfasst wurde, stilistisch gesehen weit zugänglicher, und
ihre Inhalte können rascher verstanden werden – Merkmale, die
(zusammen mit der Existenz eines hervorragenden Kommentars
von Abd al-Karim al-Jili) zweifellos zu ihrer Beliebtheit bei modernen Übersetzern beigetragen haben.[12] Geschrieben als Antwort auf
die Anfrage eines befreundeten Sufis und Lehrerkollegen, hat diese
Studie, wie ihr voller Titel[13] zum Teil anzeigt, in ihrer Begrifflichkeit und Ausdrucksweise vor allem eine praktische und erfah-
rungsbezogene Zielsetzung (mehr als eine vorrangig lehrhafte oder
metaphysische). Sie zielt auf die Bedürfnisse eines Lesers, der selbst
intensiv mit der spirituellen Anleitung von Schülern auf einem
frühen Stadium des Wegs befasst ist und notwendigerweise schon
ein beträchtliches Maß an persönlicher Vervollkommnung und
Erfahrung aufweist. Während die Anspielungen auf die eigentlichen Miraj sehr kurz ausfallen – zumeist erwähnen sie nur die kosmologischen Kräfte oder spirituellen Eigenschaften, die man traditionell mit jeder der himmlischen Sphären verbindet, sowie die
koranische ›Kosmographie‹ der Paradiesgärten, des Göttlichen
»Throns«, der »Schreibfeder« und so weiter[14] –, so stellt dieses
Buch doch eine unverzichtbare Ergänzung zu den anderen Miraj-
Erzählungen in zwei kritischen Bereichen dar: erstens mit seiner relativ ausführlichen Behandlung der wesentlichen praktischen
Methoden und Vorstufen, die den Weg für die innere Wahrnehmung dieser fortgeschritteneren spirituellen Einsichten vorbereiten, und zweitens mit Ibn Arabis wiederholter Betonung, wie

13. »Die Abhandlung von den Lichtern, betreffend die Geheimnisse, die dem
Menschen in der spirituellen Einsiedelei (*sahib khalwa*) gewährt werden.« Das
Werk ist allerdings eher unter dem Titel *Reise zum Herrn der Macht* bekannt.

14. Alle diese kosmologischen Bereiche werden im Kapitel 167 der *Futuhat*
sehr detailliert entwickelt. Das *Risalat al-Anwar* jedoch enthält keine dieser persönlichen Begegnungen mit den Propheten, die symbolisch mit jeder Sphäre
(oder mit der entsprechenden »spirituellen Entität« jedes Planeten, wie Merkur,
Mars, Venus etc.) in Zusammenhang gebracht werden und die den Großteil der
Miraj-Erzählungen in den beiden *Futuhat*-Kapiteln wie auch in der *Kitab al-Isra*
ausmachen.

grundlegend wichtig die abschließende Phase der »Rückkehr« der Heiligen zu einem umgewandelten Bewusstsein von der physischen und sozialen Welt (in ihrer unmittelbaren Beziehung auf Gott) ist sowie die Rückkehr zu den je eigenen Verantwortungen und Tätigkeiten – ob nun Lehre oder spirituelle Anleitung oder die weniger sichtbaren Aufgaben der Repräsentanten spiritueller Hierarchie –, die aus jener inneren Wahrnehmung fließen.

Schließlich verwendet das lange Kapitel 167 der *Futuhat,* »Über das innere Wissen von der Alchimie der Glückseligkeit«, den Rahmen der Miraj, um in aufsteigender Folge den vielen Ebenen von Ibn Arabis komplexer Kosmologie oder Kosmogonie nachzuspüren. Sein Hauptaugenmerk (im Vergleich zu den anderen hier erwähnten Schriften) liegt auf den ›objektiven‹ metaphysischen Wirklichkeiten, die den spirituellen Einsichten zugrunde liegen und die bei den anderen Erzählungen mehr in Begriffen von Erfahrung beschrieben werden. In dieser Hinsicht ähnelt es an vielen Stellen den *Fusus al-Hikam,* und die Behandlung der verschiedenen Propheten, denen man während dieser Himmelsreise begegnet (zum Beispiel Jesus, Aaron oder Moses) läuft oft parallel zu denen, die man in den entsprechenden Kapiteln der *Fusus* findet. Dieser Ansatz wird noch unterstrichen von Ibn Arabis Erzähltechnik des Vergleichs, den er während dieser ganzen Himmelfahrt zwischen dem spirituellen Wissen des Eingeweihten, das dem »Jünger von Mohammed« gewährt wird (der die Methoden der Heiligen und Sufis im Allgemeinen vertritt), und den begrenzten kosmologischen und theologischen Einsichten anstellt, die seinem Gefährten, dem archetypischen »Verstandesmenschen«[15] zugänglich sind. Um viele dieser komplexen Andeutungen vollständig zu erhellen, wäre es erforderlich, ausgiebig auf einige der unklarsten und unvertrautesten Aspekte von Ibn Arabis Denken einzugehen.

---

15. *Sahib nazar:* Die Einsichten dieses allegorischen Charakters (oder psychospirituellen Typus) geben Hauptpunkte verschiedener »rationaler Wissenschaften« zu Ibn Arabis Zeiten wieder, darunter *kalam* (insbesondere für seine »negative Theologie« oder *tanzih,* betreffend die höchsten Einsichten in die Natur Gottes), die beliebte Mischung aus Astrologie und der Astronomie aristotelischptolemäischer Prägung, aber auch die mehr esoterischen Wissenschaften der Zeit, wie etwa Alchimie.

Ibn Arabis eigene Miraj:
Das Kapitel 367 der Futuhat

Ibn Arabis lange Behandlung der Miraj in Kapitel 367 der *Futuhat* trägt einige besondere Merkmale, die es zumindest modernen Lesern beträchtlich zugänglicher machen als das Kapitel 167 oder das *Kitab al-Isra.* Zunächst einmal ist es zum größten Teil in einer relativ geradlinig erklärenden Prosa abgefasst. Dieser Stil setzt freilich eine tiefe Vertrautheit mit Ibn Arabis systematischer Begrifflichkeit und Symbolik voraus (die weitgehend dem Koran und den Hadithen entnommen sind), so wie sie überall in den *Futuhat* anzutreffen sind, doch ist die Rolle der sprachkünstlerischen Effekte, die auf dem Arabischen beruhen und mit denen wir nicht vertraut sind, vergleichsweise weniger bedeutsam als in den vorangegangenen Werken. Zweitens liegt das Augenmerk bei diesem Kapitel fast ausschließlich auf den universellen spirituellen Dimensionen der Miraj, besonders in den sprachlichen Ausformungen des Korans und der Hadithe, in einer Weise, die den Lesern der *Fusus al-Hikam* bereits bekannt sein dürfte. Im Unterschied zu Kapitel 167 setzt es keine solch umfassende Vertrautheit mit dem Vokabular und dem Symbolismus der anderen relativ esoterischen islamischen Wissenschaften des Mittelalters (Alchimie, Astrologie usw.) voraus. Ebenso können die Begegnungen mit den individuellen Propheten, die mit jeder Himmelssphäre verknüpft sind, oft schnell erhellt werden, wenn man entsprechende Fundstellen in den anderen Werken von Ibn Arabi heranzieht.[16] Und schließlich, wie so oft bei den *Futuhat,* bringen die echt autobiografischen Passagen,[17] besonders am Schluss von Ibn Arabis eigenem spiritu-

16. Unsere entsprechenden Verweise beschränken sich auf andere Kapitel der *Futuhat* sowie korrespondierende Stellen aus den *Fusus al-Hikam;* dies vor allem aufgrund der relativ besseren Verfügbarkeit von Übersetzungen und Kommentaren der Letzteren.

17. Obwohl der ganze Abschnitt IV und damit der größte Teil des Kapitels in der ersten Person erzählt wird, handelt es sich dabei um einen literarischen Kunstgriff in jenen Fällen, wo der Leser die Erklärungen durch die Propheten unschwer als Ibn Arabis eigene typische Einsichten und Wahrnehmungen erkennen kann. Jedenfalls fasst der Teilabschnitt IV-I seine direkten persönlichen Erfahrungen dessen deutlich zusammen, was – gemäß seinen nachfolgenden Schilderungen des dort »Gesehenen« – offenbar einige der wichtigsten Stufen auf seinem persönlichen spirituellen Weg waren.

ellen Aufstieg (Teilabschnitt IV-I unten), in das, was sonst bloß den Anschein eines komplexen intellektuellen und symbolischen »Systems« erwecken könnte, eine machtvolle neue Dimension von Klarheit und Überzeugungskraft ein.

Die grobe Struktur dieses Kapitels ist ziemlich klar. Sie besteht aus vier, nach und nach breiter ausgeführten und mehr ins Detail gehenden Ausarbeitungen des Zentralthemas der inneren spirituellen Bedeutung der »nächtlichen Reise«, ein Thema, dessen grundlegende Voraussetzungen und metaphysisch-theologischer Zusammenhang in den eröffnenden Zeilen (Abschnitt I) kurz aufgerufen werden, was wir zu Beginn dieser Einführung schon zusammengefasst haben. In Abschnitt II nimmt sich Ibn Arabi die Berichte der Hadithe über Mohammeds Miraj vor – sie stellen den formalen Rahmen für den Rest seiner Erzählung dar – und ergänzt sie mit eigenen Hinweisen auf viele der Schlüsselthemen, die in den darauf folgenden Abschnitten ausführlicher entwickelt werden. In Abschnitt III stellt er einen verdichteten und immer noch hoch abstrakten Abriss der »spirituellen Reisen der Heiligen« (*awliya*) vor, der in einer für ihn bezeichnenden metaphysisch-theologischen Terminologie (d.h. »in Seinen Namen in ihren Namen«) zum Ausdruck gebracht wird. Abschnitt IV schließlich, der den Hauptteil des Kapitels ausmacht, wird von Ibn Arabis Bericht über die Gipfel-

---

18. Der rätselhafte Titel wird teilweise erhellt von einer kurzen Passage zu Ende des Kapitels, wo das geheimnisvolle »fünfte *tawakkul*« erneut erwähnt wird als eines der besonderen Formen spirituellen Wissens, die Ibn Arabi in seiner Vision der Station Mohammeds erschaute: »Und ich sah darin das Wissen der Person, die mit Absicht handelt und sich [gleichzeitig] auf Gott verlässt, und das ist das fünfte *tawakkul* und wird [ausgedrückt in] Gottes Wort aus der Sure 73: ›[Es gibt keinen Gott außer Ihm], also nimm Ihn zu deinem Sachwalter (*wakil*)!‹« Im Kapitel 198 der *Futuhat* erklärt Ibn Arabi denselben koranischen Vers als einen Hinweis auf den dem Menschen eigenen ontologischen Status als reiner »Diener« ohne eigenen Besitz, eine Beschreibung, welche dem inneren Status der »reinen Dienerschaft« gleicht, die auch Ibn Arabi in seiner kulminierenden Offenbarung erlangt (siehe Teilabschnitt IV-I). Ähnlich findet eine Schlüsselstelle dieser Beschreibung (»mit Absicht handeln«) im vorderen Teil des Kapitels 367 Verwendung in Ibn Arabis Ratschlag zur Vorsicht an jene Sufis, die fälschlicherweise den ekstatischen Zustand der »Auslöschung in Gott« (*fana*, was eine Achtlosigkeit gegenüber der äußeren Welt impliziert) als Ende und Ziel des spirituellen Weges ansehen. Alle diese Hinweise scheinen auf diese höchste Form von »Gottvertrauen« hinzudeuten, der einen fortgeschrittenen inneren Zustand spiritueller Einsicht reflektiert, in welchem das absolute Vertrauen des Heiligen zu

stufen seiner persönlichen spirituellen Reise eingenommen, erzählt in der ersten Person und eng an den Pfad des Propheten angelehnt. Mag auch die autobiografische Einkleidung zunächst wie ein didaktisches Stilmittel anmuten, so stellt das Ende (Teilabschnitt IV-I) die Schilderung einer entscheidenden persönlichen Offenbarung dar, ein unwiderstehliches spirituelles Erlebnis, das anscheinend nahezu all die Punkte seines späteren Denkens und seiner Überzeugung enthielt – oder zumindest bestätigte –, die ihn am meisten auszeichnen, nämlich die Formen des Göttlichen Wissens, die er daraufhin in einer langen Aufzählung dessen aufführt, was er in jener »Station Mohammeds«, die den Höhepunkt bildet, »sah«.

Der vollständige Titel von Kapitel 367 lautet: »Betreffend das innere Wissen von der Stufe (*manzil*) des fünften *tawakkul,* das keiner der Leute der Verwirklichung (*muhaqqiqin*) entdeckt hat, weil diejenigen selten sind, die befähigt sind, es zu empfangen, und weil das Verständnis [der Menschen] nicht hinreicht, es zu erfassen.«[18]

Gott – eine Haltung, die in niedrigeren Stufen des *tawakkul* üblicherweise eine asketische Geringschätzung und Gleichgültigkeit gegenüber den »nachrangigen Ursachen« (*asbab*) oder den Dingen dieser Welt zu implizieren scheint – nun gesehen wird als gleichzeitige »Bekräftigung der nachrangigen Ursachen« (ein Wortlaut aus dem Eröffnungsgebet dieses Kapitels), die endlich in ihrem wahren metaphysischen Status als notwendige und wesentliche Manifestationen der immer gegenwärtigen Göttlichen Wirklichkeit wahrgenommen werden. Diese Form von *tawakkul* würde somit eng korrespondieren mit Ibn Arabis charakteristischer Betonung der Überlegenheit des Zustandes eines »erleuchteten Verbleibens« in der Welt (*baqa*), welche jene Heiligen (die *rajiun*) auszeichnet, die – wie der Prophet – zurückgekehrt sind von der Station der Nähe zu Gott, während sie die laufende Verwirklichung dieser Einsicht in der Welt aufrechterhalten. Der Begriff *tawakkul,* »Vertrauen« oder »innere Zuversicht«, tritt im Koran mehrmals auf und entwickelte sich nach und nach zu einem der Schlüsselbegriffe in der spirituellen Psychologie der Sufis. Im Kapitel 118 der *Futuhat* erwähnt Ibn Arabi, dass »für die wahren Wissenden die Anzahl Stufen des *tawakkul* vierhundertsiebenundachtzig beträgt«. Zu Beginn des *Risalat al-Anwar* erörtert er *tawakkul* auch als das letzte der Vorbereitungsstadien (siehe Seite 38 unten) vor der spirituellen Miraj, welches durch vier unterschiedliche »charismatische Mächte« (*hanimui*) gekennzeichnet ist.

Meine Reise
verlief nur in mir selbst

Kapitel 367 der Mekkanischen Eröffnungen
(Futuhat al-Makkiyah)

I
Kontext und Sinn der spirituellen Reise

GOTT SPRACH: »NICHTS GIBT ES, DAS SEINEM ÄHN-
lichsein gliche [und Er ist der All-Hörende, der All-Sehen-
de]« (Koran 42:11).[19] Daher beschrieb Er Sich selbst in
einer Schilderung, die mit Notwendigkeit nur Ihm zusteht, nämlich mit Seinem Ausspruch: »Und Er ist bei
euch, wo immer ihr auch sein möget« (57:4).[20] Somit ist Er
bei uns, wo immer wir uns befinden, in jedem Seiner Zustände, wenn Er »während des letzten Drittels der Nacht
zum Himmel dieser Welt herabsteigt«,[21] wenn Er »zum

Kommentar von James W. Morris

19. Dieser berühmte koranische Vers, mit der paradoxen doppelten Vernei-
nung (entsprechend der *shahada*) von Gottes »Ähnlichkeit« zu geschaffenen
Dingen, wird von Ibn Arabi in der Regel als klassischer Beleg angesehen für das
Geheimnis der gleichzeitigen Immanenz (*tashbih*) und Transzendenz (*tanzih*) der
Göttlichen Wirklichkeit, wie sie sich in der zentralen Anschauung seines ganzen
Werks, dem vollkommenen Menschen, widerspiegelt. Oft deutet er sogar die
Wendung »Sein Ähnlichsein« im genannten Vers als einen unmittelbaren Bezug
auf den vollkommenen Menschen und spielt damit auf Adams Erschaffung »im
Bild des Gnädigen« (gemäß einem bekannten Hadith) an.

20. Für Ibn Arabi ist diese Aussage lediglich eine direkte Folge der breiteren,
im Eröffnungsvers impliziten Wahrheit: Dieser innere Zusammenhang zwischen
den verschiedenen Manifestationen von Gott und dem vollkommenen Menschen
(*al-insan al-kamil*) auf allen Stufen des Seins (oder »Welten«) wird dieses ganze
Kapitel hindurch vorausgesetzt. In einem allgemeineren Sinne wird die in diesem
Vers ausgedrückte Wirklichkeit der Göttlichen »Mitpräsenz« (*ma'iya*, Mitsein)
mit allen Dingen an vielen Stellen der *Futuhat* diskutiert.

21. Eine Anspielung auf das bekannte Göttliche Wort (Hadith *qudsi*), das Ibn
Arabi auch in seine eigene Sammlung derartiger Hadithe, dem *Mishkat al-Anwar*
aufgenommen hat: »Unser Herr steigt jede Nacht zum Himmel dieser Welt

Thron hinaufgehoben« wird (5:20 u.a.),²² wenn Er Sich in der »Wolke« befindet,²³ wenn Er »auf der Erde und im Himmel ist« (43:84 u.a.),²⁴ wenn »Er dem Menschen näher ist als seine Halsschlagader« (50:16)²⁵ – und alle diese Zustände sind nähere Bestimmungen, mit denen nur Er beschrieben werden kann.

herab, wenn nur noch das letzte Drittel der Nacht bleibt, und dann spricht Er: ›Ich bin der König! Wer immer Mich anruft, Ich werde ihm antworten. Wer immer Mich [um etwas] bittet, Ich werde es ihm geben. Wer immer um Meine Vergebung ersucht, Ich werde ihm vergeben.‹« Wie Ibn Arabi im hinteren Teil des Kapitels 34 der *Futuhat* erläutert, bedeutet die »Nacht« in diesem Hadith den »Ort des Herabsteigens von Gott und Seiner Eigenschaft [der Gnade] in der Zeit«, und dieses »letzte Drittel der Nacht« – das, darauf besteht Ibn Arabi, auf ewig andauert – ist nichts anderes als der vollkommene Mensch (die ersten beiden »Drittel« sind die Himmel und die Erde, als die »beiden Eltern« des Menschen).

22. Es gibt sieben Verse im Koran, die sich darauf beziehen, dass Gott zum Thron hinaufgehoben wird (*istawa*); diese folgen häufig auf die »Schöpfung der Himmel und der Erde« (das heißt auf das, was ›unterhalb‹ des Thrones liegt oder woraus dieser in seinem kosmologischen Sinne besteht). Eine für Ibn Arabi noch grundsätzlichere Deutung des »Thrones« ist indes »das Herz des wahrhaft gläubigen Menschen« (welches gemäß eines bekannten Hadith der »Thron des Barmherzigen« ist), also der vollkommene Mensch. Die innere Verbindung dieser beiden Bedeutungen wird explizit im berühmten Hadith *qudsi* deutlich: »Weder Meine Erde noch Mein Himmel vermögen, Mich zu enthalten, aber das Herz Meines treuen Dieners kann mich enthalten« (siehe auch Anmerkungen 6 und 29). Sie ist auch ein Grundthema der Abschnitte III und IV, weil das »Herz« genau das »Theater« der ganzen Reise ist; diese Ansicht wird in den Teilabschnitten IV-G und IV-I am stärksten betont. An verschiedenen anderen Stellen unterstreicht Ibn Arabi die besondere Bedeutung der koranischen Aussage (von 5:20), dass es der Barmherzige (*ar-Rahman*) ist, die Quelle allen Seins, Der »hinaufgehoben« oder »hinaufgesetzt« wird.

23. Ein Bezug auf das folgende Hadith, das die Antwort des Propheten auf die Frage »Wo war unser Herr, bevor Er die Schöpfung hervorbrachte?« behandelt: »Er befand sich in einer Wolke (*ama*), ohne dass über ihr oder unter ihr Luft gewesen wäre, und Er schuf Seinen Thron auf dem Wasser. Unsere Übersetzung dieses Hadith widerspiegelt Ibn Arabis Interpretation in Kapitel 34 der *Futuhat*, wo er auch die Tatsache betont, dass diese bestimmte ontologische Wirklichkeit den Göttlichen Namen »Herr« (*rabb*) betrifft, und nicht den »Barmherzigen«.

24. Mit kleineren Variationen findet sich dieser Ausdruck in einer Anzahl weiterer Koranverse, die alle auf Gottes enger Vertrautheit mit allen Dingen bestehen, zum Beispiel: »Unser Herr, sicherlich weißt Du, was wir offen sagen und was

Folglich versetzt Gott einen Diener nicht deswegen von einem Ort zum andern, damit [der Diener] Ihn sehen möge, sondern um »ihn Seine Zeichen sehen zu lassen« (41:53 u.a.),[26] jene nämlich, die von ihm nicht gesehen werden. Er sprach: »Ruhm sei Ihm, Der Seinen Diener eines Nachts hat reisen lassen vom heiligen Gebetsplatz

wir verbergen. Nicht ein Ding auf Erden und im Himmel ist vor Gott verborgen« (14:38). Oder sogar noch expliziter: »Er ist Gott in den Himmeln und auf der Erde; Er kennt deine Geheimnisse [sirr] und was du verkündest, und Er weiß, was du erlangst« (6:3).

25. Ibn Arabis Verständnis der Göttlichen »Nähe«, die in dieser koranischen Wendung zum Ausdruck kommt, ist innig verknüpft mit der Wirklichkeit »fortdauernder Schöpfung« (khalq jadid), die im Rest des Koranverses und seinem unmittelbaren Zusammenhang bekundet wird: » (…) und doch sind sie verwirrt von der [stets] erneuerten Schöpfung; aber gewiss haben Wir den Menschen [al-insan] erschaffen, und Wir wissen, was seine Seele ihm einflüstert, und Wir sind dem Menschen näher als seine Halsschlagader« (50:15–16). Wie schon in der Einführung erwähnt, ist für Ibn Arabi die spirituelle »Station der Nähe« (maqam al-qurba), auf der sich jemand tatsächlich über das volle Ausmaß seiner innigen Beziehung zu Gott bewusst wird, letztlich das Ziel der Himmelfahrt der Heiligen, die in diesem Kapitel beschrieben wird. Diese Beziehung wird in der theologischen Sprache des ilm al-kalam im Abschnitt III schematisch dargestellt und in theoretischeren Begriffen in den beiden letzten Teilen von Abschnitt IV.

26. Während Ibn Arabi insbesondere auf den »Grund« der Himmelfahrt des Propheten anspielt, wie im Koran unter 17:1 beschrieben, ist in einigen anderen Koranversen (27:93, 31:31 u.a.) dieselbe Wendung (mit nur geringfügig anderen Pronomina) an die Menschheit im Allgemeinen gerichtet. Der wichtigste und bekannteste darunter ist sicherlich Vers 41:53, der denn auch stets in Betracht zu ziehen ist, wenn immer Ibn Arabi die Göttlichen »Zeichen« (ayat) erwähnt: »Wir werden sie Unsere Zeichen sehen lassen an den Horizonten und in ihren Seelen, so dass ihnen deutlich wird, dass Er der Wahrhaft Wirkliche [al-Haqq] ist. Oder ist euer Herr nicht genug? Denn wahrlich: Er ist Zeuge von jedem Ding! Was sind sie in Zweifel über das Treffen mit ihrem Herrn? Umfasst Er denn nicht wahrlich alle Dinge?« Von besonderer Wichtigkeit für Ibn Arabi, wie für viele andere islamische Denker, ist in diesem Vers die Beteuerung des Zusammentreffens der Zeichen »an den Horizonten« – das heißt in der äußeren Welt, doch vergleiche auch Mohammeds entscheidende Offenbarung am »höchsten Horizont« (53:7) – und jenen »in ihren Seelen« in der Totalität des Bewusstseins des »vollkommenen Menschen« (al-insan al-kamil). Im Weiteren betont Ibn Arabi auch stets die kausale, aktive Bedeutung der Verbform ara im Sinne von »jemanden sehen lassen / machen«, nicht einfach »zeigen«. Für ihn sind die »Zeichen« Gottes bereits da in der Gesamtheit unserer Erfahrung, werden aber nicht »gesehen«

zum entferntesten Gebetsplatz, dessen Umgebung Wir gesegnet haben, auf dass Wir ihn bewegen mögen, einiges
von Unseren Zeichen zu sehen!« (17:1).[27] Und ähnlich verhält es sich, wenn Gott [irgendeinen] Seiner Diener durch
dessen [innere spirituelle] Zustände bewegt, um auch ihn
von Seinen Zeichen sehen zu lassen. Er bewegt ihn durch
Seine Zustände.[28] (...) [Das heißt, Gott] spricht: »Ich habe
ihn nur deswegen des Nachts reisen lassen, damit er die
Zeichen sehe, nicht um [ihn] zu Mir zu bringen. Weil
nämlich kein Ort Mich festzuhalten vermag und das
Verhältnis aller Orte zu Mir gleich ist. Denn Ich bin von
der Art, dass [nur] das Herz Meines Dieners, des Menschen wahren Glaubens, Mich umfasst.[29] Wie könnte er
also veranlasst werden, zu Mir zu reisen, während Ich doch
›bei ihm bin, wo immer er sein mag‹ (57:4)?«

(*ghaba*) – das heißt, nicht als solche wahrgenommen. Demnach liegt der ganze
Zweck der spirituellen Reise einfach im Öffnen unserer (geistigen) Augen für die
Wirklichkeit der »Dinge« als Zeichen, oder wie Ibn Arabi gleich anschließend
(und noch detaillierter im Abschnitt III) erklärt: im Erkennen der Göttlichen
Namen »in *unseren* Zuständen«. All dies ist verborgen im berühmten Gebet des
Propheten, das ebenfalls dem ganzen Kapitel zugrunde liegt: »Oh mein Gott,
mach, dass wir die Dinge so sehen, wie sie wirklich sind!«

27. Mit *masjid al-haram* (heiliger Gebetsplatz) wird gemeinhin das Heiligtum
der Kaaba in Mekka bezeichnet; Uneinigkeit besteht jedoch über die Deutung des
masjid al-aqsa (entferntester Gebetsplatz), der manchmal, besonders in späteren
Traditionen, mit dem Ort des Tempels von Jerusalem (*al-bayt al-maqdis,* dem
»heiligen Haus«) gleichgesetzt wird, wo Mohammed gemäß einiger Hadith-
Berichte vor seinem himmlischen Aufstieg haltmacht, um zu beten. Frühere
Traditionen jedoch stimmen darin überein, dass er sich auf den am weitesten ent-
fernten Punkt (*al-darah*) oder das Ziel der Miraj bezieht (wo Mohammed die in
Sure 53 beschriebene höchste Offenbarung erhielt). Dieser Ort ist demzufolge
mehr oder weniger identisch mit dem »bewohnten Haus« oder dem himmlischen
Tempel Abrahams (*al-bayt al-ma'mur*), dem Symbol für das im Teilabschnitt IV-
H diskutierte Herz. Ibn Arabi scheint implizit letzterer Definition zu folgen. In
diesem Kapitel (wie auch im *Kitab al-Isra*) benutzt Ibn Arabi im Allgemeinen den
koranischen Ausdruck *isra,* zur Bezeichnung von des Propheten Himmelfahrt
und ihrer spirituellen Analogien – möglicherweise weil der Begriff *miraj* auf den
›Aufstiegsteil‹ beschränkt erscheint, während Ibn Arabi stets bemüht ist (so in den
Abschnitten III und IV-F sowie am Schluss seines *Risalat al-Anwar,* vgl. Seite 57,
die entscheidende Wichtigkeit der ›Wiederabstiegsphase‹ der Rückkehr zu be-

II
Der erzählerische Rahmen:
Mohammeds Miraj und seine vielen spirituellen Reisen

DER NUN FOLGENDE LANGE ABSCHNITT VERKNÜPFT EIN NA-
hezu vollständiges Zitat eines langen Hadith, der von des Propheten Miraj berichtet[30] – deren Abfolge von Ereignissen und
himmlischen Begegnungen mit den Geistern früherer Propheten
bildet den erzählerischen Rahmen für alle von Ibn Arabis verschie-

tonen, welche die höchsten Ränge der Heiligen (und natürlich der Propheten)
auszeichnet. Wir haben hier *isra* und verwandte Begriffe konsistent mit »Reise«
übersetzt, doch gilt es zu bedenken, dass der arabische Ausdruck sich spezifisch
auf eine *nächtliche* Reise bezieht. Speziell für Ibn Arabi entspricht diese Nuance
zweifelsohne der Tatsache, dass die spirituelle *isra* zumindest ein innerer, »gehei-
mer« Vorgang und vor äußerlicher Beobachtung zum größten Teil verborgen ist,
besonders in jenen Heiligen (den *afraf* oder *malamiyah*), die ihn zu Ende gebracht
haben.

28. Hier, wie so oft bei Ibn Arabi (vor allem auch im Abschnitt III), sind die
Pronomina ziemlich zweideutig. In diesem Fall wird die beabsichtigte Bedeutung
in den nachfolgend nicht übersetzten Textzeilen deutlich, in denen verschiedene
weitere Hadithe und Koranstellen zitiert werden, wo Gott einige »Seiner«
Schöpfungen gewissen prophetischen Gesandten zeigt, um sie eine bestimmte
Lektion zu lehren. Hier vergleicht Ibn Arabi implizit diese *spirituelle* Reise der
Heiligen (und schließlich aller Menschen) durch ihre inneren »Zustände« – das
heißt »die Zeichen in eurer Seele« (vgl. Anmerkung 26) – mit der physischen
(oder möglicherweise »bildhaften«) Reise durch *Orte,* die, wie er am Ende von
Abschnitt II erklärt, das ausschließliche Privileg des Propheten bei dieser einen
Gelegenheit war.

29. Eine Anspielung auf den bereits in Anmerkung 6 erwähnten berühmten
Hadith *qudsi:* »Weder Meine Erde noch Mein Himmel vermögen, Mich zu umfassen, aber das Herz Meines Dieners, des Menschen wahren Glaubens, umfasst
mich.« Dieser bekannte Göttliche Ausspruch findet sich nicht in den kanonischen
Sammlungen, wird aber dennoch von vielen Sufis geschätzt. Ibn Arabi zitiert ihn
häufig und sieht in ihm eine klassische Referenz zur Rolle des «Herzens« (des vollkommenen Menschen, wie er von den vollendeten Heiligen verwirklicht wird) als
der vollständige Spiegel des Göttlichen *tajalliyat.*

30. Obschon Ibn Arabi die Quellen seiner Hadithe in diesem Abschnitt nicht
nennt und er seine »Zitate« (oder Interpretationen) auch nicht explizit von seinen
eigenen, mehr persönlichen Kommentaren und Erklärungen unterscheidet, erkennt man hier – wie in seinen anderen Miraj-Erzählungen – insbesondere den

denen Versionen dieser Reise – mit einer Anzahl von persönlichen Beobachtungen des Scheichs. Diese kurzen Anmerkungen lassen schon die Themen erahnen, die in größerer Ausführlichkeit im Rest des Kapitels (und in seinen anderen Behandlungen des Miraj-Themas) entwickelt werden, oder verweisen ansonsten auf Deutungen (zum Beispiel bei den Getränken, die dem Propheten zu Beginn seiner Reise angeboten werden, oder den Flüssen des Paradieses), die er ausgiebiger in anderen Zusammenhängen und Kapiteln der *Futuhat* erörtert. Doch vier dieser Randbemerkungen sind bedeutsam genug, um hier besondere Erwähnung zu finden.

Deren erste betrifft Ibn Arabis Verständnis der im angesprochenen Hadith enthaltenen Feststellung, dass Mohammed

von Buraq [seinem himmlischen Ross] herunterstieg und es mit demselben Halfter festband, mit dem auch die [anderen] Propheten es früher festgezurrt hatten.

Für den Scheich

geschah das alles nur deswegen, um die [Bedeutung und Wirklichkeit der] nachrangigen Ursachen[31] zu bekräftigen (…) er wusste ja ohnehin, dass Buraq dem Befehl [Gottes] unterstand und stehen geblieben wäre, auch wenn er es, ohne den Halfter festzuzurren, zurückgelassen hätte.

Hadith *al-isra,* welchem er den grundsätzlichen Strang der Ereignisse und Begegnungen folgen lässt bis zum »Lotusbaum an der Grenze«. Er fügt viele zusätzliche Details hinzu, wie zum Beispiel die aus dem Baum des Lebens entspringenden vier mystischen »Flüsse«, der Klang der Göttlichen »Schreibfedern« oder die Milch und andere dem Propheten angebotenen Getränke.

31. *Ithbat al-asbab,* die Bejahung aller »Wirklichkeiten« oder Erscheinungen, die anders als Gott (die Letzte und Primäre Ursache) sind. Diese Würdigung der Wirklichkeit und Bedeutung der Existenz jeglicher Erscheinungen, wie sie vom höchsten und umfassendsten spirituellen Blickwinkel aus gesehen werden, ist ein zentrales Leitmotiv von Ibn Arabis Denken und eine Haltung, die keineswegs von allen Sufis geteilt wird.

Der zweiten dieser Nebenbemerkungen begegnen wir im niedersten Himmel (der diese sublunare Welt unmittelbar umschließt), als Mohammed den Gesegneten und Verdammten unter Adams Nachkommen von Angesicht zu Angesicht gegenübergestellt wird.[32]

Da sah [Mohammed] sich selbst unter den verschiedenen Personen, die zu den Gesegneten gehörten, zur rechten Hand Adams, und er bedankte sich bei Gott. Und dadurch gelangte er zur Erkenntnis, wie es sich anfühlt, dass der Mensch [zugleich] an zwei Orten sein kann, währenddessen er genau er selbst bleibt und nicht irgendjemand anders. Dies stellte sich für ihn dar wie die sichtbare [physische] Form und die [reflektierten] Formen, die im Spiegel und [anderen] gespiegelten Bildern zu sehen sind.[33]

Die dritte dieser Textstellen enthält, im Zusammenhang mit dem Besuch des Propheten bei Jesus im zweiten Himmel, Ibn Arabis Feststellung, dass

er unser erster Meister war, durch dessen Beistand wir [zu Gott] zurückkehrten, und eine derart ungeheure Besorgnis

32. Die Existenz dieser zwei Gruppen zu beiden Seiten Adams wird in einem anderen längeren Miraj-Hadith genannt, wo jedoch unerwähnt bleibt, dass Mohammed sich *selbst* dort gesehen habe. Daher könnte es sich bei diesem Aspekt um eine eigene Hinzufügung von Seiten Ibn Arabis handeln.

33. Die gleichzeitige Anwesenheit jeder Seele in ihrem eigenen Garten (oder ihrer eigenen Hölle) bereits während *dieses* Lebens« und, allgemeiner, diese Erfahrung simultaner Präsenz seiner eigenen essenziellen individuellen Wirklichkeit (*ayn,* an dieser Stelle übersetzt als »genau er selbst bleibend«) auf verschiedenen Seinsebenen ist nur eine der Illustrationen von Ibn Arabis universeller Wahrnehmung der Realität allen manifestierten Seins als Theophanien (*tajalliyat, mazahir* etc.) der »Wirklichkeiten« oder Namen innerhalb der Göttlichen Essenz und der »ewigen individuellen Wesenheiten« (*ayan thabita*) im Göttlichen Wissen – ein Konzept, für welches er häufig das Bild von Spiegeln und Spiegelungen heranzieht. Es sei hier auch auf die bekannte metaphysische Herleitung dieses Bildes in den ersten beiden Kapiteln der *Fusus al-Hikam* (*Die Weisheit der Propheten*) verwiesen.

für uns (*inaya*) hegt, dass er uns auch nicht für eine Stunde vergisst.[34]

Die letzte Beobachtung betrifft die Natur der Vision (*ruya*) des Propheten am Höhepunkt seiner Himmelfahrt, nachdem Gott – in den Worten des Hadith –

»ihm enthüllt hatte, was Er enthüllte.«[35] »Daraufhin hieß Er [Mohammed] eintreten, also trat dieser [in die Göttliche Präsenz] ein, und dort *sah* er genau das, was er schon gewusst hatte, und sonst nichts. Die Form seines Glaubens änderte sich nicht.«[36]

34. Wiederholt wird in den *Futuhat* auf die besondere Rolle von Jesus am Beginn von Ibn Arabis spirituellem Weg angespielt: »Er schaute nach uns, als wir diesen Weg betraten, dem wir heute folgen«, oder »Ich kehrte zurück [zu Gott: *tubtu*] an der Hand von Jesus«, oder »Unsere Rückkehr auf diesen Pfad verdankte sich den guten Nachrichten (*mubashshira*) an der Hand von Jesus, Mohammed und Moses«, und »Wir entdeckten jene Station [der unmittelbaren spirituellen Nahrung] in uns selbst und erlebten sie unmittelbar (*dhawq*) am Beginn unseres spirituellen Reisens, in Begleitung der spirituellen Wirklichkeit (*ruhaniyah*) von Jesus.« Dies könnte im Zusammenhang stehen mit der Erklärung Ibn Arabis, dass sein eigener erster Sufi-Scheich, Abu al-Abbas Uraybi, sich durch seine besondere spirituelle Beziehung zu Jesus (Isawi) ausgezeichnet hatte. Zusätzlich zu den Jesus gewidmeten Kapiteln der *Futuhat* (20, 35, 36, 195 u.a.) und der *Fusus* (15) sei insbesondere auch auf jene Stellen verwiesen betreffend Ibn Arabis Vorstellung von Jesu immerwährender spiritueller Funktion als »Siegel der universellen Heiligkeit«, welches des Scheichs eigene Rolle als »Siegel der mohammedanischen Heiligkeit« spiegelt.

35. Dieser knappe Satz, dessen innere Bedeutung Ibn Arabi hier und in seinen anderen Behandlungen der Miraj mit Tausenden von Worten entfaltet, ist tatsächlich alles, was in den verschiedenen Hadithen über diese letzte Stufe der Himmelfahrt berichtet wird. Hier ist der Satz offensichtlich ein Nachhall des koranischen Verses 53:10 (*awha ... ma awha*), der auf Mohammeds Vision eines der *größten Zeichen* (53:18) Bezug nimmt. »Enthüllt« ist eine Übersetzung für *wahy*, der höchsten Form Göttlicher Eingebung, mit der sich die Propheten (*rusul*) auszeichnen.

36. Für Ibn Arabi ist in dieser entscheidenden Frage nach des Menschen »Schau« (*ruya*) oder Kontemplation Gottes klar, dass diese sich nur »qualitativ«, nicht in ihrer »Form«, vom Inhalt von dessen innerster »Glaubensüberzeugung« unterscheidet.

Diese Frage nach der »heiligen Schau« und dem menschlichen Wissen stellt das Herzstück von Ibn Arabis langer Erörterung mit Moses dar (später in diesem Kapitel, siehe IV-F), und liegt den Berichten von seiner eigenen Vision auf der allumfassenden »Station Mohammeds« zugrunde (IV-I).

Nachdem er am Ende dieses Abschnitts dargelegt hat, dass es lediglich das Beharren des Propheten auf der tatsächlichen körperlichen – im Unterschied zur bloß ekstatischen oder visionären – Natur seiner Himmelfahrt war, das Zweifel und Feindseligkeit bei seinen Zeitgenossen hervorrief,[37] schließt Ibn Arabi:

Nun geschah es [bei Mohammed] vierunddreißig Mal,[38] dass [Gott] ihn des Nachts reisen ließ, und nur einmal fand die nächtliche Reise in seinem [physischen] Körper statt, während die anderen in seinem Geiste verliefen, mittels einer Vision, die er schaute.

37. An einer früheren Stelle des Kapitels sagt Ibn Arabi, dass »Buraq ein Berg aus dem *barzakh* (der Zwischenwelt)« sei. Es ist also nicht ganz klar, ob er Mohammeds Nachtreise wirklich als körperlich im herkömmlichen Sinne verstanden hat. Jedenfalls sind für ihn die Ereignisse und Wahrnehmungen im *barzakh* in gewissem Sinne auch »körperlich« und »bewusst«. In diesem Zusammenhang sei auch an Ibn Arabis pointierten Hinweis an seine spirituellen Mitreisenden (in Abschnitt III) erinnert, nicht den »Weg« zu erwähnen, auf dem man reist, sondern nur, was man tatsächlich *gesehen* habe und was an sich unstrittig ist.

38. Für diese Behauptung konnte keine Hadith-Quelle gefunden werden. Die angedeutete relative Größenordnung lässt jedoch auf die grundsätzliche Wichtigkeit der *spirituellen* Reise jeder Seele schließen. Dies ist denn auch der wesentliche Inhalt des Rests dieses Kapitels (wie auch von Ibn Arabis anderen großen Behandlungen des Miraj-Themas).

III
Die spirituellen Reisen der Heiligen

WAS NUN DIE HEILIGEN ANGEHT, SO UNTERNEHMEN

sie spirituelle Reisen in der Zwischenwelt,[39] auf denen sie unmittelbar geistige Wirklichkeiten (*maani*) bezeugen, verkörpert in Gestalten, die von der Einbildungskraft wahrgenommen werden können. Diese [fühlbaren Bilder] überbringen das Wissen von den in diesen Formen enthaltenen geistigen Wirklichkeiten. Und daher treten die Heiligen eine [spirituelle] Reise auf der Erde und in der Luft an, ohne jemals einen wirklichen Fuß in den Himmel zu setzen. Denn was den Botschafter Gottes vor allen anderen [Heiligen] auszeichnete, war, dass sein *Körper* zur Reise veranlasst wurde, so dass er die Himmel und Sphären auf eine Weise durchquerte, die von den Sinnen wahrgenommen werden konnte, und wirkliche, fühlbare Entfernungen zurücklegte. All die Dinge von den Himmeln [gehören auch] seinen Erben,[40] doch [nur] ihrer spirituellen Wirklichkeit (*mana*) nach, nicht in ihrer sinnlichen Gestalt.

Was nun das über den Himmeln Befindliche[41] betrifft, so lasst uns anführen, was Gott mich insbesondere von der Reise der Gottesleute unmittelbar bezeugen ließ. Deren Reisen unterscheiden sich nämlich [der Form nach] davon,

---

39. *Israat ruhaniyah barzakhiyah:* Im Rest des Kapitels werden die Formen von *asra* (*isra* etc.) einfach mit »Reise« ohne den Zusatz »nächtlich« übersetzt, der – wörtlich genommen – irreführen könnte. Das »Nächtliche« verweist nach Ibn Arabi auf das innere »unsichtbare« Wesen dieser Reisen, nicht auf die Zeit, zu der sie stattfinden mögen.

40. Das heißt den Heiligen. Ibn Arabis Konzept der Heiligen als »Erben« der verschiedenen Propheten (und letztendlich von ihnen allen als Erben der »mohammedanischen Wirklichkeit«, deren Erbe all die früheren Propheten mit umfasst) ist von zentraler Wichtigkeit.

41. Dieser Ausdruck hat zwei mögliche Bedeutungen. Wenn er sich auf die rein spirituellen oder noetischen (*manawi*) Phasen der mystischen Reise bezieht, die symbolisch sogar die äußersten himmlischen Sphären überschreiten, würde er

da sie, anders als die Reise [des Propheten] in der Sinnen-
welt, verkörperte spirituelle Wirklichkeiten darstellen.
Somit sind die Himmelsreisen (*maarij*) der Heiligen die
Reisen [ihrer] Geister und die Vision [ihrer] Herzen, die
[Vision der] Formen in der Zwischenwelt und die [Vision
der] verkörperten spirituellen Wirklichkeiten. Und was
wir davon unmittelbar bezeugt haben, ist bereits in unserem Buch *Die Nächtliche Reise* (*Kitab al-Isra*) niedergelegt,
ebenso wie die Abfolge der [Stufen dieser] Reise (...)
Wann immer daher Gott mit dem Geist eines von Ihm
auserwählten Erben Seiner Gesandten oder Seiner Heiligen zu reisen wünscht, »damit Er ihn dazu bewege, Seine
Zeichen zu sehen« (17:1) – denn dies ist eine Reise, [ihr]
Wissen zu mehren und das Auge [ihres] Verstehens zu öffnen –, fallen die Umstände ihrer Reise[42] [für verschiedene
Personen] unterschiedlich aus. Und unter diesen Erben
befinden sich jene, die Er dazu bringt, *in* Ihm zu reisen.

ungefähr korrespondieren mit Ibn Arabis Aufzählung der Wissensformen (siehe
IV-I), die er auf dem Höhepunkt seiner Schau gewonnen hatte, in einem
Stadium, das detaillierter beschrieben ist im Kapitel 167 der *Futuhat* sowie im
Kitab al-Isra. Wenn er sich – was hier wahrscheinlicher erscheint – auf das be-
zieht, was spirituell ›über‹ den *physischen* Sphären und Planeten liegt (und damit
über den intellektuellen Wissenschaften, die aus der Beobachtung abgeleitet wer-
den), dann verweist Ibn Arabi auf die gesamte »autobiografische« geistige
Erzählung im *Kitab al-Isra* und dem Rest dieses Kapitels.

42. Die »Umstände ihrer Reise« (*masrahum*) könnten sich auch beziehen auf
ihren »Ausgangspunkt«, den »Ort« oder die »Zeit« der Reise, den besonderen
»Weg« und so weiter. Vergleiche dazu Teilabschnitt IV-F, wo Yahya (Johannes
der Täufer) Ibn Arabi erklärt, dass jede Reise anders ist und »jeder Reisende seinen eigenen Weg hat.« Andernorts bietet Ibn Arabi, der sich häufig früheren Sufi-
Schreibern anschließt, eine Vielzahl von Beschreibungen der spirituellen Reise der
Seele, zum Beispiel: die fünffache Teilung des *suluk* in Kapitel 189, die klassischen
»vier Reisen« (*asfar*) oder die ausführlichere Unterteilung in Dutzende von
»Stationen«, »Stufen« und »Begegnungsorte« und so weiter, die der Kapitelunter-
teilung der *Futuhat* als Ganzen zugrunde liegen. Die Hauptcharakteristiken in
diesen Fällen unterscheiden sich entsprechend dem spezifischen Schwerpunkt
und der Absicht eines jeden Abschnitts, weshalb solche Kategorisierungen sich
nicht notwendigerweise auf systematische Weise decken. So scheinen beispielsweise die drei grundsätzlichen Aspekte der Reisen der Heiligen »in Gott«, wie sie
in diesem Abschnitt beschrieben sind, in anderen Zusammenhängen als *getrennte*
Reisen behandelt zu werden.

Nun bringt diese Reise [in Gott] die »Auflösung« ihrer zusammengesetzten Natur[43] mit sich. Auf der Reise macht Gott sie [zuallererst] mit dem vertraut, was ihnen in jeder Welt [des Seins] entspricht, indem Er mit ihnen die verschiedenen Arten von Welten, seien sie zusammengesetzt oder einfach,[44] durchquert. Dabei lässt [der spirituelle Reisende] in jeder dieser Welten jenen Teil seiner selbst zurück, der ihr entspricht. Dieses Hinter-sich-Zurücklassen nimmt die Form an, dass Gott eine Schranke zwischen dieser Person und jenem Teil ihrer selbst errichtet, den sie in jener Art von Welt zurückgelassen hat, damit sie sich dieses Teils nicht mehr bewusst sei. Doch hat sie immer noch ein Bewusstsein von dem, was ihr verbleibt, bis sie am Schluss [allein] mit dem Göttlichen Geheimnis zurückbleibt, das den »besonderen persönlichen Aspekt«[45]

43. *Hall tarkibihim:* der Vorgang der »Auflösung« oder »Zerlegung« in die (organischen, geistigen, seelischen und spirituellen) Bauteile ihrer ursprünglichen »Verfassung« (*tarkib*), die das psycho-soziale Selbst (*dhat*) im weitesten Sinne begründen – im Gegensatz zu *sirr* (vgl. Anmerkung 45), der »innersten Wirklichkeit« oder dem »Geheimnis«, das die wirkliche Essenz eines jeden Individuums ausmacht. Die Begriffe »Auflösung« (*tahlil*) und »Wiedereingliederung« (*tarkib*) sind einem größeren Fundus alchimistischer Begriffe entnommen, die Ibn Arabi in diesem spirituellen Sinn die ganzen *Futuhat* hindurch verwendet, insbesondere im Kapitel 167 über die »Alchimie der Glückseligkeit«.

44. Der Begriff »Welt« bezieht sich hier auf die verschiedenen »Seinsstufen« oder ontologischen »Ebenen« (*nashat, hadarat* etc.) der Göttlichen Manifestation. Mit den »einfachen« Welten sind die rein noetischen (*aqli*) oder spirituellen Wirklichkeiten gemeint, wohingegen die meisten Erscheinungsformen eine »Zusammensetzung« (*murakkab*) darstellen, die einen gewissen Grad von Stofflichkeit oder manifester Form in den physischen oder bildhaften Zwischenwelten aufweisen.

45. Oder das »persönliche Gesicht« (*al-wajh al-khass*): einer von Ibn Arabis Schlüsselbegriffen, der die einzigartige und unveränderliche, innere »Dasein stiftende« Beziehung eines jeden Geschöpfs zu Gott benennt, vorgängig jeglicher Erkenntnis oder anderer Transformationen, welche durch dessen Handlungen und »vermittelten« Beziehungen im Laufe seines Lebens erlangt wurden. Die paradoxe Beziehung (oder gleichzeitige Identität und Nicht-Identität) zwischen diesem »Göttlichen Rätsel« oder »Geheimnis« (*al-sirr al-ilahi*) und des Reisenden ei-

ausmacht, der sich von Gott zu ihr hin ausdehnt. Wenn sie also alleine [ohne in irgendeiner anderen Weise jenen Welten verhaftet zu sein] zurückbleibt, dann nimmt Gott die Schranke des Schleiers[46] von ihr hinweg und sie verbleibt bei Gott, geradeso wie alles andere in ihr [bei der Welt], die ihm entspricht, zurückgeblieben ist.

Während dieser ganzen Reise bleibt also der Diener Gott und nicht Gott.[47] Und da er Gott und nicht Gott bleibt, schickt Er [den Diener] auf die Reise – in Bezug auf Ihn, nicht in Bezug auf [das, was] nicht Er [ist] – *in Ihm*,[48] auf eine subtile spirituelle (*manawi*) Reise (...)

Im weiteren Verlauf erinnert Ibn Arabi an die elementaren metaphysischen Grundlagen für diese hinsichtlich der besonderen Natur der inneren Entsprechung zwischen dem Menschen und der

---

gener innersten Realität (*sirr*) findet sich offener herausgearbeitet in den Höhepunkten von Ibn Arabis eigener Miraj in Teilabschnitt IV-I sowie in seiner Beschreibung eines ähnlichen kulminierenden Entschleierungserlebnisses im *Kitab al-Isra*.

46. *Hijab al-sitr:* Hier scheint sich der »Schleier« (*sitr*) nicht auf ein besonderes Hindernis zu beziehen, sondern eher auf all die Formen von Verhaftungen und Götzendienst (*shirk*), die während des Aufstiegs des Reisenden »aufgelöst« werden und die ihn am Erkennen seiner inneren Beziehung zu Gott gehindert hatten.

47. *Huwa la huwa:* wörtlich »Er [und] nicht Er«. Für Ibn Arabi hat der Begriff »Diener« (*abd*) häufig die besondere technische Bedeutung – seinem Gebrauch in gewissen Koranstellen eng entsprechend – von jenen seltenen Individuen unter den Heiligen (und Propheten), die ihre innere Beziehung zu ihrem Schöpfer, zur Wirklichkeit, die alle Göttlichen Namen umfasst, vollkommen verwirklicht haben und die daher keine unbewussten Untertanen der »Herrschaft« irgendeiner anderen Kreatur sind. Vergleiche insbesondere die Bezüge zu Ibn Arabis entscheidender Entdeckung seiner eigenen wahren Natur als »reiner Diener« (*abd mahd*) am Höhepunkt seiner persönlichen Himmelfahrt (im Teilabschnitt IV-I, vgl. Anmerkung 174).

48. Oder »in Ihm«. Die Zweideutigkeit ist wahrscheinlich wieder beabsichtigt, da Ibn Arabi mit der Erklärung weiterfährt, diese Reise verlaufe »in Gott« (das heißt: bewusst, nicht nur »ontologisch«) aber auch »im Diener«, und zwar insofern, als dass dieser die Göttlichen Namen in ihrer Manifestation nur in sich selbst, in seinen eigenen Zuständen und Erfahrungen erkennen kann.

Welt (das heißt »nicht Gott«) getroffenen Unterscheidung. Denn beide sind – nach den Worten eines berühmten Hadith – »gemäß der Form Gottes« erschaffen. Für gewöhnlich jedoch denken die Menschen sich einfach als »Teile« der Welt, als in ihr sich befindliche »Dinge«, und erst am Ende ihres Reinigungswegs können die Heiligen die wahrhafte Würde des Menschen und seine spirituelle Aufgabe als »vollkommener Mensch« (*al-insan al-kamil*) erkennen, dessen Herz die Göttliche Wirklichkeit (*al-Haqq*) vollständig widerspiegelt und damit jene Vollkommenheit zuwege bringt, derentwegen die Welt selbst erschaffen wurde.[49]

Wenn also der Diener sich dessen gewahr wird, was wir gerade ausgeführt haben, und somit weiß, er ist nicht nach der Form der Welt, sondern nur nach der Form Gottes (*al-Haqq*) [erschaffen], dann »lässt ihn« Gott durch Seine Namen »reisen, um ihn Seine Zeichen« in seinem Innern[50] »sehen zu lassen« (17:1). Dadurch kommt [der Diener] zur Erkenntnis, dass Er das ist, was von jedem Göttlichen Namen bezeichnet wird – ob dieser Name nun zu den als »schön« beschriebenen zählt oder nicht.[51] Es geschieht

49. Ibn Arabis klassische Zusammenfassung dieser inneren »Entsprechung« von Mensch, Gott und Schöpfung (einschließlich der vielen Hadithe und Koranverse, die er üblicherweise zu Kommentarzwecken heranzieht) findet sich im Eröffnungskapitel (über Adam) in den *Fusus al-Hikam*. Für Leser ohne Arabischkenntnisse ist die Ausgabe von Titus Burckhardt (*Die Weisheit der Propheten*, Chalice Verlag, Zürich 2005) dank ihrer hilfreichen Anmerkungen noch immer die wahrscheinlich am einfachsten zu verstehende Übersetzung dieses äußerst komplexen Textes.

50. Oder »in Seinem Innern«. Die Zweideutigkeit der Pronomina findet sich durchgängig in Ibn Arabis Schriften und ist vermutlich beabsichtigt. Hier kann sich das Pronomen ebenso gut auf Gott (*al-Haqq*) wie auf den »Diener« beziehen in Anbetracht der tiefen Verbindung (wenn auch nicht einfach Identität) zwischen den beiden, die auf dieser fortgeschrittenen Stufe spiritueller Entwicklung offensichtlich wird. Im vorliegenden Abschnitt ist »Gott« stets eine Übersetzung von *al-Haqq* (der Wahrhaft Wirkliche), der letztgültigen oder absoluten Göttlichen Wirklichkeit, Die alle einzelnen »Namen«, durch die Sie erkannt und manifestiert wird, umfasst und gleichzeitig transzendiert. Die Erwähnung der Erschaffung des Menschen »nach der Form« (*ala sura*) oder »nach dem Bild« Gottes ist eine Anspielung auf den sehr bekannten Hadith (mit offensichtlichen biblischen Parallelen): »Gott erschuf Adam nach Seinem Abbild.«

durch jene Namen, dass Gott in Seinen Dienern erscheint, und über sie nimmt der Diener die verschiedenen »Einfärbungen« seiner Zustände an. Denn sie sind Namen in Gott, und doch auch »Färbungen« [der Seele] in uns.[52] Und genau sie stellen die »Angelegenheiten« dar, mit denen Gott »beschäftigt« ist.[53] Wenn Er also handelt, vollzieht sich das in uns und durch uns, genauso wie wir [lediglich] in Ihm und durch Ihn erscheinen (...)

Lässt daher Gott den Heiligen (*al-wali*) durch Seine schönsten Namen hindurch zu den anderen Namen und [letztlich] zu allen Göttlichen Namen reisen, so lernt er die Umformungen seiner Zustände wie auch die Umformun-

51. Hier wird auf den bekannten koranischen Vers 7:180 angespielt: »Denn Gottes sind die schönsten Namen; so ruf Ihn damit an und lass jene sein, die mit Seinem Namen in die Irre gehen!« Offenkundig bezieht sich Ibn Arabi hier auf die natürliche Neigung des Menschen, den Namen der Göttlichen Schönheit (*jamal*) verhaftet zu sein, ohne mit den Manifestationen derjenigen Namen klarzukommen, die von den Sufis traditionell als »Namen der Göttlichen Majestät« oder »Strenge« (*jalal*) bezeichnet wurden. Ganz am Schluss dieses Kapitels erwähnt Ibn Arabi, dass diese Einsicht in die von jedem der Namen ›bezeichnete‹ letztendliche Einheit der Göttlichen Wirklichkeit (*ahadiyat al-musamma*), eine der vielen Arten von Erkenntnis darstellt, denen er auf dem Höhepunkt seiner eigenen Himmelfahrt gewahr wurde. Dort (wie auch zum Beispiel in den Kapiteln 4 und 21 der *Fusus*) würdigt er die frühere Entwicklung dieser These in dem Werk *Khal al-Nalayn* des berühmten andalusischen Sufis Ibn Qasi (gestorben 1151). Die innere spirituelle ›Verifizierung‹ dieser Wirklichkeit ist eines der Schlüsselthemen seines zunehmenden Erkennens, wie im Teilabschnitt IV-I und im *Kitab al-Isra* beschrieben.

52. Mit »Färbungen« wird *talwinat* übersetzt, ein traditioneller Sufi-Begriff für alle sich stetig ändernden Seelenzustände eines jeden Individuums. Sie entsprechen den unablässigen inneren »Umwandlungen« (*taqallubat*) der Seele, die im folgenden Abschnitt (Anmerkung 54) erläutert werden. Wie Ibn Arabi hier andeutet, begründen die Manifestationen der Göttlichen Namen letzten Endes all unsere Erfahrung und Realität. Es ist zu hoffen, dass diese theologischen Begriffe, so ungewohnt sie für die meisten heutigen Leser sein mögen, nicht die Universalität seiner metaphysischen Perspektive verdunkeln.

53. Eine Anspielung auf den Koranvers: »Jeden Tag ist Er mit einer Angelegenheit [beschäftigt]« (55:29). Sinnbildlich verwendet Ibn Arabi den Begriff *shan* (»Angelegenheit«, »Unterfangen« etc.) in diesem Vers in Bezug auf die unendlichen einzelnen Aspekte der Göttlichen »Aktivität« in jedem zeitlichen Augenblick.

gen der Zustände der ganzen Welt kennen.[54] Und [er weiß], es ist diese Umwandlung, die eben diese Namen in *uns* hineinbringt,[55] so wie wir wissen, dass die Umbildungen [unserer] Zustände die besonderen Einflüsse (*ahkam*) jener Namen [offenbaren] (...) Es gibt also keinen Namen, mit dem Gott Sich selbst bezeichnet hat, den Er nicht auch auf uns angewendet hätte. Durch [Seine Namen hindurch] erleben wir die Verwandlungen unserer Zustände, und über sie werden wir [von Gott] transformiert. (...)

Sobald nun [der spirituelle Reisende] die ihm zugemessene Reise durch die Namen abgeschlossen und die Zeichen, die ihm die Gottesnamen während jener Reise gegeben haben, erkannt hat, kehrt er zurück und »gliedert« sein Selbst wieder ein, freilich in einer anderen Zusammensetzung als die der ursprünglichen Vielfalt,[56] des er-

54. »Umformungen« (*taqallubat*) besitzt eine Bedeutung, welcher für Ibn Arabi die arabische Bezeichnung für das Herz (*qalb*) zugrunde liegt, denn diese laufend erneuerten Transformationen des Seins machen schließlich unsere gesamte Erfahrung aus (vgl. seine klassische Ausführung dieser Erkenntnis im Kapitel 12 der *Fusus* über Shuayb und »die Weisheit des Herzens«). Die Erwähnung der »Zustände der Welt« ist eine wichtige Erinnerung daran, dass diese »Umformungen« und die Göttliche Aktivität der »unablässig erneuerten Schöpfung« *alle* Formen der Erfahrung und Wahrnehmung umfasst – nicht nur, was wir üblicherweise als »innere« oder »spirituelle« Phänomene betrachten – und alle Formen manifestierten Seins. Zur vielschichtigen Bedeutung des komplexen Begriffs *wali* (hier als »Heiliger« übersetzt) siehe Anmerkung 65 weiter unten.

55. Dieser erste Satzteil könnte ebenso derart übersetzt werden, dass die Beziehung ›umgedreht‹ wird (obwohl diese Bedeutung auf jeden Fall auch im zweiten Satzteil angedeutet wird): »dass es die Umwandlung ist, die in uns durch die Essenz jener Namen verursacht wird.« In beiden Fällen fasst dieser Satz treffend die Beziehung inhärenter »Wechselseitigkeit« zwischen Gott und den Geschöpfen (oder den Namen und deren Manifestationen) zusammen, die Ibn Arabis vielfachen und offensichtlich paradoxen Äußerungen zugrunde liegt, dass Gott (und die Namen) »den Menschen brauchen«, um manifestiert und erkannt zu werden, oder dass das verursachte Ding »seine Ursache verursacht.«

56. Siehe Anmerkung 43 und die betreffende Textstelle zur Bedeutung des hier erörterten »Selbsts« (*dhat*) und des vorläufigen Prozesses seiner »Auflösung« (*tahlil*) in die verschiedenen Bestandteile seiner »zusammengesetzten Natur« (*tarkib*)

worbenen Wissens wegen, worüber er noch nicht verfügte, als er [in der aufsteigenden Phase jener Reise] aufgelöst wurde.[57] Er durchschreitet wiederum die verschiedenartigen Welten, entnimmt jeder Welt [denjenigen Aspekt seiner selbst], den er dort zurückgelassen hatte, und gliedert ihn in sein Selbst ein. Und er taucht weiterhin auf jeder der nacheinander folgenden Stufen [des Seins] auf, bis er zur Erde zurückkehrt.

So »erwacht er inmitten seines Volkes« [wie der Prophet], und niemand weiß, was ihm gerade in seinem innersten Sein (*sirr*) widerfahren ist, bevor er nicht [über seine Reise] spricht. Dann jedoch hören sie ihn eine Sprache verwenden, die sich unterscheidet von der, die sie gewohnt waren, als die seine zu erkennen. Und wenn ihn daraufhin jemand fragt: »Was soll denn das?«, so antwortet er: »Gott ließ mich des Nachts reisen und gab mir von allen Seinen Zeichen zu sehen, die Er [mich sehen lassen] wollte.« Daher sagen jene, die das vernehmen, zu ihm: »Aber du bist doch gar nicht von uns gegangen! Das, was du eben gerade behauptet hast, ist erlogen.«[58]

auf jeder Ebene (»Welt«) des Seins. Im Kapitel 45 der *Futuhat* finden sich weitere Einzelheiten zu Ibn Arabis Verständnis dieser Schlüsselkategorie der *al-rajiun,* »jener, die zurückgekehrt sind«, um den Prozess der Erleuchtung durch Wiedereingliederung aller absteigenden Seinsstufen in ihre wahre Realität und in ihren Göttlichen Zusammenhang zu vollenden.

57. Das heißt, er ist sich nun des Göttlichen Grundes vollständig bewusst und auch der Namen, die all jenen »Dingen« in der Welt (oder in seinem »Selbst«) zugrunde liegen, die er ursprünglich als eine von Gott unabhängige Wirklichkeit betrachtet hatte und die während des spirituellen Aufstiegs vorübergehend vor seiner Aufmerksamkeit »verhüllt« gewesen waren. Oder in anderen Worten: Er ist sich *aller* Dinge als Zeichen Gottes zutiefst bewusst geworden, wie in Ibn Arabis Anspielung auf den Koranvers 41:53 (vgl. Anmerkungen 26 und 60) angedeutet.

58. Dieser mit einem Satz aus dem Hadith *ul-isra* eröffnete Absatz bezieht sich auf Ibn Arabis Erinnerung (weiter oben in diesem Kapitel) an die skeptische, sogar feindliche Reaktion vieler Bewohner Mekkas hinsichtlich des Bestehens des Propheten auf der physischen, körperlichen Natur seiner nächtlichen Reise. Er ist ebenso eine weitere Anspielung auf Ibn Arabis Verständnis (vgl. Anmerkungen 2

Und der Jurist (*faqih*) unter ihnen spricht: »Dieser Kerl erhebt den Anspruch auf Prophetenschaft (*nubuwwa*), oder sein Geist hat sich verwirrt. Er ist also entweder ein Irrlehrer – in diesem Fall sollte er hingerichtet werden – oder in sonstiger Weise verrückt, und dann brauchen wir uns gar nicht mit ihm zu unterhalten.« Also »machen« ihn »eine Reihe von Leuten zum Gespött« (49:11), andere »ziehen ihre Lehren« aus ihm (59:2).[59] Wieder andere jedoch glauben an das, was er sagt, und auf diese Weise wird es in der Welt zu einer Streitfrage. Doch dem *faqih* war [die wahre Bedeutung] Seines Worts, »Wir werden ihnen Unsere Zeichen an den Horizonten und in ihren Seelen zeigen« (41:53),[60] nicht bewusst, denn [Gott] hebt hier nicht eine Gruppe vor [irgend] einer anderen hervor.

Wer daher auch immer von Gott veranlasst wird, eines dieser Zeichen auf die eben erwähnte Weise zu sehen, soll-

und 27) des für die Heiligen »verborgenen«, spirituellen Charakters dieser Erkenntnisreise. Im *Risalat al-Anwar* (siehe Seite 59) erklärt Ibn Arabi die Tatsache, dass Mohammed – anders als zum Beispiel Moses nach seiner Rückkehr vom Berg Sinai – keine äußerlichen Anzeichen seiner Himmelfahrt und Offenbarungsbegegnung mit Gott zeigte, als Hinweis auf dessen höhere spirituelle Stufe der »vollkommenen Verwirklichung«, welche der gleichbedeutenden »Unsichtbarkeit« der *afrad* und *malamiyah* unter den »zurückkehrenden« Heiligen, den *rajun,* entspricht.

59. Der erste Vers ist eine klare Anspielung auf die folgende Koranstelle (49:11): »Oh ihr, die ihr wahren Glauben besitzt, [lasst] nicht eine Gruppe über eine andere Gruppe spotten, die sehr wohl besser als sie selbst sein könnte.« Der zweite bezieht sich wahrscheinlich auf die bekannten Worte (aus 59:2): »Also zieht eine Lehre daraus, ihr, die ihr die [wahre] Sicht habt« – wobei die letztgenannte Gruppe (*ulu al-absar*) für Ibn Arabi klar die Heiligen oder Menschen der wahren spirituellen Schau sind.

60. Auch die Fortsetzung dieses gerühmten Verses 41:53–54, die seine metaphysische (oder eschatologische) Dimension unterstreicht, wird hier als bekannt vorausgesetzt: » (…) bis es ihnen klar wird, dass Er der Wahrhaft Wirkliche (*al-Haqq*) ist – oder ist es nicht genug, dass euer Herr Zeuge von allem ist? Und doch zweifeln sie daran, ihrem Herrn zu begegnen! Umgibt Er denn nicht jedes Ding?« (vgl. auch die früheren Anspielungen auf diesen Vers im Abschnitt I, Anmerkungen 26 und 57).

te [lediglich] angeben, *was* er gesehen hat, doch die Art und Weise nicht erwähnen. Dann nämlich werden ihm die Leute Glauben schenken und in das Innere seiner Worte schauen. Was er sagt, werden sie nur dann ableugnen, wenn er Behauptungen über die Art und Weise [wie er jenes Wissen erworben hat] aufstellt.

Nun solltest du wissen, dass es [in Wirklichkeit] im Hinblick auf diese Reise keinen Unterschied gibt zwischen den gewöhnlichen Menschen und der Person, [die sich] mit diesem Weg und seiner Besonderheit [auszeichnet]. Das ist deswegen so, weil [diese spirituelle Reise] dazu dient, die [Göttlichen] Zeichen anzuschauen, und die Umwandlungen der Zustände gewöhnlicher Menschen stellen alle [gleichermaßen] Zeichen dar. Diese Menschen befinden sich *in* jenen Zeichen, doch »sie nehmen das gar nicht zur Kenntnis!« (23:56 u.a.).[61] Also ist diese Art [Reisender] vor den anderen [mit ihm reisenden] Geschöpfen, »denen, die verschleiert sind« (83:15), nur durch das ausgezeichnet, was Gott in sein innerstes Wesen[62] eingegeben hat, entweder mittels seines Denkens und forschenden Verstandes, oder indem er den Spiegel seiner Seele zum Glänzen bringt und sich damit darauf vorbereitet, dass ihm diese Zeichen auf dem Wege innerer Offenbarung und unmittelbaren Bezeugens, direkter Erfahrung und ekstatischen »Auffindens« enthüllt werden.

61. Der Koran verwendet dieselbe Formulierung für den gewöhnlichen Mangel an spirituellem Bewusstsein des Menschen in verschiedenen Zusammenhängen (vor allem hinsichtlich der eschatologischen Realitäten). Doch dieser spezifische Vers 23:56 scheint hier ganz besonders relevant: »Wir beeilen Uns, ihnen Gutes zu tun, doch nein, sie nehmen das gar nicht zur Kenntnis!«

62. »Innerstes Wesen« (*sirr*, vgl. Anmerkung 45). »Eingegeben« übersetzt hier das Verb *alhama*, einen Begriff, dessen Bedeutung viel breiter ist als die spezifisch Göttliche »Offenbarung« (*wahy*), welche die prophetischen Gesandten charakterisiert. Denn hier schließt er die Ergebnisse des Denkens (*fikr*) ebenso ein wie die »Erkundung mittels Verstand« (*nazar bi-laql*) und die Früchte spiritueller Übung und mystischer Erfahrung (das »Polieren der Seele«), die an dieser Stelle Ibn Arabis Hauptabsicht sind.

[Wenn] daher gewöhnliche Menschen [denen, die von dieser spirituellen Reise sprechen, Vorhaltungen machen,] streiten [sie] genau das ab, worin sie selbst sich befinden und wodurch sie bestehen. Würde also [der Reisende] die *Art und Weise,* auf der er das innere Wissen dieser Dinge erworben hat, nicht erwähnen, würde ihm niemand Vorhaltungen machen oder mit ihm streiten. Denn alle [gewöhnlichen] Leute – und dabei schließe ich keinen einzigen aus – »machen sich Gleichnisse für Gott zurecht«.[63] Darüber waren sie schon immer einig und haben einander unterstützt; daher beschuldigt kein einziger den andern, es zu tun. Gott spricht: »Mach dir keine Gleichnisse für Gott zurecht« (16:74) – und doch bleiben sie blind gegenüber diesem Zeichen.[64]

Was freilich die »Freunde Gottes« (10:64–66) betrifft,[65] so machen sie sich keine Gleichnisse für Gott zurecht. Denn »Gott« ist der Eine, »Der für die Menschen Gleich-

63. Das heißt, anstatt die innere Wirklichkeit von Gottes Symbolen zu begreifen, von jenen, die bereits bestehen und die letztendlich die ganze Wirklichkeit bilden. »Gewöhnliche Leute« übersetzt hier *al-nas,* einen koranischen Ausdruck, der praktisch dasselbe meint wie *al-alam* in den vorangehenden Sätzen, also jedermann mit Ausnahme verwirklichter Heiliger, den »Freunden Gottes«, die im nächsten Absatz behandelt werden. Der Satzteil in Anführungszeichen (hier und in den verschiedenen weiter unten diskutierten Koranversen) ließe sich auch übersetzen als: »machen sich Gleichnisse (oder Symbole) *von* Gott zurecht« – und solches Tun ist sicherlich Ursache für einen Großteil von Ibn Arabis Kritik. Doch wie aus der nachfolgenden Erörterung zunehmend klar wird, richtet sich seine Kritik hier in erster Linie gegen die natürliche (und quasi universelle) Tendenz des Menschen, die »Gleichnisse« (oder »Symbole«, *amthal*) in der Göttlichen Offenbarung (in all ihren unendlichen Formen und »Zeichen«) nicht zu begreifen und zu assimilieren, sondern stattdessen Gott und der Welt seine eigenen begrenzten Vorstellungen und Vorbilder aufzuzwingen.

64. Oder »gegenüber [der Bedeutung] dieses *Verses*«. Die einzelnen Verse des Korans werden traditionellerweise als die Göttlichen »Zeichen« (*ayat*) schlechthin verstanden.

65. Oder »jene, die Gott nahe stehen« (*awliya Allah*). Der Begriff *awliya* (Plural von *wali*) wurde hier üblicherweise als »Heilige« übersetzt, doch im vorliegenden Fall legt Ibn Arabi stärkeres Gewicht auf die Grundbedeutung ihrer be-

nisse prägt« (14:25, 24:35), weil Er die [jenen Sinnbildern] zugrundeliegenden Absichten kennt, denn »Gott weiß, wir jedoch wissen nicht« (2:216, 3:66, 16:74).[66] Daher beobachtet der Heilige [der »Gott wahrhaft nahe« ist] die von Gott geprägten Gleichnisse und bei diesem unmittelbaren Bezeugen *sieht* er tatsächlich genau, was das Gleichnis mit dem verbindet, wofür es sinnbildlich steht. Denn im Hinblick auf das Verbindende ist das Gleichnis genau das, was es symbolisiert; doch insofern es ein Gleichnis ist, ist es davon verschieden. Daher »macht sich« der Heilige »keine Gleichnisse für Gott zurecht«, stattdessen *weiß* er wirklich, was Gott mit jenen Gleichnissen sinnbildlich ausgedrückt hat (…)[67]

sonderen Beziehung oder Nähe zu Gott – eine Bedeutung, der auch Ausdruck verliehen wird in den koranischen Versen über jene seltenen Individuen, »die weder Angst noch Trauer kennen« und »die letzte Erfüllung erreicht haben« (*al-fawz ul-azim*).

66. Obschon der Satz »Gott weiß, ihr jedoch wisst nicht« den bereits zitierten Koranvers 16:74 abschließt, bildet sein erhellenderer Gebrauch in den anderen beiden Versen offensichtlich den Hintergrund für diese besondere Anspielung. In 3:66 wird er bezogen auf jene, die »darüber streiten, wovon sie nichts wissen«, und im Vers 2:216 folgt er auf die Erinnerung, dass »ihr vielleicht etwas verabscheut, obgleich es gut für euch ist, und ihr vielleicht etwas liebt, das euch schlecht bekommt.«

67. Im Rest dieses Abschnitts besteht Ibn Arabi zunächst darauf, wie entscheidend wichtig es sei, jede Einzelheit des Ausdrucks in den offenbarten Göttlichen Gleichnissen oder Sinnbildern zu beachten. Er veranschaulicht dies mit Bezug auf den berühmten Lichtvers des Korans (24:35). Seiner Meinung nach wurde dieser Punkt von jenen Interpreten (den *mutakallimun*, Philosophen etc.), die sich bei der Entzifferung dieser Sinnbilder auf ihren eigenen Verstand (*nazar*) verließen, nur selten beachtet. Im weiteren Verlauf betont er die entscheidenden Unterschiede zwischen einem solcherart »rationalistischen« Zugang und den Methoden der Heiligen, die sich allein auf die ihnen eingegebene Enthüllung (*kashf*) und das unmittelbare Bezeugen (*shuhud*) der Göttlichen Absichten verlassen.

IV
Ibn Arabis eigene Miraj

IV-A
Der Aufbruch aus der Elementarwelt

ALS SOMIT GOTT ES WÜNSCHTE, »MIT MIR AUF DIE Reise zu gehen, um mich [einige] Seiner Zeichen« in Seinen Namen unter meinen Namen[68] »sehen zu lassen« – und das war unser Erbteil an der nächtlichen Reise [des Propheten] – entfernte Er mich von meinem Ort und stieg mit mir auf dem »Buraq« meiner Bedingtheit[69] in die Höhe. Dann drang Er mit mir in meine [natürlichen] Elemente ein (...)

An dieser Stelle zählt Ibn Arabi in allegorischer Verkleidung jedes der Elemente auf, aus denen sich die physische sublunare Welt zusammensetzt – nach den zu seiner Zeit gängigen physikalischen Theorien sind das Erde, Wasser, Luft und Feuer – und lässt mit jedem dieser Elemente den entsprechenden Teil seiner körperlichen Natur zurück.[70]

---

68. *Fi asmaihi min asmai:* Eine dichte Formulierung, die Ibn Arabis komplexes metaphysisches Verständnis der heiligen Namen in ihrer Beziehung zur Erfahrung eines jeden Individuums zusammenfasst, wie im unmittelbar vorangehenden Abschnitt ausgeführt. Die relativ abstrakte Aussage wird in seiner Erörterung des Herzens – des Wissenden, letztendlich aber eines jeden Individuums – als der wahre Tempel oder das »Haus Gottes« am Ende des Kapitels (vgl. IV-H und IV-I) ausgeführt.

69. *Imkani* verweist auf die innere Abhängigkeit eines jeden Geschöpfs von Gott (wie auch von den besonderen »Herren«, die von manchen heiligen Namen gebildet werden), die allein schon wegen dessen Existenz und Manifestation besteht. In der Beschreibung der kulminierenden Offenbarung seiner eigenen universellen »mohammedanischen Station« (Teilabschnitt IV-I) sagt Ibn Arabi, dass Gott seine »Bedingtheit hinweggenommen hat«, so dass er »die innere Wirklichkeit aller Göttlichen Namen zu erkennen vermochte.« »Buraq« heißt das geheimnisvolle Ross, das in den Erzählungen der Hadithe von der Miraj und der *isra* beschrieben wird (vgl. Anmerkung 37).

Also ging ich da hindurch und hinein in den ersten Himmel.[71] Von meiner körperlichen Natur[72] blieb nichts zurück, wovon ich [hätte] abhängig sein oder dem ich [hätte] Aufmerksamkeit zollen [müssen].

70. Daher verbildlicht diese kurze Textstelle alle relevanten Aspekte sowohl der natürlichen »Empfänglichkeit« des Einzelnen (*istidad*) als auch seiner freiwilligen spirituellen »Arbeit«, die in der Tat notwendig sind zur Überwindung und Aufgabe der tierischen Tendenzen und Neigungen, die üblicherweise der körperlich-psychischen Natur entspringen. Die erfahrungsbezogenen Seiten und praktischen Voraussetzungen dieser Pflicht zur »Reinigung« und »Auflösung« dieser Neigungen (*tahlil*, vgl. Anmerkung 46) sind viel deutlicher dargestellt in den längeren Eingangspassagen des *Risalat al-Anwar*. Insbesondere beschreibt Ibn Arabi dort (siehe Seite 44) das für den Reisenden notwendige Durchqueren der mineralischen, pflanzlichen und tierischen Königsreiche, bevor er die eigentlich »menschliche« Phase (*insani*) dieser spirituellen Reise antreten kann. Die unverzichtbare Rolle dieser »tieferen« Seinsaspekte in der Vervollkommnung des Menschen – dank welcher er sogar die Engel übersteigt (denen die Erfahrung der ganzen Spanne der Existenz fehlt) – wird unterstrichen in den lebendigen und teilweise autobiografischen Schilderungen in den *Fusus al-Hikam* am Ende des Kapitels 22 über Elias.

71. Mit »Himmel« wird in all diesen Abschnitten *sama* übersetzt, ein Begriff, der sich sowohl auf die verschiedenen konzentrischen Himmelssphären bezieht, die von den astronomischen Theorien jener Zeit (wie auch vom Koran und den Hadithen, insofern sie über die Himmelsreise des Propheten berichten) als allgemein gültig angesehen werden, als auch – und für Ibn Arabi bedeutsamer – auf die geistigen oder noetischen Wirklichkeiten (also die *ruhaniyat* oder *asrar* der verschiedenen in den Hadithen erwähnten Propheten), die mit jeder dieser Sphären sinnbildlich verknüpft sind. Diese Bedeutung ist daher sehr verschieden von den »Gärten« und anderen Orten des »Paradieses« (*al-janna*), die zusammen das ergeben, was wir für gewöhnlich als »Himmel« (als Gegenteil der »Hölle«) bezeichnen.

72. *Nashati al-badaniyah. Nasha*, wörtlich »entstehen« oder »[in Existenz] erscheinen« ist einer von Ibn Arabis häufigsten Ausdrücken (gemäß Koranstellen wie 56:62 u.a.) für die verschiedenen »Ebenen« oder Königreiche des Seins. Wie bereits in der Einführung erwähnt, ist die rein spirituelle (und nicht-physische) Natur dieser »Überfahrten« (zumindest für die Heiligen, nicht allerdings im speziellen Falle des Propheten, vgl. Anmerkungen 28 und 40) – die nur symbolisch auf den astronomischen Theorien der Zeit Ibn Arabis beruhen – sehr explizit in der anderen Miraj-Erzählung im Kapitel 167 der *Futuhat* herausgearbeitet. Dort wird zum Beispiel dieses »Verlassen« der physischen Welt explizit als die innere Befreiung von der »Herrschaft des sinnlichen Verlangens« (*hukm al-shabawat*) erklärt.

IV-B
Adam und der erste Himmel [73]

Wie Ibn Arabi in diesem Abschnitt ausführt, geschah es während der Begegnung mit seinem »Stammvater«, dass ihm zum ersten Mal das unmittelbare spirituelle Bewusstsein von zwei Schlüsselthemen seines Denkens gegeben wurde: von der allseitigen Gültigkeit Göttlicher Gnade, die wie das von ihr untrennbare Göttliche Sein »alle Dinge umfasst«, und, als Ausfluss dieses Grundprinzips, das Bewusstsein von der eingeschränkten und vorübergehenden Natur der »Höllenstrafen« [und des Leidens der Welt als ganzer], welche manche jener Göttlichen Namen manifestieren.[74] Die Entdeckung dieser Prinzipien und das Bewusstsein von ihnen setzen die grundlegende Wirklichkeit des Menschen als des vollkommenen Menschen (*insan al-kamil*) voraus, die [potenziell] vollständige Spiegelung der Göttlichen Wirklichkeit auf all ihren Ebenen der Manifestation – und genau darauf gründet sich die metaphysische Schau des Scheichs, die sehr viel ausführlicher im berühmten Einleitungskapitel der *Fusus al-Hikam* über Adam entfaltet wird.

73. Während das *Risalat al-Anwar* Adam und seinen Himmel gar nicht erwähnt, beschäftigt sich Kapitel 167 der *Futuhat* hauptsächlich mit den kosmologischen Funktionen dieser Sphäre im sublunaren Königreich, Themen, die sich zum Teil auch dem »rationalen« Denker erschließen, der die »Erben« des Propheten auf dieser Reise begleitet. Tatsächlich spielt Ibn Arabi dort auf grundsätzliche spirituelle Punkte an, welche im *Kitab al-Isra* wie auch später in diesem Kapitel 367 der *Futuhat* breit ausgearbeitet sind: Erstens ist das die Tatsache, dass »Adam« jede Person *nur* jene Göttlichen Namen (und das aus ihnen fließende spirituelle Wissen) lehrt, welche von der besonderen Veranlagung und Neigung dieses Individuums akzeptiert werden können. Zweitens ist es die grundlegende Wichtigkeit des »besonderen Göttlichen Aspekts« (*al-wajh al-khass*, vgl. Anmerkung 45), des Göttlichen »Rätsels« (*sirr*), welches jedes Geschöpf unmittelbar mit Gott verbindet und das Ibn Arabi das »Elixier des wahrhaft Wissenden« (*iksir al-arifin*) nennt, das Geheimnis seines inneren Wissens um Gott (und von dessen besonderen Grenzen für jedes Individuum).

74. Diese beiden Punkte werden unter den verschiedenen Arten von Wissen aufgezählt, die Ibn Arabi im Höhepunkt der am Schluss dieses Kapitels beschriebenen »Offenbarung« ›sah‹.

Zu Anfang dieser Begegnung sieht Ibn Arabi – wie vor ihm Mohammed[75] – mit einem Mal seine essenzielle Wirklichkeit (*ayn*) mitten unter den Seelen der Gesegneten zu Adams Rechten, während gleichzeitig er selbst immer noch Adam gegenübersteht. Dann setzt ihn Adam darüber in Kenntnis, dass die koranischen Ausdrücke »die Leute zur linken Hand« und »die Leute zur Rechten« (56:27, 38, 41, 90 u.a.) sich in Wirklichkeit auf die Hände Adams beziehen, liegt doch die ganze Menschheit in Gottes »Rechter Hand« – »derjenigen, die [sie] für das Glück bestimmt« – »weil beide Hände meines Herrn Rechte und damit gesegnet sind.«[76]

(...) Daher liegen meine Kinder und ich [alle] in der Rechten Hand des Wahrhaft Wirklichen (*al-Haqq*), wohingegen alles andere in der Welt, das von uns verschieden ist, in der anderen Gotteshand liegt.

Ich fragte: »Dann wird man uns [in der Hölle] nicht leiden lassen?«

Und [Adam] erwiderte: »Wenn [Gottes] Zorn [ewig] währen sollte, würde auch das Leiden [der Verdammten] andauern. Doch es ist das Glück, das immer währt, wenn auch die Aufenthaltsorte des Glücks verschieden sind, weil Gott an jeden Wohnort [des Paradieses oder der Gehenna] das hinstellt, was das Vergnügen der Leute jenes Orts ausmacht, weswegen beide Orte mit Notwendigkeit ›aufge-

---

75. Vgl. die korrespondierende Stelle aus dem Hadith *al-isra* im Abschnitt II (Anmerkungen 32 und 33). Gemäß dem Original des Hadiths (der hier nur teilweise wiedergegeben ist), sieht der Prophet zunächst alle Nachkommen Adams zu seiner Rechten, von den Gesegneten (wörtlich: den »Glücklichen«, *suada*) geschieden, und die »Unglücklichen« und »Leidenden« (*ashqiya*) zu seiner Linken.

76. Dieser Ausdruck ist einem längeren Göttlichen Wort (Hadith *qudsi*) entnommen, das in diesem Abschnitt durchgängig als bekannt vorausgesetzt wird. In diesem Hadith zeigt Gott – nachdem Er Adam erschaffen und ihn zu den Engeln geschickt hat, sie zu begrüßen – ihm Seine beiden geschlossenen Hände und fordert ihn auf: »Wähle aus, welche du willst!« Worauf Adam erwidert: »Ich wähle die Rechte Hand meines Herrn, obwohl beide Hände meines Herrn recht sind und gesegnet.« »Daraufhin öffnete Er (Seine Hand), und in ihr befanden sich Adam und seine Nachkommen.«

füllt‹ werden müssen (11:119 u.a.).[77] Denn der [Göttliche] Zorn ist mit der ›größeren Überprüfung‹[78] bereits zu einem Ende gekommen: [Gott] befahl, dass [Seine] Grenzen gesetzt werden sollten,[79] also wurden sie veran-

77. Hier spielt Ibn Arabi auf seine umstrittene (in den *Futuhat* und den *Fusus*, z.b. am Ende von Kapitel 7 über Ismael, ausführlich behandelte) Vorstellung an, dass eben die ausschließliche Wahl gewisser beschränkter »Vergnügungen« (ob nun körperliche oder bildhafte), die entsprechend individueller Vorbestimmung und innerer Neigung verschieden sind, letztlich den »Aufenthalt« (*maskan*) jedes Einzelnen in den vielen Ebenen der Hölle bestimmt, indem diese Beschränkung ihn vor dem vollen Gewahrsein Gottes verschleiert. Erst beim Lüften des Schleiers aus (spirituellem) Unwissen wird es der Person voll bewusst, dass das, was sie für »Glück« ansah, in Wirklichkeit sowohl ihr Leiden als auch ihre (möglicherweise reinigende) Strafe ausmacht. Doch Ibn Arabi nimmt ebenso an, dass auch das »Leiden« (*adhab*) »der Menschen von Gehenna, die dort auf ewig verbleiben« (das heißt, die nicht durch die Fürsprache ihrer Propheten schließlich doch noch erlöst werden) letzten Endes »versüßt« (*idhab*) werden wird.

78. *Al-ard al-akbar.* Die »Überprüfung« oder »Vorführung« (*ard*) der Seelen und ihrer Handlungen, die im Koran (11:18, 18:48 u.a.) erwähnt und in einigen Hadithen ausgearbeitet wird, wurde gerne als eines der »Ereignisse« am Tag der Auferstehung verstanden, an dem alle Seelen versammelt werden. Hier – analog der üblicherweise von Ibn Arabi getroffenen Unterscheidung zwischen der »größeren« (universellen) und der »geringeren« (individuellen) Auferstehung – bezieht sich die »größere Überprüfung« offensichtlich auf den gesamten, allumfassenden Verlauf aller menschlichen Handlungen und spirituellen Vorbestimmungen (oder zumindest denen innerhalb eines kosmischen Zyklus), so wie er von einem metahistorischen Göttlichen Standpunkt aus wahrgenommen wird. Deswegen kann sie hier von dem universellen »Adam«, der sich jenseits der Zeit befindet, als »bereits abgeschlossen« angesehen werden. Die »kleinere Überprüfung« wäre dann offenkundig dieselbe Wirklichkeit, gesehen aus der Sicht einer individuellen Seele. Derselben Unterscheidung des »kleineren« (das heißt mikrokosmischen) und »größeren« (makrokosmischen) Aspekts einer Sache, wie zum Beispiel »der Stunde«, »des Besuchs«, »der Zusammenkunft« etc., begegnet man in den *Futuhat* häufiger.

79. Oder »dass [Seine] Strafen vollzogen werden« (*iqamat al-hudud*). Der koranische Begriff von den Göttlichen *hudud* hat zwei verwandte Bedeutungen, die von einem einzigen Begriff im Englischen (bzw. Deutschen) nicht angemessen vermittelt werden können. Sie umfassen sowohl die Göttlichen »Gesetze« oder »Grenzen« als auch die »Sanktionen« oder »Strafen« (in erster Linie körperlich in dieser Welt, doch in anderer Form in der nächsten) für deren Übertretung. Obwohl die beiden Bedeutungen – für uns – offensichtlich geschieden werden durch den Verlauf der Zeit und andere Abhängigkeiten, sind sie aus der hier von Adam vertretenen umfassenden, Göttlichen Perspektive tatsächlich »gleichzeitig« und in Wahrheit nicht voneinander zu trennen.

kert, und sobald sie gesetzt waren, verging [Sein] Zorn. [Dies] deswegen, weil die Herabkunft der [Göttlichen] Botschaft (*tanzil al-risala*) in der Tat genau die Setzung [und Anwendung] der [Gottgegebenen] Grenzen für ›jene‹ *ist*, ›auf die Er zornig ist‹ (1:7); und [danach] bleibt nichts mehr übrig als nur [Sein] Guter Wille und [Seine] ›Gnade, die jedes Ding umfasst‹ (7:156). Sind also diese ›Grenzen‹ [und die aus ihnen folgenden Strafen] zu einem Ende gekommen, so kehrt die [Göttliche] Amtsgewalt[80] zur universellen Gnade gegenüber allem zurück.«[81]

So hat mein Stammvater Adam mir die Gabe dieses Wissens zukommen lassen, als ich darauf gar nicht gefasst war; und das war mir eine himmlisch frohe Kunde im diesseitigen Leben, im Vorgriff [auf dessen vollständige Verwirklichung im Jenseits]. Daher kommt die Wiederauferstehung mit der Zeit zu einem Ende,[82] wie Gott es sagt: »Die Engel und der Geist steigen zu Ihm an einem Tag auf, der über fünfzigtausend Jahre währt« (70:4), und das

80. *Hukum.* In Bezug auf die Göttlichen Namen bedeutet dieser Begriff üblicherweise deren Macht oder Autorität, sich in den verschiedenen Königreichen des Seins zu manifestieren, und damit all ihre spezifischen »Einflüsse« oder »Erscheinungen«.

81. Wir haben diesen ganzen Absatz in Anführungszeichen belassen – obwohl darin viele Stellen deutlich von Ibn Arabi selbst stammen und seine typische Wortwahl aufweisen –, weil der arabische Text keine klaren Anzeichen dafür aufweist, wo das direkte Zitat von Adams Worten endet.

82. Oder einfach: »in der Zeit« (*bil-zaman*). *Zaman* bezieht sich üblicherweise – im allgemein verbreiteten Gebrauch – spezifisch auf die »physische Zeit«, wie sie sich in den Bewegungen des Kosmos und der himmlischen Sphären zeigt. Im hier vorliegenden Zusammenhang, wo es offensichtlich um die »größere Wiederauferstehung« (*al-qiyamat al-kubra*) geht, die alle Seelen des Universums einschließt, könnte Ibn Arabi auf eine Art zyklischer Umkehr des ganzen Universums zurück zu seinem Ursprung anspielen, welche ein kosmisches »Ende der Zeiten« markiert. Wird der Hinweis hier jedoch in Bezug zur »geringeren Wiederauferstehung« einer jeden individuellen Seele verstanden (vgl. Anmerkung 78), könnte man im Schlusssatz mit »*in* der Zeit« übersetzen, wobei der Vervollkommnung und Reinigung (inklusive Bestrafung) jeder *einzelnen* Seele die Zeitspanne von fünfzigtausend Jahren bemessen wäre.

ist die Dauer der Einsetzung [und Anwendung] der [heiligen] Grenzen.

Ibn Arabi führt nun weiter aus, dass »nach jener Zeitperiode« – wie auch immer sie zu verstehen ist – nur noch die heiligen Namen »der Gnädige« [der all die schönsten Namen umfasst] und »der Erbarmer« Amtsgewalt und Einfluss (*hukm*) in der Welt ausüben werden, wenn auch der innerlich und logisch bedingte ›Gegensatz‹ der anderen Namen mit Notwendigkeit bestehen bleibt.

(...) Von daher tauchen die Geschöpfe gänzlich in [Gottes] Gnade ein, und die [anderen heiligen] Namen üben lediglich noch in ihrer inneren Gegensätzlichkeit eine Macht aus, doch *nicht mehr in uns.* Davon solltest du also in Kenntnis gesetzt werden, denn es ist ein seltenes und feines Wissen, worüber sich [die meisten Menschen] nicht klar sind. Stattdessen sind die gewöhnlichen Menschen dafür blind. Kein einziger unter ihnen, den du fragen würdest: »Bist du zufrieden damit, auf dich selbst [die Wirkung] jener Namen angewendet zu haben, die dir Schmerzen verursachen?«, würde da nicht mit einem Nein antworten und die Wirkung jenes schmerzlichen Namens lieber auf einen anderen an seiner statt ausgeübt sehen.[83] Doch so jemand zählt zu den Unwissendsten unter den Geschöpfen – und noch viel weniger weiß er von dem Wahrhaft Wirklichen!

83. Die »Unwissenheit«, die sich in dieser beinahe überall verbreiteten Haltung widerspiegelt, beruht auf der impliziten Annahme, dass Gott (oder die Göttliche »Gnade«, das Göttliche Wesen etc.) Sich nur in gewissen bestimmten Erscheinungen oder Erfahrungsformen manifestiere. Wiederholt betont Ibn Arabi, dass diese »Unwissenheit« tief in uns verwurzelt ist und nur überwunden werden kann durch eine innere Transformation basierend auf der Gnade Gottes und den spirituellen Anstrengungen des Individuums.

84. Dieses Thema von der Universalität der Göttlichen »Gnade« als Quell und Basis allen Seins – und als demzufolge klar auf anderer Stufe stehend als die restlichen Göttlichen Namen – ist (wie auch die meisten anderen Themen dieses Abschnitts) detaillierter ausgearbeitet im Kapitel 21 der *Fusus* (über Zacharias) sowie auch die ganzen *Futuhat* hindurch.

hat [uns] also diese [Erfahrung] unmittelbaren Bezeugens darüber in Kenntnis gesetzt, was die Fortdauer der
Amtsgewalt (*hukm*) der Namen [das heißt der anderen als
des »Gnädigen«] im Hinblick auf diese Namen [in sich
selbst], doch nicht in uns, angeht. Jene Namen stellen
nämlich *Beziehungen* dar, deren Wirklichkeiten in sich einander entgegengesetzt sind, so dass sie niemals [auf eine
Weise, die ihre innerlich unterschiedenen Verhältnisse zueinander auslöschen würde] vereint werden [können].
Gott aber dehnt Seine Gnade auf [alle] Seine Diener aus,
wo auch immer sie sein mögen, denn das Sein in seiner
Gesamtheit *ist* Gnade.[84]

IV-C
*Jesus und Yahya (Johannes der Täufer)
im zweiten Himmel* [85]

Als nächstem begegnet Ibn Arabi Jesus und seinem Vetter Yahya
(Johannes dem Täufer) im zweiten Himmel – diese beiden
Gestalten werden hier über ihre koranische Assoziation mit dem
»Leben«, und zwar sowohl dem animalischen als auch dem spirituellen, miteinander verknüpft. Zunächst befragt der Scheich Jesus
über dessen lebensspendende Kraft und wird belehrt, dass sie letztlich von Gabriel (als dem Universellen Geist, *al-ruh al-kull*) stamme:

85. Vgl. auch die Hinweise auf die Diskussion Jesu (einschließlich seiner
Schlüsselrolle bei Ibn Arabis eigenem Antritt des spirituellen Weges) in
Anmerkung 34 weiter oben. Im Hadith über die Miraj (siehe Abschnitt II), begegnet Mohammed Yahya erst im *fünften* Himmel, zusammen mit Aaron; dort
taucht dieser auch später im vorliegenden Kapitel wieder auf (zu Beginn des
Teilabschnitts IV-F). Ebenso werden Jesus und Johannes zusammen im zweiten
Himmel erwähnt im Kapitel 167 der *Futuhat*. Dennoch findet sich dort keine
weitere Erörterung von Johannes; die Stelle widmet sich stattdessen der Wunder-
tätigkeit Jesu und der lebensspendenden Macht des Göttlichen Geistes im Allgemeinen. Die entsprechende Stelle im *Kitab al-Isra* erwähnt Yahya / Johannes
überhaupt nicht, sondern konzentriert sich dafür auf die Rolle Jesu als »Siegel der
universellen Heiligkeit« und sein Herabkommen als Mahdi am Ende der Zeit.
Diese Passage schildert auch Ibn Arabis eigene außergewöhnliche Bereitschaft für
die »Station der Vervollkommnung« (*maqam al-kamal*).

»Niemand, der die Toten wieder zum Leben erweckt, macht sie lebendig außer bis zum Maß dessen, was er von mir ererbt hat.[86] So jemand nimmt also im Hinblick auf jene [lebensspendende Kraft] nicht meine Station ein, genauso wenig wie ich die Station desjenigen [nämlich Gabriel] einnehme, der mir die [Kraft zur] Wiedererweckung der Toten gewährt hat.«

Sodann wendet sich Ibn Arabi Yahya / Johannes zu, der eine lange Reihe von Streitfragen aufklärt, die um die koranischen und in den Hadithen enthaltenen Bezugnahmen auf ihn (und seine Beziehung zu Jesus) kreisen.[87] Am Ende, nach einem kurzen Exkurs über die Natur spiritueller Fortpflanzung und Heirat im Paradies,[88] begründet Yahya, warum er ständig zwischen dem Himmel von Jesus und Aarons Sphäre (wo ihn Mohammed traf und wo ihm Ibn Arabi später begegnen wird) hin und her wechselt und sich gelegentlich auch bei Joseph und Idris aufhält.

86. Eine Anspielung auf Ibn Arabis typische Auffassung, dass das Wissen und die Macht der Heiligen von der spirituellen Wirklichkeit von einem oder mehreren Propheten (die alle von der »mohammedanischen Wirklichkeit« umfasst werden) »geerbt« sei. Die Beziehung zwischen Jesus (und dem zweiten Himmel) und der Kraft des Lebens – sowohl im Sinne des spirituellen Wissens als auch der physischen oder »tierischen« (*hayawani*) Animation – ist von ähnlich grundsätzlicher Wichtigkeit in den entsprechenden Passagen des Kapitels 167 sowie, in äußerst verblümter Form, im *Kitab al-Isra* und im *Risalat al-Anwar*. Eine vollständigere Erörterung dieser Fragen findet sich im langen Kapitel 15 über Jesus in den *Fusus al-Hikam,* wo die grundsätzliche Wichtigkeit, die Ibn Arabi dem durch die Propheten gebrachten wiederbelebenden spirituellen *Wissen* beimisst, deutlicher herausgearbeitet ist.

87. Die erste dieser Bezugnahmen stellt einen berühmten Hadith *qudsi* dar, der sich mit dem »Opfer des Todes«, in Form eines gefleckten Widders, befasst, dargebracht am Tag der Auferstehung. Die koranischen Bezüge betreffen unter anderem 19:7, ein Hinweis auf die innere Bedeutung des Namens Yahya (arabisch: »er lebt«), »Wir gaben keinem anderen vor ihm diesen Namen«, sowie 19:12–15, betreffend die besonderen Göttlichen Segnungen für ihn, und 3:39 über seine spirituelle Reinheit oder »Keuschheit« (*hasur,* ein Exkurs über den einzigartigen Zustand von Maria) und das besondere Merkmal der »Rechtschaffenheit« (*salah*), das er mit Jesus und anderen Propheten teilt.

88. Ein Thema, auf das Ibn Arabi bei einer Anzahl weiterer Gelegenheiten anspielt, wo er an einer Stelle auch anmerkt, dass Gott uns »davon ein Gleichnis gezeigt« habe in den Fällen von Maria und Jesus sowie von Adam und Eva.

Die meisten in diesem Abschnitt nur andeutungsweise einge-
führten Themen (wie etwa die Wechselbeziehungen von Leben,
spirituellem Wissen und der heiligen prophetischen Eingebung)
werden ausführlicher in den Kapiteln der *Fusus al-Hikam* über
Jesus[89] und Yahya behandelt.

IV-D

Joseph und der dritte Himmel

Diese Begegnung nimmt die Form eines Monologs an, in dem
Joseph Ibn Arabi die wahren Absichten aufzeigt, die hinter einer
der Bezugnahmen des Propheten auf ihn stehen, ebenso wie die
Bedeutung mancher Verse in der Sure 12 des Korans (Joseph). Diese Erörterungen bieten ihm die Gelegenheit zu folgendem spirituellen Ratschlag:

Dies möge dir eine Lehre sein, dass deine Seele in einer
Angelegenheit, von der sie keine unmittelbare Erfahrung
(*dhawq*) hat, nicht denselben Weg beschreitet wie jemand,
der diese Erfahrung durchmacht.[90] Sage also nicht: »Wäre
ich an der Stelle jener Person gewesen, als man das und das
zu ihr gesagt und sie das und das geantwortet hat, hätte ich
das nicht getan.« Bei Gott nein! Wenn das ihr Wider-
fahrene dir geschehen würde, würdest du dasselbe sagen,
weil der stärkere Zustand [unmittelbarer Erfahrung] den
schwächeren [deiner beliebigen Vorstellung] kontrolliert.[91]

89. Dieses Kapitel 15 ist von beinahe exakt gleicher Länge wie das Schluss-
kapitel über Mohammed, und diese beiden sind bedeutend umfangreicher als alle
anderen Kapitel der *Fusus*.

90. Dieses Bestehen auf der unverzichtbaren Rolle persönlicher »direkter
Erfahrung« (*dhawq*) bei der vollständig angemessenen Würdigung spiritueller
Dinge ist auch eines der Hauptthemen in Ibn Arabis Begegnung mit Moses
(Teilabschnitt IV-G).

91. Diesem Absatz fehlt der Hinweis auf die (traditionellerweise mit Joseph
und Venus, dem Planeten dieser Sphäre, assoziierten) metaphysischen Prinzipien
der Schönheit, Harmonie und künstlerischen Inspiration, der sich im Kapitel 167
der *Futuhat* findet. Ebenso widmet er sich überhaupt nicht den tiefen Fragen der

IV-E
Idris und der vierte Himmel [92]

Nach seiner Ankunft im vierten Himmel, dem Dreh- und Angelpunkt, dem Himmel der Sonne (und des symbolischen Herzens des Kosmos), wird Ibn Arabi sogleich von Idris begrüßt, der ihn »Erbe Mohammeds« (al-warith al-Muhammadi) nennt – eine Anspielung auf des Scheichs Begriff von seiner einzigartigen Aufgabe, »Siegel der mohammedanischen Heiligkeit« zu sein.[93] Ibn Arabi stellt ihm daraufhin mehrere kurze Fragen, die sich auf die überlieferten Berichte beziehen, betreffend Idris (in der einen oder anderen seiner Manifestationen) und dessen besondere spirituelle Funktion als ewiger »Pol« (qutb) und Gipfel der spirituellen Hierarchie.[94]

(...) Ich sprach zu ihm: »Es ist mir zu Ohren gekommen, dass du ein Befürworter von Wundern[95] bist.«

Natur der (kosmischen wie auch menschlichen) »Einbildung« und Josephs speziellen Kräften spiritueller Interpretation (tawil), die im Zentrum des berühmten Kapitels 9 der Fusus stehen. Das entsprechende Kapitel im Kitab al-Isra umfasst zudem einen kurzen Dialog mit der allegorischen Figur der Venus (al-zahra).

92. In der islamischen Tradition, besonders den beliebten »Legenden von den Propheten« (qisas al-anbiya), wird die Gestalt des Propheten Idris, der im Koran nur kurz erwähnt wird (19:57–58 und 21:85–86), in enge Verbindung gebracht (und oft einfach identifiziert) mit einer ganzen Reihe von prophetischen oder quasi-prophetischen Gestalten, die sich im Allgemeinen mit übernatürlicher Langlebigkeit oder häufig zumindest mit historischen »Wiedererscheinungen« unter verschiedenen Formen auszeichnen. Diese verschiedenen ›Facetten‹ von Idris umfassen: Enoch und Elias (der koranische Ilyas), denen beiden jeweils ein Kapitel der Fusus al-Hikam gewidmet ist, die dreifaltige Person des Hermes Trismegistos, Stammvater vieler esoterischer Künste und Wissenschaften (gemäß hellenistischer Tradition, die weitgehend in die islamische Kultur eingeflossen ist) und sogar die geheimnisvolle initiatische Figur des al-Khadir.

93. In der entsprechenden Begegnung mit Idries im Kitab al-Isra wird Ibn Arabi gleichermaßen als »Meister der Heiligen« begrüßt.

94. Das Risalat al-Anwar betont an diesem Punkt der mystischen Himmelfahrt (siehe Seite 52), dass alle vorangegangenen Sphären dem Königreich des »Imams der linken Hand« angehören, während »dies hier der Platz des Herzens ist«, wo »du die Stufen der Pole erkennen wirst.«

Darauf erwiderte er: »Wäre es nicht um der Wunder willen, ich wäre nie ›zu einem hohen Rang erhoben worden‹ (19:57).[96]

Also fragte ich ihn: »Worin liegt dein [spiritueller] Rang in Bezug auf deinen Ort [am Mittelpunkt des Universums]?«

Und er sagte: »Das Äußere ist ein Zeichen des Inneren.«[97]

Ich sprach: »Ich habe sagen hören, du würdest von deinen Leuten lediglich *tawhid*[98] erbitten und nichts sonst [das heißt kein gesondert offenbartes Gesetz].«

95. *Al-kharq:* das heißt, genauer gesagt, von jedem Phänomen, das die gewohnte Ordnung (*ada*) der Ereignisse in der Welt zu durchbrechen scheint. Der Begriff ist allgemeiner als der des Wunders (*mujizat*), das die prophetischen Gesandten zu Beweiszwecken vollbringen, und unterscheidet sich auch von den »Wundern« oder »Segnungen« (*karamat*), die sich der spirituellen Kraft (*himma*) bestimmter Heiliger verdanken.

96. Eine Anspielung auf die koranische Beschreibung von Idris' wundersamer Rettung vor dem Tod: »Und erwähnt Idris in dem Buch: Er war ein Mann der Wahrheit (*siddiq*), ein Prophet (*nabi*), und Wir erhoben ihn zu einem hohen Rang« (19:56–57). Siehe auch Ibn Arabis weit ausführlichere Diskussion dieser Verse in den Kapiteln 4 und 22 der *Fusus al-Hikam.*

97. Die Bedeutung dieses Austauschs, und der äußeren, kosmischen Symbolik von Idris' hoher spiritueller Stufe und Funktion, wird in viel größerer Breite im Kapitel 4 der *Fusus al-Hikam* ausgearbeitet, welches von Enoch handelt (der dort explizit mit Idris identifiziert wird). Ebenso handelt Kapitel 22 der *Fusus,* wie sein Einleitungssatz besagt, von »Elias, der Idris ist…« Dort erklärt Ibn Arabi, dass Idris, »der ein Prophet vor Noah war«, zuerst »zu einem hohen Rang erhoben« (19:57), dann jedoch wieder auf die Erde hinuntergesandt wurde – in Form des Propheten Elias –, um die Göttliche »Vertrautheit« auch mit den niedrigsten (tierischen, pflanzlichen und mineralischen) Stufen der Schöpfung vollkommen zu erfahren. Der Kontrast zwischen diesen beiden Kapiteln der *Fusus* legt nahe, dass »Enoch« insbesondere mit der Göttlichen Immanenz (*tasbih*) in Beziehung steht – und damit die beiden unerlässlichen Aspekte symbolisiert von Idris' *umfassender* Vervollkommnung in seiner spirituellen Funktion als Pol und seiner Wirklichkeit als »Herz« des Kosmos.

98. Dieser Begriff wird üblicherweise verstanden als Bezug auf das äußere »Bekenntnis der Göttlichen Einheit«, wie es in der *shahada* (»Es gibt keinen Gott außer Gott...«) niedergelegt ist. Doch Idries versteht ihn hier im viel tieferen

Er entgegnete: »Und nicht [einmal das] taten sie. Nun war ich ein Prophet (*nabi*, 19:56), der sie zu dem *Wort* [das heißt dem äußeren Bekenntnis] von *tawhid* aufrief, nicht zu *tawhid* [selbst] – denn niemand hat *tawhid* je bestritten!«[99]

»Das ist seltsam!«, bemerkte ich.

(...) [Dann] sagte ich: »Aber die verschiedenen [Meinungen], die den Wahrhaft Wirklichen und die über Ihn[100] gesagten Dinge betreffen, sind recht zahlreich geworden.«

Er erwiderte: »Das [kann] auch gar nicht anders sein, denn die Dinge [werden] entsprechend der Verfassung[101] [jedes Einzelnen unterschiedlich aufgefasst].«

Sinne der – gleichzeitig transzendenten wie auch immanenten – *Realität* der Göttlichen Einheit, welche im Zentrum von Ibn Arabis Konzept der »Einheit des Seins« steht (siehe auch die nachfolgende Anmerkung). Im größeren Zusammenhang der islamischen Tradition war der Prophet Idris (so wie die Figur des Hermes, mit dem er häufig identifiziert wird) bekannt nicht für das Überbringen eines bestimmten offenbarten Göttlichen Gesetzes (*sharia*), sondern für seine Einführung der ganzen Spanne an rationalen oder »philosophischen« Künsten und Wissenschaften (und keineswegs nur der »hermeneutischen«). Daher spricht ihn Ibn Arabi weiter unten (in einem hier nicht übersetzten Satz) als »Gründer [der Künste und Wissenschaften] der Weisheit« (*wadi al-hikam*) an.

99. Das heißt die *Realität* von *tawhid*, das – weil es die wahre Wirklichkeit des Seins und den ursprünglichen Kern der menschlichen Natur bildet – seinen Ausdruck notwendigerweise auf allen Manifestationsebenen und den entsprechende Stufen der spirituellen Verwirklichung findet. Ibn Arabi weist häufig auf die koranische Aussage hin: »Dein Herr hat bestimmt, dass du keinen außer Ihm anbeten sollst« (17:23) und versteht dies als Ausdruck dieser universellen metaphysischen *Wirklichkeit* (und auch als ein Gebot).

100. Oder »über es«. »Wahrhaft Wirklicher« (*al-Haqq*) könnte auch einfach übersetzt werden als »die Wahrheit« oder »Gott«, weil in diesem Zusammenhang die ontologische und die theologische Sichtweise für Ibn Arabi faktisch nicht voneinander zu trennen sind. Ebenso könnte man hier »die gesagten Dinge« (*maqalat*) mit »(theologischen) Schulen« oder »(religiösen) Konfessionen« übersetzen.

101. »Verfassung« (*mizaj*, genaugenommen die Mischung physischer »Temperamente«, die jede Person unterscheidet) muss hier sehr breit, als alle Faktoren – spirituelle, soziale, psychische einschließlich physische – umfassend verstanden werden und letztlich als Hilfsmittel zur Bestimmung der charakteristischen

»Ich dachte[102] aber, dass alle Propheten, eure ganze Schar, sich voneinander im Hinblick auf das, was Ihn angeht, nicht unterscheiden«, gab ich zu bedenken. Darauf antwortete er: »Ja, weil wir [unsere Lehren über Gott] nicht auf der Basis verstandesmäßiger Überlegung (*nazar*) dargestellt haben. Wir haben einzig auf der Grundlage einer unmittelbaren Beziehung [zu Gott][103] gesprochen, die uns gemeinsam ist. Wer also die Wirklichkeiten *kennt*, weiß: [Der Umstand, dass] all die Propheten Gott betreffend übereinstimmend dasselbe aussagen, hat dieselbe Bedeutung wie [wenn] jene, die der verstandesmäßigen Überlegung folgen, auch [alle] dasselbe aussagen [würden].«[104]

Einstellung und des Verständnisses jeden Individuums gegenüber allen Aspekten der Wirklichkeit (nicht nur im Hinblick auf »theologische« Dinge). Idris kommt in der zweiten Hälfte dieses Abschnitt auf diesen Punkt ausführlicher zurück.

102. Oder: »Ich sah« (*ra'aytu*), wenn dies verstanden wird als Anspielung auf Ibn Arabis visionäre Offenbarung der Einheit der Propheten und deren Lehren innerhalb der »Wirklichkeit Mohammeds« oder des Korans, die er weiter unten im Teilabschnitt IV-1 beschreibt.

103. »Unmittelbare Beziehung« übersetzt *ill*, einen Begriff, der sich entweder auf eine Blutsverwandtschaft oder auf einen Pakt oder Bund (wie im Koran 9:8–10) beziehen kann. In beiden Fällen steht der Ausdruck hier in Zusammenhang mit der Beziehung unmittelbarer Göttlicher Inspiration, die an sich sowohl für »Verwandtschaft« als auch Bündnis steht und die für Ibn Arabi den spirituellen Zustand der Propheten und Heiligen unterscheidet vom Gegensatz der fehlbaren und oft divergierenden Resultate des gewöhnlichen menschlichen »Denkens« oder »Überlegens« (*nazar*).

104. Das heißt: Eine derart geschlossene Übereinstimmung – im Gegensatz zur üblichen und zu erwartenden Meinungsverschiedenheit unter den »Leuten des *nazar*« oder des individuellen Denkens – deutet auf die Richtigkeit ihres Schlusses in diesem speziellen Punkt. An anderer Stelle spricht Ibn Arabi über die verschiedenen Arten inspirierten Wissens, die von den Propheten und Heiligen »jenseits der Stufe des Intellekts« erlangt werden. Dort unterscheidet er zwischen jenen Wirklichkeiten, die vernunftmäßig »unmöglich« sind – deren Wahrheit aber dennoch in einem »visionären Ereignis« (*waqiu*) offenbart wird – und dem viel größeren Bereich des Wissens, »das nicht [in Worten] ausgedrückt« oder erörtert werden kann, dem Reich der »Wissenschaften der direkten Wahrnehmung« (*ulum al-adhwaq*).

Ich sprach: »Und verhält sich denn die Angelegenheit [das heißt die Wirklichkeit der Dinge] in sich selbst tatsächlich so, wie es dir [von Gott] gesagt wurde? Denn die Zeichen, [denen] der Intellekt [jener folgt, die sich ausschließlich auf ihren Verstand verlassen], deuten ja an, dass manches, das ihr [Propheten] diesbezüglich daherbringt, unmöglich ist.«

Darauf erwiderte er: »Es verhält sich so, wie es uns [Propheten] gesagt wurde – und zugleich verhält es sich so wie das, was ein jeder sagt, der [seinen eigenen inneren Glauben] Ihn betreffend zum Ausdruck bringt. Denn ›Gott steht in Übereinstimmung mit der Rede eines jeden, der [von Ihm] spricht‹.[105] Deswegen riefen wir das gemeine Volk nur zu dem Wort [also der verbalen Bekundung] von *tawhid* auf, nicht zu [der Wirklichkeit] von *tawhid*.«

(...) Ich berichtete: »Einmal, während einer visionären Erfahrung (*waqia*), die ich machte, sah ich jemanden, der die Kaaba umkreiste. Er erzählte mir, er sei einer meiner Vorfahren gewesen und nannte mir seinen Namen.[106] Ich befragte ihn dann über den Zeitpunkt seines Todes, und er sagte mir, das sei [vor] vierzigtausend Jahren gewesen. Also befragte ich ihn weiterhin über Adam, wegen dem, was un-

---

105. Dies ist die Umschreibung eines wohlbekannten Hadith *qudsi:* »Ich bin im Einklang mit dem, was Mein Diener über Mich vermutet, und Ich bin bei ihm, wenn er sich Meiner erinnert« (*dhikr*). Die breitere metaphysische Untermauerung dieses Ausspruchs im Denken Ibn Arabis findet sich in verschiedenen Hinweisen durch die ganzen *Fusus al-Hikam* hindurch, inklusive seiner Diskussion dieses Hadith in den Schlusszeilen des großen Werks sowie in seiner Entwicklung des Schlüsselthemas des »in Glaubensformen geschaffenen Gottes« in den Kapitel über Shuayb, Elias / Idris, Zacharias und Aaron.

106. Diese Begegnung wird im Kapitel 390 der *Futuhat* genauer beschrieben, wo der »visionäre«, traumartige Charakter dieser besonderen Erfahrung deutlich wird: »Nun ließ mich Gott auf die Weise sehen, in welcher der Schlafende [in seinen Träumen] sieht, während ich die Kaaba umkreiste...« Dort erinnert dieser mysteriöse »Vorfahr« Ibn Arabi auch an einen Hadith, in welchem der Prophet sagt: »Gott erschuf 100 000 Adams.«

serer gültigen Chronologie zufolge dessen Zeitalter betraf [das also wesentlich jünger sein musste]. Da sagte er zu mir: ›Nach welchem Adam fragst du? Etwa nach dem neuesten Adam?‹«

[Idris] sprach: »Er sprach die Wahrheit. Ich bin nur »ein Prophet Gottes« (19:56) und kenne kein Zeitalter, an dessen Ende das Weltall als Ganzes zu einem Ende kommen würde. Doch [weiß ich], Er hält bei der Erschaffung [des Universums] in seiner Ganzheit niemals inne, [die Wirklichkeit als Ganze] hört nie auf, ›näher‹ und ›weiter weg‹[107] zu sein, und die ›vorbestimmten Zeiten‹[108] gelten nur für die [einzeln] erschaffenen Dinge – über die Vollendung [ihrer] Zyklen [des Daseins] – und nicht für [den Fortgang] der Schöpfung [insgesamt], wird doch die Schöpfung beständig ›mit den Atemzügen‹ [in jedem Augenblick] erneuert.[109] Wir wissen also [nur], was Er uns hat *wissen* lassen – ›und sie begreifen nichts von Seinem Wissen, es sei denn auf Seinen Wunsch hin‹« (2:255).

107. Das heißt: *dunya* (das Diesseits) und *akhira* (das Jenseits). Die Herkunft dieser Wörter verweist auf die ganze ontologische Spannweite der Stufen der Selbstoffenbarung und auf die Tatsache – wie Idris später in diesem Gespräch ausdrücklich erwähnt –, dass ihre »Nähe« (oder deren Gegenteil) relativ ist in Bezug auf die Perspektive jeden Beobachters, da alle gleichermaßen in der Gegenwart Gottes sind.

108. *Ajal*: ein im Koran oft verwendeter Begriff – häufig in Zusammenhang mit »der Stunde« (vgl. Anmerkung 110) –, der anspielt auf das letzte Schicksal der Menschen und Gemeinschaften (*umma*, ein Ausdruck, der für Ibn Arabi jede Art von Geschöpf einschliesst, vgl. Koran 7:34, 10:49 etc.) oder auf die Bewegung von Sonne und Mond (31:29 etc.).

109. *Maa al-anfas*: eine von Ibn Arabi häufig gebrauchte Umschreibung für die Art und Weise, wie sich der Kosmos in jedem Moment (*khalq jadid / tajaddud al-khalq*) beständig erneuert, eine metaphysische Realität, die nur für die wahren Wissenden und verwirklichten Heiligen direkt sichtbar ist, wie er an einer bekannten Stelle des Kapitels *Shuayb* (die Weisheit des Herzens) in den *Fusus al-Hikam* erklärt.

Da fragte ich ihn: »Was bleibt also bis zur Erscheinung der Stunde[110] übrig?«

Und er erwiderte: »Der Tag der Abrechnung hat sich den Menschen genähert, doch sind sie in [einem Zustand der] Achtlosigkeit und wenden sich ab« (21:1).[111]

Ich sagte: »Dann unterrichte mich bitte über eine der Bedingungen für Sein ›Näherkommen‹.«

Darauf erwiderte er: »Adams Dasein zählt zu den Bedingungen für die Stunde.«

»Dann gab es also vor dieser Welt (al-dunya) einen anderen von ihr verschiedenen Aufenthaltsort?«, fragte ich.

Er antwortete: »Der Wohnort des Seins ist ein einziger. Dieser Ort rückt nicht näher (dunya), es sei denn durch euch.[112] Und die andere Welt (al-akhira) unterscheidet sich nicht von ihr, außer durch euch! Doch im Hinblick auf die Körper [das heißt, als entgegengesetzt zu der dem Menschen innewohnenden spirituellen Entschiedenheit

---

110. *Al-sa'a:* Der endzeitliche Begriff der »Stunde« (*al-sa'a*) kommt etwa 48-mal im Koran vor (z.B. 33:63 und 79:42) und wird ebenso ausführlich in den Hadithen behandelt, besonders bezüglich ihrer »Anzeichen« und »Bedingungen« (*shurut,* ein Begriff, den Ibn Arabi in seiner nachfolgenden Frage verwendet). Ibn Arabi diskutiert diese Dinge häufig entlang dessen, was viele frühere Sufis dazu gesagt haben, weshalb die scheinbare Naivität seiner Fragestellung fast sicher ein literarischer Kunstgriff ist.

111. »Menschen« übersetzt hier *al-nas,* einen koranischen Ausdruck, den Ibn Arabi im Allgemeinen (vgl. Anmerkung 63) auf »die Meisten« oder »gewöhnliche Menschen« (*al-amma*) bezieht, im Gegensatz zum erleuchteten Zustande der Heiligen (den »Gottesleuten«, »wahren Menschen«, »wahren Dienern« und so weiter).

112. Vgl. Anmerkung 107. In diesem Satz spricht Idris von »euch« statt »dich«, weil er die ganze Menschheit meint und letzten Endes den »vollkommenen Menschen«. Siehe auch das bekannte Anfangskapitel der *Fusus al-Hikam* über Adam. Die hier von Idris gemachte zentrale Aussage, dass der Mensch »diese Welt (*al-dunja*) mit sich in die nächste trägt«, ist eine der vielen Arten von Erkenntnis, von denen Ibn Arabi sagt, er habe sie auf dem Höhepunkt seiner Offenbarung »gesehen«. Diese Aussage findet sich gegen Ende des Teilabschnitts IV-I.

und der fortschreitenden Bewegung zurück zu seiner Quelle] besteht die Sache[113] nur aus hervorgerufenen Zuständen (*akwan*), ihren Umformungen und dem Kommen und Gehen [endloser materieller Formen]. Das war schon immer so und wird niemals aufhören.«

Ich fragte: »Was befindet sich denn *dort*?«[114]

Er antwortete: »Was wir wissen und was wir nicht wissen.«

»Wo liegt dann der Irrtum im Verhältnis zu dem, was richtig ist?«,[115] fragte ich.

Er entgegnete: »Irrtum ist eine relative Sache, wohingegen das Richtige das unveränderliche Prinzip ausmacht. Also, wer auch immer Gott und die Welt wahrhaft kennt, weiß, das Richtige ist das immer gegenwärtige Prinzip, das niemals aufhört [zu sein], und er weiß, dass Irrtum nur über den Gegensatz der beiden Gesichtspunkte [auftritt].[116]

113. Oder möglicherweise: »das Göttliche Gebot« (*al-amr*). In diesem Fall würde sich Ibn Arabi (durch Idris) auf das universelle »Existenzgebot« beziehen, das sich in der beständig erneuerten Schöpfung aller Wesen manifestiert.

114. *Ma thamma*: »am Wohnort des Seins« oder »in der Welt der Körper«, die dieser unablässigen Erneuerung unterliegt? Der Bezug ist hier nicht ganz klar.

115. Die beiden koranischen Ausdrücke, die hier als »was richtig ist« (*sawab*) und »Irrtum« (*khata*) übersetzt werden, haben ursprünglich die Bedeutung, ein Ziel zu treffen (es richtig hinzubekommen) beziehungsweise, es zu verfehlen. Das Augenmerk liegt also auf dem *Subjekt*, das mit seinem Urteil richtig oder falsch liegt, nicht auf der abstrakten Gegenüberstellung von Wahrheit und Falschheit. Im koranischen Zusammenhang klingen bei *khata* auch die »moralischen« Obertöne von Sünde oder Verfehlung (d.h. Überschreitung der Göttlichen Grenzen; vgl. Anmerkung 79) an. Wie so häufig bei Ibn Arabi, werden auch hier ontologische und ethische Aspekte bewusst miteinander vermischt.

116. Das heißt der Gesichtspunkte Gottes (des Wahrhaft Wirklichen, *al-Haqq*) und jedes individuellen Geschöpfs. Wie uns Idris weiter in Erinnerung ruft, kann in Wirklichkeit nur das *sein*, was wirklich *ist* (*al-wujud*), die Wahre Wirklichkeit (*al-haqq*). In Bezug auf dieses ontologische Prinzip (*asl*) ist der »Irrtum« notwendigerweise »relativ« und »zufällig« (*idafi*), das heißt eine notwendigerweise subjektive und voreingenommene Sichtweise, die deshalb nahe dem »Nichtvorhandensein« (*adam*) liegt.

Doch weil der Gegensatz [der beiden Sichtweisen] unvermeidlich ist, ist auch der Irrtum unvermeidlich. Jeder, der also [das wirkliche Vorhandensein des] Irrtums behauptet, bekräftigt [zugleich die vorhergehende Existenz und Wirklichkeit dessen], was richtig ist. Und wer das [letztendliche] Nichtvorhandensein des Irrtums behauptet, »spricht das Rechte« (78:38) und setzt fest, dass der Irrtum [sich von dem ableitet, was] das Recht ist.« (...)[117]

IV-F
Aaron und der fünfte Himmel [118]

Als Nächstes ließ ich mich nieder, um bei Aaron zu verweilen, und [dort] traf ich Yahya, der bereits vor mir angekommen war. Also sprach ich [zu Yahya]: »Ich sah dich nicht auf meinem Weg. Gibt es da etwa noch einen anderen Pfad?«

Und er erwiderte: »Ein jeder hat seinen Weg, den niemand sonst als nur er beschreitet.«

»Und wo befinden sie sich denn, diese [verschiedenen] Wege?«, fragte ich. Darauf seine Antwort: »Sie entstehen durch das Reisen selbst.«

117. In den abschließenden Zeilen dieses Abschnitts wiederholt Idris noch einmal einige der stärker geläufigen Prinzipien von Ibn Arabis Denken: dass die Welt aus der Göttlichen Eigenschaft der Güte (*jud*) heraus erschaffen wurde, dass Mensch und Welt allesamt zu jener Göttlichen Gnade »zurückkehren«, die »alles umfasst« und ihnen Dasein verleiht, und dass der Wissende (d.h. der vollkommene Mensch) noch wunderbarer (*azam*) ist als alles, was die Welt kennt.

118. Es ist erwähnenswert, dass die hier erörterten Themen in Ibn Arabis anderen Versionen der mystischen Himmelfahrt überhaupt nicht vorkommen. Die kurzen entsprechenden Abschnitte der Miraj-Erzählungen sowohl im *Kitab al-Isra* als auch im *Risalat al-Anwar* spielen hauptsächlich auf Streiteigenschaften wie Zorn, Zwist etc. an, die traditionellerweise mit dem Planeten Mars und dem »spirituellen Wesen« dieser Sphäre assoziiert werden. Im Kapitel 167 der *Futuhat* ist die Schilderung dieser Stufe vor allem Ibn Arabis kontroverser Interpretation des »Glaubens des Pharaos« und der Universalität der Göttlichen Barmherzigkeit ge-

Nachdem Aaron daraufhin Ibn Arabi als den »vollständigen und vollkommenen Erben [des Propheten]«[119] begrüßt hat, erläutert er im Folgenden, wie er sowohl ein Prophet (*nabi*) als auch ein gesetzgebender Gesandter (*rasul*) geworden ist, der auf Bitten seines Bruders Moses an der Offenbarung (*wahy*), die dem Rang eines Gesandten zusteht, Anteil genommen hat.

(...) Ich sprach: »Oh Aaron, einige unter den wahren Wissenden haben behauptet, die Existenz [der äußeren Welt] sei für sie verschwunden, so dass sie nichts als Gott sehen und nichts Weltliches bei ihnen zurückbleibt, das sie im Vergleich zu Gott ablenken könnte. Auch besteht kein Zweifel daran, dass sie diesen [spirituellen] Rang [wirklich] einnehmen,[120] im Unterschied zu jenen wie du. Nun hat uns Gott darüber in Kenntnis gesetzt, dass du zu deinem Bruder [Moses] sagtest, als er auf dich zornig war, [weil du den Israeliten erlaubt hattest, das Goldene Kalb anzubeten]: »So lass nicht zu, dass unsere Feinde sich an mir wei-

widmet, Themen, die noch detaillierter in den Kapiteln über Aaron und Moses in den *Fusus al-Hikam* behandelt werden.

119. *Al-warith al-mukammal,* das heißt der Heilige, der die prophetischen »Erbschaften« *aller* Gesandten, die gesamthaft in der »mohammedanischen Wirklichkeit« enthalten sind, vollkommen in sich vereinigt hat: eine weitere Anspielung auf Ibn Arabis einzigartigem Status als »Siegel der mohammedanischen Heiligkeit« (vgl. die ähnliche Begrüßung durch Idris zu Beginn des Teilabschnitts IV-E, Anmerkung 93).

120. Die Frage Ibn Arabis (und ihre implizite Kritik) betreffen die relative *Bestimmung* dieser spirituellen Stufe, nicht die Realität und Bedeutung der Erfahrung von *fana* (Auslöschung in Gott) als solcher. Vgl. seine Bemerkungen im nachfolgenden Teilabschnitt IV-G über die Notwendigkeit von *fana* an einem bestimmten Punkt des Pfades, im Zusammenhang mit Moses' initiatischem »Tod« (*sa'aqa*) auf dem Berg Sinai und mit seinem Gebrauch eines ähnlichen arabischen Begriffs (*afna*) bei der Beschreibung einer entscheidenden Phase seiner eigenen spirituellen Entwicklung in einer Schlüsselstelle des *Kitab al-Isra*. Allgemein ist der Kontrast zwischen den niedrigeren, »unreifen« Stufen jener »Wissenden« (*arifun*), welche die Wirklichkeit dieser Welt verneinen, und der Station der wahren »Erben« der Propheten (*warithun*), die sich Gottes theophanischer Präsenz in dieser ganzen Welt stets bewusst sind, ein immer wiederkehrendes Thema im *Kitab al-Isra*.

den!« (7:151).[121] Du hast damit festgestellt, dass diese Feinde in der äußeren Welt eine gewisse Macht über dich haben, und diese Verfassung unterscheidet sich von der Verfassung jener wahren Wissenden, [die ja gerade das Verschwinden der äußeren Welt erleben.]«

Darauf erwiderte er: »Sie haben aufrichtig [von ihrer eigenen Erfahrung] gesprochen. Freilich hatten sie auch nicht mehr als das, was ihnen über das unmittelbare Erleben (*dhawq*) gegeben wurde. Doch überzeuge dich selbst! – Ist das, was ihnen in jenem Zustand entschwunden ist, denn auch tatsächlich aus der Welt verschwunden?«

»Nein«, antwortete ich.

Er sprach: »Dann hat ihnen also das Wissen darüber, wie die Dinge sind, gefehlt, in genau dem Maße, in dem sie die Welt versäumt haben, denn diese war für sie nicht mehr vorhanden. Also ermangelte es ihnen an der Wahren Wirklichkeit (*al-Haqq*), bis zum Umfang jenes [Aspekts der] Welt, der vor ihnen verschleiert war. Weil nämlich für einen jeden, der den Wahrhaft Wirklichen wirklich kennt, die gesamte Welt eben die Selbstmanifestation (*tajalli*) des Wahrhaft Wirklichen ist. ›Wohin also geht ihr? Es ist doch nur eine Erinnerung an die Welten‹ (81:26–27), an die Art, wie die Dinge sind!«

---

121. Eine längere Diskussion der inneren Bedeutung dieses Vorfalls – von einem sehr anderen Standpunkt aus (nämlich bezüglich der unterschiedlichen Wahrnehmungen der Göttlichen Barmherzigkeit durch Moses und Aaron) – findet sich zu Beginn des Kapitels über Aaron in den *Fusus al-Hikam*.

122. *Kawnubu:* Der Ausdruck *kawn* bezeichnet üblicherweise den gezeugten, manifesten Zustand des Seins (hier als »Dasein« übersetzt). Daher ist die offensichtlichste Bedeutung im vorliegenden Zusammenhang die äußere »Welt« oder das ganze manifeste »Universum« (*al-alam*). Doch wie so häufig bei Ibn Arabi könnten die Pronomina in diesem Vers ohne wirklichen Widerspruch ebenso gut gelesen werden, als bezögen sie sich entweder auf Gott (*al-Haqq*, der Wahrhaft Wirkliche) oder gar auf den menschlichen »Beobachter«, das heißt den Menschen in seiner letzten Wirklichkeit als dem »vollkommenen Menschen«, der wiederum sehr wohl mit »dem Vollkommenen« (*al-kamil*) am Ende des Absatzes gemeint sein könnte.

Vollkommenheit ist nichts als ihr [oder Sein] Dasein.[122]
So ist, wer auch immer es versäumt, nicht der Vollkommene (...)[123]

IV-G

Moses und der sechste Himmel [124]

Ibn Arabi leitet seine Erörterung mit Moses ein, indem er ihm dafür dankt, darauf bestanden zu haben, dass Mohammed – während der letzten absteigenden Phase seiner Miraj – Gott noch

123. Die abschließenden, hier nicht übersetzten Zeilen weisen auf die wohlbekannten Gefahren und Illusionen hin, die sich einstellen, wenn man die ekstatische Erfahrung der Auslöschung (*fana*) des Selbsts in der Schau von Gott als das letzte und höchste Ziel des spirituellen Wegs ansieht. Diese Mahnung ist vermutlich schon im Titel dieses Kapitels 367 (*Meine Reise verlief nur in mir selbst*, vgl. Anmerkungen 18 und 27) enthalten und wird wiederholt und verstärkt in der folgenden Begegnung mit Moses (IV-G). Obschon Aarons Bemerkung ein oft wiederkehrendes Thema in Ibn Arabis Schriften ist, sollte auch darauf hingewiesen werden, dass diese Gefahren und die letztendliche Überlegenheit des »erleuchteten Verbleibens« (*baqa*) der Heiligen in der Welt, wie es das Leben Mohammeds am vorbildlichsten illustriert, ebenso einheitlich in der früheren Sufi-Literatur und -Praxis betont wurde. Die Stärke des Nachdrucks, mit welchem Ibn Arabi auf der Verwirklichung der Natur und auf der Wichtigkeit dieser »Welt« als einem essenziellen Aspekt menschlicher Vervollkommnung (*kamal*) – und tatsächlich als der wichtigsten Begründung des Vorrangs des Menschen über die Engel und die rein geistigen Wesen – besteht, lässt sich am ehesten ermessen, wenn man seine Schriften den bekannten Quellen der »monistischen« Mystik, wie dem Sufismus seines andalusischen Zeitgenossen Ibn Sabin, gegenüberstellt.

124. Das entsprechende Kapitel 167 der *Futuhat* handelt ebenfalls von der theophanen Natur der Welt, jedoch von einem sehr verschiedenen Standpunkt aus. In der mehr abstrakten, kosmologischen Herangehensweise jenes Kapitels benutzt Ibn Arabi die koranische Erzählung von der Verwandlung von Moses' Stab (Koran 20:17–21) zur Illustration einiger Grundsätze seiner Ontologie, insbesondere der Beziehung zwischen den unveränderlichen noetischen »Wirklichkeiten« (*haqaiq*) oder »individuellen Wesenheiten« (*ayan*) und den beständigen Transformationen der phänomenalen Welt. Sie weist in anderen Worten auf das objektive »Wissen« hin, welches dem Fokus auf Moses' unmittelbare *Erfahrung* der Theophanie in diesem Kapitel zugrunde liegt. Das Zusammentreffen des Reisenden mit Moses im *Kitab al-Isra* hingegen widmet sich ganz anderen Themen: Zuerst unterstreicht Moses die Unterschiede zwischen dem *arif*, dem »Mystiker«, der seine spirituellen Entdeckungen öffentlich zur Schau stellt, und dem *warith* (dem »Erben« des Propheten oder wahren »Mohammedaner«, *al-muhammadi*), der »seine Geheimnisse verbirgt« und der »(Gottes) Essenz in seiner

127

einmal darum bittet, die Anzahl der Pflichtgebete für seine Gemeinde zu reduzieren.[125] Moses erwidert, dass er

dies dem Wissen verdankt, [das durch] unmittelbare Erfahrung (*dhawq*) [erworben wird], denn es gibt eine [spirituelle] Verfassung, die nur über einen direkten Kontakt wahrgenommen werden kann.[126]

Ibn Arabi erwähnt sodann, dass es Moses' »Bemühung um der anderen willen war« – sie hatte ihn zuerst zum brennenden Busch geführt –, das ihm letztlich »all das Gute« einbrachte.[127] Darauf antwortet Moses, dass »der Einsatz des Menschen für andere nur eine Bemühung um sein eigenes Selbst ist, in der Wahrheit der Dinge« – das heißt, wenn er entdeckt, wer er wirklich ist – und dass die Dankbarkeit, die daraus (auf Seiten aller Beteiligten) fließt, eine der höchsten Formen von »Erinnern« und Gotteslob darstelle.

Existenz, Seine Attribute in seinen (eigenen) Eigenschaften und Seine Namen in seinen (persönlichen) Taten sieht« – das heißt, dessen innere Himmelfahrt mit der besonderen Art der »nächtlichen« spirituellen Reise (*isra*) korrespondiert, welche Ibn Arabi im Abschnitt III weiter oben beschreibt und die äußerlich nicht unterscheidbar ist vom Leben der »normalen Leute«. Dann fährt Moses im *Kitab al-Isra* fort, dem »Reisenden« eine Zusammenfassung der verbliebenen Phasen seiner Reise zu geben und hebt insbesondere die Wichtigkeit des »Abstiegs«, der *Rückkehr* zum Leben in dieser Welt, für den Abschluss und die Vollendung dieser Reise hervor.

125. Diese Geschichte wird in dem langen Hadith *al-isra* berichtet (vgl. Anmerkung 30). Gemäß der hier verwendeten Version war die Vorschrift von »*fünfzig* Gebeten an jedem Tag und in jeder Nacht Teil der Göttlichen Offenbarung«, die dem Propheten genau am Höhepunkt seiner Himmelfahrt zuteil wurde, bei seiner direkten Begegnung mit Gott. Während Mohammeds Abstieg zur Erde überredet Moses – der sich dabei auf seine unmittelbare Erfahrung (*dhawq*) in dieser Sache mit der eigenen Gemeinde beruft – den Propheten zweimal dazu, zu Gott zurückzukehren und um eine Milderung dieser Last zu bitten, so dass die vorgeschriebene Zahl auf zehn und schließlich auf fünf herabgesetzt wird. Beim zweiten Mal sagt der Herr zu Mohammed: »Es sind fünf und es sind fünfzig, bei Mir wird das Wort nicht geändert!« (in Anspielung auf Sure 50:69).

126. Zum Abschluss seiner Ausführungen betont Moses erneut die entscheidende Rolle von *dhawq*, dem inneren »Schmecken« spiritueller Zustände, für die Erkenntnis der Propheten und Heiligen. Siehe auch Anmerkung 31 bezüglich

(...) Danach sprach ich zu ihm: »Gewiss hat dich ›Gott mit Seiner Botschaft und Seinem Wort aus dem Volke heraus erwählt‹ (7:144). Aber hattest du nicht darum gebeten, [Gott] erschauen zu können, wo doch der Gesandte Gottes sagte, ›nicht einer von euch wird Seinen Herrn sehen, bevor er nicht stirbt‹?«[128]

Er entgegnete: »Es verhielt sich genau wie folgt: Als ich Ihn um das Schauen [Gottes] ersuchte, gab Er mir Antwort, so dass ›ich ohnmächtig niedersank‹. Da sah ich Ihn in meinem ohnmächtigen [Zustand des] Seins.«[129]

Josephs ähnlicher Betonung der Unverzichtbarkeit von direkter persönlicher Erfahrung (im Gegensatz zu dem, was durch Nachdenken oder rein imaginative Teilnahme gewonnen werden kann). Der Ausdruck »direkter Kontakt« (*mubashara*, wörtlich »die handgreifliche Erfahrung«) hat im Wesentlichen dieselbe Bedeutung wie *dhawq*. Beide beziehen sich auf Einsichten, die nur in einem einzigartigen spirituellen Zustand (*hal*) gewonnen werden können.

127. Diese Interpretation der Koranverse 28:99 ff – wonach Moses den brennenden Busch nur »zufällig« auf der Suche nach Feuer zum Wärmen seiner Familie entdeckt habe – wird an anderer Stelle der *Futuhat* verstärkt, wo Ibn Arabi dieses Ereignis als Illustration der seltenen Kraft des uneigennützigen Dienens versteht, welche »alle gerechten Führer (Imame)« auszeichne. Er erklärt dort auch, dass Khadir auf genau dieselbe Weise die Quelle des ewigen Lebens zum ersten Mal entdeckt habe, als er Wasser für seine Kameraden suchte.

128. Auf die Sure 7:143 wird in diesem Teil mehrfach angespielt: »Und als Moses zu der von Uns festgesetzten Zeit kam und Sein Herr zu ihm sprach, bat er: ›Mein Herr; lass mich sehen, auf dass ich Dich erschauen möge.‹ Er entgegnete: ›Du wirst Mich nicht sehen, doch schau auf den Berg! Wenn er unverrückt an seinem Orte bleibt, dann wirst du Mich sehen.‹ Und als sein Herr Sich selbst auf dem Berg offenbarte, zerbrach Er ihn in Stücke und Moses fiel ohnmächtig nieder. Als er erwachte, sprach er: ›Ich habe mich zu Dir bekehrt, und ich bin der erste der Menschen wahren Glaubens‹«.

129. Oder: »in meinem (initiatischen) ›Tod‹« (*sa'aqati*). In anderen koranischen Versen, die sich auf die Auferstehung beziehen, wird derselbe Wortstamm tatsächlich als gleichbedeutend mit »Tod« verwendet. Hier hingegen benutzt Ibn Arabi den Begriff – der in seiner Grundbedeutung wörtlich »vom Donner gerührt«, »vom Blitz erschlagen« oder von einem lauten Lärm »der Sinne beraubt« bedeutet – offensichtlich in einem eher technischen Sinn und in Bezug auf den spirituellen Zustand der »Auslöschung des Egos (*fana*) in der Selbstmanifestation (*tajalli*) der Göttlichen Herrschaft«.

»Während [du also] tot [warst]?«, fragte ich.

Er erwiderte: »Während [ich] tot [war].«

(...)¹³⁰ Er sprach: »Ich sah Gott also nicht, bis ich gestorben war. Und dann *erwachte* ich, um zu erkennen, *Wen* ich sah. Und eben deswegen sprach ich, ›ich habe mich zu Dir bekehrt‹ (7:143), denn ich bin zu keinem anderen als nur zu Ihm zurückgekehrt.«¹³¹

Darauf fragte ich ihn: »Du gehörst zu ›denen, die Gott kennen‹.¹³² Wofür hast du nun die [Beschaffenheit der] Schau Gottes gehalten, als du Ihn darum gebeten hast?«

---

130. In den nicht übersetzten Zeilen (III 349.23–25) verweist Ibn Arabi auf ein Wort des Propheten, das es offen lässt, ob der mystische »Tod« oder die mystische Ohnmacht (*sa'aqa*) von Moses ihm das ähnliche Schicksal, das allen beim »Stoß in die Trompete« am Jüngsten Gericht zugedacht ist, ersparte: »Dann werden jene, die in den Himmeln und auf Erden sind, niedergeworfen (*sa'iqa*) werden, mit Ausnahme derer, die Gott davon auszunehmen wünscht« (39:68). »Also lass sie allein, bis sie ihrem Tag begegnen, an dem sie niedergestreckt werden (*yusaqun*)« (52:45). Moses erwidert, dass er auf dem Berg Sinai tatsächlich mit der vorzeitigen Erfahrung jenes »Todes« und der gleichzeitigen Wiederauferstehung beschenkt wurde. Jenes Ereignis repräsentiert für Ibn Arabi klar eine allgemeinere Stufe und Art der theophanischen Erfahrung: Moses wird in all den vielen Werken des Scheichs als ein Symbol dieser Art von spiritueller Verwirklichung zitiert.

131. Das Verb hier, *rajaa*, unterscheidet sich von dem im unmittelbar vorhergehenden koranischen Vers verwendeten *taba*, was üblicherweise mit »bereuen« übersetzt wird, jedoch die Grundbedeutung von »(zu Gott) zurückkehren« besitzt. Die Gleichsetzung dieser beiden Begriffe – mit ihrer deutlichen Betonung der metaphysischen Grundlage jeglicher »Reue« – findet sich durch sämtliche Schriften Ibn Arabis hindurch. Siehe beispielsweise die ähnliche Entsprechung dieser beiden Ausdrücke in Ibn Arabis Schilderungen des Beginns seiner eigenen »Konvertierung« zum spirituellen Pfad (»an der Hand Jesu«). Vgl. dazu Anmerkung 34 weiter oben.

132. Oder: »zu denen, die *durch* Gott kennen« (*al-ulama bi-illah*), das heißt, basierend auf dem, was Gott sie lehrt, im Unterschied zu denen, die sich auf ihre gedankliche Reflexion (*nazar*) stützen, wie Moses weiter unten erklärt. Für Ibn Arabi bezieht sich diese Bezeichnung üblicherweise auf die allerhöchste Gruppe von wahrhaft spirituell »Wissenden«, das heißt die Propheten und Heiligen, die allein »Wissende« um Gott sind (nämlich um *Allah*, die umfassende Göttliche Realität), und nicht nur den »Herrn« (*rabb*), der von einem oder mehreren bestimmten Göttlichen Namen manifestiert wird.

Und er sprach: »[Ich hielt sie] vom Verstand her für zwingend notwendig.«[133]

Ich entgegnete: »Aber was war es dann, das dich vor den anderen auszeichnete?«

Er sagte: »Ich habe Ihn schon [die ganze Zeit über] gesehen, und doch *wusste* ich vorher nicht, dass ich Ihn sah! Als sich jedoch meine *Wohnstätte*[134] veränderte und ich Ihn sah, da wusste ich, *Wen* ich sah. Deswegen war ich beim Erwachen nicht mehr länger verschleiert und meine Schau [von Gott] hat mich fortan in alle Ewigkeit begleitet. Darin besteht also der Unterschied zwischen uns[135] und ›denen, die verschleiert sind‹ (83:15) vor ihrem Wissen [von

133. *Wujub aqli:* »notwendig« nach seinem eigenen Wissensstand und den Schlussfolgerungen seines Intellekts (*aql*) in Bezug auf die Natur der Welt – denn, wie er weiter unten erklärt, ist in Wirklichkeit *jede* »Vision« eine Vision von Gott, jedoch ohne das entscheidende zusätzliche Element von direkter Erfahrung aus erster Hand (*dhawq*), die entscheidend für diese Erkenntnis ist. Dieses ganze Gespräch erläutert daher Ibn Arabis frühere Versicherung (Abschnit II, Anmerkung 36), dass Mohammed auf dem Höhepunkt seiner Himmelfahrt »das *sah*, was er *wusste*, und nichts anderes; die Form seines Glaubens blieb unverändert.«

134. *Mawtin:* ein Begriff, der wörtlicher als »Zuhause«, »Heimatland« oder in seinem koranischen Kontext (9:25) sogar als »(spirituelles) Schlachtfeld« übesetzt werden könnte. Bei Ibn Arabi ein Fachbegriff, der sich auf die verschiedenen Seinsebenen bezieht, auf denen sich der Mensch aufhält und die er zu seinem »Heim« macht. Für den vollkommenen Menschen sind sie alle gleichermaßen gegenwärtig. In einer wichtigen Passage des *Risalat al-Anwar* (vgl. Anmerkung 3 auf Seite 32 dieser Ausgabe) erläutert Ibn Arabi, dass diese *mawatin* zwar virtuell zahllos sind, doch »sich alle aus sechs [Wohnstätten] ableiten«: 1. dem ursprünglichen Stand des Vertrags (*mithaq*), den der Mensch mit Gott geschlossen hat (7:172), 2. »der (physischen) Welt, in der wir uns befinden«, 3. dem *barzakh* oder der Zwischenwelt, »welche wir nach den kleineren *und* den größeren Toden durchwandern«, 4. »der Auferstehung auf der ›Erde des Erwachens‹« (79:14), 5. »dem Garten und dem Feuer [der Hölle]« und 6. »der Düne der Schau [Gottes]«. Letztere ist offensichtlich die Wohnstätte von Moses auf dem Berg Sinai.

135. Moses' seltener Gebrauch der ersten Person Mehrzahl hier und in einigen der folgenden Sätze – da er ansonsten zur Beschreibung seiner persönlichen Erfahrungen den Singular benutzt – scheint sich auf *all* die »Wissenden um (oder durch) Gott« (*al-ulama bi-Allah*) zu beziehen, die in den Anmerkungen 132 und 140 erwähnt sind.

Gott] durch das von ihnen Gesehene.[136] Doch wenn sie sterben, erschauen sie den Wahrhaft Wirklichen,[137] denn die Wohnstätte [der Göttlichen Vision][138] hebt Ihn für sie hervor. Würden sie also [wie ich auf diese Welt] zurückgesandt, würden sie dasselbe wie wir sagen.«

Ich sprach: »Wäre also der Tod der Ort für die Schau Gottes, würde Ihn jeder Verstorbene sehen – doch hat Gott sie nicht beschrieben, als wären sie davor ›verschleiert‹, Ihn zu sehen (83:15)?«

Er entgegnete: »Ja, jene sind es, ›vor denen‹ das Wissen ›verschleiert ist‹, [dass das, was sie sehen] Gott *ist*.[139] Aber wie wäre es, wenn du selbst dich mit einer Person treffen müsstest, mit der du nicht persönlich vertraut wärst, nach

136. Der vollständige Koranvers (83:15), auf den hier offensichtlich angespielt wird, lautet: »Doch nein, sicherlich sind sie an jenem Tag vor ihrem Herrn verhüllt!« Es könnte sich aber auch um eine Anspielung auf die zahlreichen Hadithe handeln, die das »Lüften der Schleier« und die »Vision Gottes« erwähnen, einschließlich gewisser Hadith *qudsi*. Das metaphysische Konzept des »Schleiers« reflektiert bei Ibn Arabi fast immer eine innere Zweideutigkeit zwischen den beiden gleichzeitigen Aspekten von »Verhüllung« und »Offenbarung« (da der Schleier in Wirklichkeit eine Theophanie oder Manifestation des Göttlichen ist). Für ihn liegt der Unterschied zwischen den beiden Aspekten letztlich im *Betrachter,* nicht im »Phänomen« oder der Form selbst. Unter den am Ende dieses Kapitels aufgezählten spirituellen Erkenntnissen, die dem Höhepunkt von Ibn Arabis Offenbarung entfließen, ist in diesem Zusammenhang seine Einsicht bemerkenswert, dass »Gott Dasjenige ist, Was – von hinter dem Schleier einer (jeden einzelnen) Form aus – in jedem Objekt der Verehrung verehrt wird.« Vgl. auch die Hinweise (aus den *Fusus al-Hikam*) auf die damit zusammenhängende Frage nach dem »in Glaubensbekenntnissen geschaffenen Gott« in Anmerkung 105.

137. *Al-Haqq,* was ebenso gut als »die Wahrheit« übersetzt werden könnte, oder einfach als »Gott«. Dieser Satz ist formal ähnlich dem berühmten Sufi-Wort: »Die Menschen schlafen, und wenn sie sterben, wachen sie auf«, welches manchmal als Hadith des Propheten gehandelt und manchmal dem Imam Ali bin-Ali Talib zugesprochen wird. Wie der Rest dieses Abschnitts erinnert er auch klar an die bekannte prophetische Aufforderung: »Stirb, bevor du stirbst.«

138. Vgl. Anmerkung 134 zur Bedeutung von *mawtin.* Hier bezieht sich Ibn Arabi fast sicher auf die »Wohnstätte« im Paradies der »Düne der Schau [Gottes]« (*kathib al-ruya*).

der du [einfach] dem Namen nach, und weil du sie bräuchtest, Ausschau hieltest? Du könntest sie antreffen, ihr könntet einander begrüßen, so wie du all jene begrüßt hast, die dir begegnet sind, ohne jedoch die Identität dieser Person herauszufinden. Dann hättest du sie gesehen und doch nicht gesehen. Daher würdest du weiterhin nach ihr Ausschau halten, wo sie doch genau dort war, wo du sie hättest sehen können! Folglich kann man sich auf überhaupt nichts verlassen außer auf das Wissen. Deswegen haben wir [die um Gott Wissenden] gesagt, dass eben gerade das Wissen Seine Essenz ausmacht. Wäre nämlich das Wissen nicht genau Seine Essenz, so wäre das, worauf man sich stützt [also unser Wissen] etwas anderes als Gott – denn auf nichts ist Verlass außer auf das Wissen.«

Ich sagte: »Nun hat Gott dich auf den Berg verwiesen und über Sich selbst gesagt, dass ›Er Sich selbst dem Berg offenbarte‹ (7:143). [Wo liegt also der Unterschied zwischen diesen Erscheinungen Gottes?]«

Darauf entgegnete er: »Seiner Selbstmanifestation kann nichts widerstehen. Daher wechseln notwendigerweise deren besonderen Umstände (*hal*) [gemäß dem Ort einer jeden Erscheinung Gottes]. Das ›Zermalmtwerden‹ hatte also für den Berg dieselbe Bedeutung wie das ›ohnmächtige Niedersinken‹ für Moses. ›Gott‹, spricht Moses und: ›[Er], Der den Berg zermalmte, machte mich ohnmächtig‹ (7:143).«

139. Ibn Arabi bezieht sich im Zusammenhang mit dieser Realität – die für ihn ebenfalls für die menschliche Fähigkeit (oder Unfähigkeit) zur »theophanen Schau« bereits in dieser Welt gilt – gern auf ein berühmtes Hadith, in dem die Menschheit am Tag der Zusammenkunft auf ihre verschiedenen Glaubensformen (*mabudat*) getestet wird, auch bekannt als »Hadith der Transformationen«. Demzufolge wird Sich Gott dieser (muslimischen) Gemeinde »in einer anderen Form als der ihnen bekannten vorstellen und zu ihnen sagen: ›Ich bin euer Herr.‹« Doch die »Heuchler« unter ihnen werden Ihn erst dann erkennen, wenn Er unter einer ihnen bereits vertrauten Gestalt erscheint (gemäß ihren diesseitigen Glaubensformen).

Ich sprach zu ihm: »Gott hat Sich um meine Unterweisung gekümmert, daher weiß ich von Ihm [gerade] soviel, wie Er mir gewährt.«

Er erwiderte: »Das ist genau die Art, wie Er mit den um Gott Wissenden umgeht. Nimm also [dein spirituelles Wissen] von Ihm, nicht von der Welt.[140] Und tatsächlich wirst du [solch ein Wissen] immer nur nach dem Maß deiner Vorbestimmung (*istidad*) entnehmen können.[141] Lass also nicht zu, dass unseresgleichen [die Propheten] dich selbst vor Ihm verschleiern! Denn durch uns wirst du über Ihn niemals etwas anderes erfahren als das, was wir von Ihm dank Seiner Selbstoffenbarung wissen.[142] Somit geben auch wir [das Wissen] über Ihn nur nach dem Maß unserer Vorbestimmung weiter. Es macht also gar keinen Unterschied, [von uns oder unmittelbar von Gott] zu lernen, halte dich daher an Ihn![143] Denn Er hat uns ja nur herabgesandt, euch alle zu *Ihm* zu rufen, nicht zu uns. [Seine Botschaft] ist ›ein Wort, das zwischen uns und euch [dasselbe] ist: Wir sollen keinen Anderen als Gott anbeten und Ihm nicht etwas anderes beigesellen, und die einen

140. *Al-kawn:* Der Begriff kann im weiteren Sinne auch »die Leute dieser Welt« meinen (was hier die Hauptbedeutung zu sein scheint), obwohl sich Ibn Arabi vielleicht auch etwas allgemeiner auf seine gewohnte Kritik der einseitigen Abhängigkeit vom begrenzten menschlichen Denken (*nazar*) über die manifestierte Welt bezieht. Bezüglich der »Wissenden um (oder ›durch‹) Gott« siehe Anmerkungen 132 und 135.

141. Das bedeutet: Was Ibn Arabi soeben behauptet hat (bezüglich der »Göttlichen Kontrolle« seines eigenen spirituellen Prozesses), gilt letzten Endes für jedermann – ohne dass dies die Notwendigkeit der höchsten Anstrengungen seitens jedes Einzelnen im Geringsten verminderte. Was Moses weiter erklärt in Bezug auf die bei jeder Person unterschiedlichen Kapazitäten, die Lehren der Propheten und Gesandten zu verstehen und zu assimilieren, ist nur *eine* Illustration dieser entscheidenden Einsicht.

142. Der Ausdruck »durch uns« in diesem Satz ist eine Anspielung auf Ibn Arabis Ansicht, dass der Grossteil des Wissens der Heiligen »indirekt« erlangt wird durch deren spirituelle Teilnahme an den vielfältigen »Erbschaften« am Göttlichen Wissen, welches direkt von jedem der Propheten und Heiligen empfangen wird.

von uns sollen nicht die anderen an Gottes statt als Herren annehmen (3:64)«.

»Und genau so gelangte es in den Koran!«, sagte ich.

»Und genau so ist Er«, fügte er hinzu.

Ich stellte die Frage: »Womit hast du Gottes Rede vernommen?«

Er antwortete: »Mit meinem Hören.«

»Und was ist dein Hören?«

»*Er* [ist es].«[144]

Ich fragte: »Womit hast du dich denn [vor den anderen Menschen] ausgezeichnet?«

Er entgegnete: »Mit einer unmittelbaren persönlichen Erfahrung (*dhawq*), und zwar derart, dass nur die Person von ihr wissen kann, die sie tatsächlich erlebt.«

»So verhält es sich also bei denen, die über derartige unmittelbare Erfahrungen verfügen?«

»Ja«, antwortete er, »und [ihre] Erfahrungen sind [ihrer spirituellen] Rangstufe angemessen.«

143. Hier benutzt Ibn Arabi bewusst ein Verb (*intasaba*), das üblicherweise jemandes »Beitritt« oder »Zugehörigkeit« zu einer bestimmten religiösen (oder juristischen, politischen etc.) Schule, Partei oder Sekte bezeichnet. Die Grundbedeutung des Verbs bezieht sich – hier ebenfalls sehr passend – auf die Verwandtschaftsbeziehungen im Sinne erblicher Bindung und Abstammung einer Person, seine *nasab*. Somit könnte der Satz auch übersetzt werden mit: »schließe dich Ihm an« oder »führe deine Abstammung (direkt) auf Ihn zurück.«

144. Die ganze Stelle spielt auf das bekannte Hadith *al-nawafil* an (der »supererogatorische Akt« der Hingebung), welches vielleicht das von Ibn Arabi und Sufi-Schreibern im Allgemeinen am häufigsten zitierte »Göttliche Wort« ist: »Mein Diener kann sich Mir nicht mit etwas nähern, das Mir mehr gefiele als, was Ich ihm auferlege. Mein Diener nähert sich Mir unablässig mit unentgeltlichen Werken [der Hingebung], bis Ich ihn liebe. Und wenn Ich ihn liebe, so bin Ich sein Hören, mit dem er hört, sein Sehen, mit dem er sieht, seine Hand, mit der er greift, und sein Fuß, mit dem er geht. Und wenn er Mich [um etwas] bittet, gebe Ich [es] ihm gewiss, und sucht er Meine Hilfe, komme Ich ihm gewiss zu Hilfe.« Ibn Arabis Diskussion dieses Hadith an verschiedenen Stellen der *Futuhat* zeigt, dass er ihn als Anspielung versteht auf die individuelle Verwirklichung einer grundsätzlichen universellen Bedingung.

MEINE REISE VERLIEF NUR IN MIR SELBST

IV-H

Der siebente Himmel:
Abraham und der Tempel des Herzens

Ibn Arabis Begegnung mit Abraham widmet sich vornehmlich –
wie auch schon vorher bei Josef und Johannes dem Täufer – den
Fragen über einige der ihn betreffenden koranischen Textstellen.
Zum Beispiel erläutert hier Abraham, dass seine scheinbar po-
lytheistischen Bemerkungen, von denen der Koran in 6:74–80 berichtet, eigentlich nur dazu gedacht waren, den Glauben seiner
Leute vor dem Hintergrund ihres begrenzten Verständnisses zu
prüfen.

145. An der entsprechenden Stelle des Kapitels 167 gibt Abraham dem
»Nachfolger« oder Schüler (von Mohammed) den Ratschlag, sein »Herz wie die-
ses Haus zu bestellen, durch Gegenwärtigsein bei Gott (*al-Haqq*) in jedem
Augenblick.« Ibn Arabis Verständnis der Natur des Herzens als einem Spiegel des
Wahrhaft Wirklichen in all seinen Zuständen wird in diesem Kapitel unterstri-
chen durch die Verwendung der berühmten Sufi-Parabel – die hier beinahe sicher
ausgeliehen wurde von al-Ghazzalis *Mizan al-Amal* und von der sehr bekannten
Geschichte der »griechischen und chinesischen Künstler« am Anfang von Rumis
Mathnawi – über den Wettstreit am Königshof zwischen einem wunderbaren
Maler (dessen Gemälde die Welt ist) und einem Weisen, dessen polierter ›Spiegel‹
(die Seele des wahren Wissenden) sowohl dieses Gemälde als auch den Künstler
und den König (das heißt die metaphysische Welt ebenso wie die »eigene
Beziehung« jedes Individuums zu Gott) reflektiert. Die entsprechende lange Stelle
im *Kitab al-Isra* ist viel zu umfangreich und komplex, um hier wiedergegeben zu
werden. Nach der Schilderung der höchsten Stufen der nächtlichen Reise
Mohammeds und der wahren Wissenden macht Ibn Arabi dort den Eintritt in
dieses himmlische »Haus« abhängig vom Erreichen der höchsten spirituellen Stufe, der »Station von Yathrib« (vgl. Koran 32:13) oder der »Station der Stations-
losigkeit«, in welcher das Herz vollständig offen gegenüber jeder Form der
Theophanie und in einem Zustand der selbstlosen »Verwirrung« (*hayra*) ist. Da
diese für Ibn Arabi genau der (hier im Teilabschnitt IV-I erörterten) »mohammedanischen Station« entspricht, wechselt der Rest der Passage im *Kitab al-Isra* ab
zwischen den eigenen, poetisch bewegenden Beschreibungen dieser entscheidenden spirituellen Verwirklichung durch den Reisenden – dessen Errungenschaft
durch jenes ganze Werk hindurch vorausgesetzt wird – und Abrahams Lob-
preisungen Mohammeds und seinen Erinnerungen an die vielfältige Überlegenheit jener, denen dieses höchste Erlangen gewährt wurde. Solche Vergleiche anderer Propheten oder Heiliger mit Mohammed könnten auch den essentiellen
Kontrast erhellen zwischen den Bedingungen jener von der Göttlichen Liebe (*ma-
habba*) Angezogener, die sich ihren Weg zur spirituellen Vervollkommnung
schrittweise »erarbeiten« müssen, und dem viel selteneren Zustand jener, die –

Von mehr universeller Bedeutung für die spirituelle Reise ist es jedoch, wenn Ibn Arabi die himmlische Kaaba, das »Haus« Abrahams, ein Zeichen für den kosmologischen Übergang von der grobstofflichen Welt zum Paradiesreich der höchsten Sphären, mit nichts anderem als dem Herzen des Reisenden gleichsetzt. Denn – wie er in den wesentlich längeren Erörterungen zu diesem Punkt in seinem *Kitab al-Isra* und dem Kapitel 167 der *Futuhat*[145] klarmacht – ist das Herz letztlich der »Ort« der ganzen Reise.

Dann erblickte ich das *Bewohnte Haus* (52:4),[146] und mit einem Mal war da mein Herz – und es waren da Engel, die ›es täglich betreten‹.[147] Der Wahrhaft Wirkliche offenbart

wie Ibn Arabi – von der einzigartigen Gnade Göttlicher »Bevorzugung« (*ithar*) profitieren und von Gott plötzlich auf die höchste Verwirklichungsstufe ›gezogen‹ werden (*majdhub*).

146. *Al-bayt al-mamur:* Die »Bewohner« dieses mysteriösen himmlischen Ortes – der häufig mit dem »Entferntesten Ort der Anbetung« (*al-masjid al-aqsa*) identifiziert wird, welcher im Koran (17:1) als Höhepunkt der nächtlichen Reise des Propheten erwähnt wird, obwohl die Hinweise in den Hadithen selbst sehr begrenzt sind – sind offenbar die in den verschiedenen Hadithen erwähnten Engel (vgl. nachfolgende Anmerkung). Seine in vielen Miraj-Hadithen genannte Lokalisierung »bei Abraham« scheint in Zusammenhang mit dessen Rolle als Erbauer der Kaaba, dem irdischen Tempel (*al-bayt*), zu stehen. Ibn Arabi identifiziert wie frühere Sufis dieses himmlische »Haus« (und viele weitere im Koran erwähnte) mit dem Herzen (des Wissenden und letztendlich des vollkommenen Menschen).

147. In Anspielung auf ein Hadith: »Siebzigtausend Engel betreten es jeden Tag, und sie kehren nicht dahin zurück.« In einer anderen Version dieses Hadith fügt Gabriel hinzu, dass die siebzigtausend Engel »dort jeden Tag beten« und dass »*wenn* sie es verlassen, kehren sie nicht zurück.« Hier, wo die Bedeutung dieses Hauses als das »Herz« seine Hauptabsicht ist, impliziert Ibn Arabi klar einen Zusammenhang zwischen diesen »siebzigtausend Engeln« und den »siebzigtausend Schleiern«, die in einem weiteren berühmten Hadith erwähnt sind (vgl. nachfolgende Anmerkungen), wo beide Zahlen als Symbol für die unbegrenzten, *niemals wiederholten* Göttlichen Theophanien stehen, ob diese nun als in der Welt oder als in ihrer »Widerspiegelung« im Herzen des vollkommenen Menschen betrachtet werden. In seiner früheren Erwähnung des Miraj-Hadith (in einem hier nicht übersetzten Teil des Abschnitts II) sowie offenbar auch im Kapitel 167 der *Futuhat* interpretiert Ibn Arabi den Ausspruch jedoch kosmologisch: »Das Eintreten [der Engel] geschieht durch das Tor des Sternenaufgangs, und [ihre] Abreise durch das Tor des Sternenuntergangs.«

Sich [dem Herzen], das [allein] Ihn,[148] in ›siebzigtausend Schleiern von Licht und Finsternis‹ umfängt.[149] Er offenbart Sich also dem Herzen seines Dieners durch jene [Schleier] hindurch. »Würde Er Sich« nämlich »ohne sie offenbaren, so würde der Seinem Antlitz entstrahlende Glanz« den erschaffenen Teil[150] jenes Dieners »verbrennen«.

148. Wie andernorts auch, können *al-Haqq* sowie die entsprechenden Pronomina ebenfalls als »die Wahrheit«, »Es« etc. übersetzt werden. Diese Übersetzung geht von der inneren Verbindung zwischen Gott und dem Herzen (*qalb*) aus, die für Ibn Arabi in dem bekannten – jedoch nicht in den kanonischen Sammlungen enthaltenen – Hadith *qudsi* ausgedrückt ist, auf den er in all seinen Schriften anspielt: »Weder Meine Erde noch Mein Himmel vermögen, Mich zu umfassen, aber das Herz Meines Dieners, des Menschen wahren Glaubens, umfasst mich« (vgl. Anmerkung 29). In Bezug auf Ibn Arabis Konzept des »Herzens« im Allgemeinen siehe das Schlüsselkapitel über die »Weisheit des Herzens« (*shuayb*) in den *Fusus al-Hikam*. Im Sinne einer Anzahl koranischer Passagen versteht der Scheich den Ausdruck »Mein Diener« – das heißt der »Diener« (*abd*) des Göttlichen »Ich« – als einen Hinweis auf die allerhöchste spirituelle Stufe, in welcher der Heilige den Göttlichen Willen vollkommen widerspiegelt. Vgl. Anmerkung 174 zu Ibn Arabis Selbstverwirklichung als ein »reiner Diener«.

149. Der Rest dieses Absatzes zitiert Teile eines berühmten Hadith, der auch eines der Hauptthemen von al-Ghazzalis *Mishkat al-Anwar* darstellt: »Gott besitzt siebzig [oder siebenhundert oder siebzigtausend] Schleier aus Licht und Dunkelheit. Wenn Er sie lüftete, würde der strahlende Glanz Seines Angesichts verbrennen, wen auch immer Sein Blick erreicht.« Die verschiedenen Fassungen des Hadith sprechen von unterschiedlicher Anzahl von Schleiern. Offenbar will Ibn Arabi eine Verbindung zu der Anzahl der Engel herstellen, die das *Bewohnte Haus* (das Herz) *täglich betreten*. Schleier und Engel symbolisieren beide die unendliche Zahl der Erscheinungen Gottes (*tajalliyat*).

150. Wörtlich: »die Welt der Schöpfung« (*alam al-khalq*), das heißt der Bereich der Existenz, der aus jenen »Schleiern« besteht oder aus der Göttlichen Selbstoffenbarung – im Gegensatz zur ursprünglichen, »internen« Selbstoffenbarung oder der noetischen Unterscheidbarkeit der Namen und Wirklichkeiten innerhalb der Göttlichen Essenz, der *fayd al-aqdas* und der »Welt des Gebots« (*alam al-amr*), welche der Ort der letzten, rein noetischen Stufen der in Kapitel 167 beschriebenen Himmelfahrt ist.

151. Wie in der Einführung erwähnt, fasst dieser kurze Abschnitt eine Erfahrung (oder eine Folge von Erfahrungen) zusammen, die in den anderen Miraj-

IV-I

Der Lotusbaum der äußersten Grenze und der Gipfelpunkt der Offenbarung [151]

Als ich somit [den Tempel] verlassen hatte, gelangte ich zum ›Lotusbaum der äußersten Grenze‹ (53:14)[152] und hielt inmitten seiner niedrigsten und den am höchsten auf-

Erzählungen viel ausführlicher behandelt werden. Ibn Arabi setzt hier seine Nacherzählung der Himmelfahrt des Propheten, die er weiter oben im Kapitel in den Abschnitten II und III begonnen hatte, mit der Erwähnung einiger weiterer Details und »Stufen« fort, die er einer Anzahl verschiedener Hadithe entnimmt. Die von ihm in diesem autobiografischen Teil des Kapitels gezogene Verbindung zwischen dem »Lotusbaum der äußersten Grenze« (siehe nachfolgende Anmerkung) und den letzten und höchsten Offenbarungen ist in verschiedenen Hadithen, angelehnt an den Koranvers 53:10, ausgedrückt mit den Worten: »Gott verursachte (awha) in mir, was Er verursachte.« Die Eröffnungsverse jener Sure (al-Najm) werden allgemein für eine Schilderung der höchsten Stufen der Himmelfahrt des Propheten gehalten.

152. Diese sidrat al-muntaha (wo Mohammed »Ihn bei einem weiteren Herabsteigen sah«) ist Teil einer längeren koranischen Beschreibung (53:2–18) zweier außergewöhnlicher Offenbarungsereignisse (wahy) in Form direkter Schau (53:10–13 und 17–18) des »Herzens« (fuad; vgl. 53:11), die im weiter oben (Abschnitt II) zitierten Hadith über die Miraj, aber auch in vielen weiteren Hadithen enthalten sind. Während einige dieser Hadithe erklären, diese Vision sei von Gabriels wahrer Engelsform (im Gegensatz zu dessen ›üblicher‹ Manifestation in menschlicher Gestalt), basiert Ibn Arabis Ansicht hier wie auch im Kitab al-Isra klar auf jenen Hadithen, die hervorheben, dass diese Vision erstens im Herzen (qalb oder fuad) des Propheten erschien, dass sie zweitens vom »Herrn« stamme und dass sie drittens in einer Form von »Licht« (oder »Schleiern von Licht«; vgl. den in Anmerkung 149 zitierten berühmten Hadith) erschienen sei. Im letztgenannten Hadith wird Mohammed gefragt, wie er seinen Herrn gesehen habe, worauf er antwortet, er habe Gott »als Licht« geschaut. In seiner früheren Behandlung dieser Hadith-Erzählungen über die sidra unterstreicht Ibn Arabi das sie umgebende unbeschreibliche Licht (»keines unter Gottes Geschöpfen wäre fähig, ihre Schönheit zu beschreiben«, heißt es in einem der Hadithe) und fügt dann eine kosmologische Erklärung des Wortes »Grenze« hinzu durch das freie Zitat eines weiteren Hadith: »[Die Grenze] ist das Ende dessen, was von oben auf sie herabsteigt, und das Ende dessen, was von unten zu ihr heraufsteigt.« Der Lotusbaum wird im Kapitel 167 daher als Schwelle der untersten Paradiesgärten dargestellt.

ragenden Zweigen an.[153] Daraufhin ›wurde er eingehüllt‹ (53:16) vom Licht der [guten] Taten, und unter dem Dach der Zweige sangen die Vögel der Geister all derer, die [jene] Taten vollbringen,[154] denn der Baum ist nach der Form des Menschen[155] beschaffen. Was nun die vier Flüsse betrifft [die, wie im Hadith beschrieben, an dessen Wurzel entspringen],[156] so stellen sie die vier Arten heili-

153. Die Zweige und Früchte dieses kosmischen Baumes werden in mehreren der Miraj-Hadithe beschrieben, auf die sich Ibn Arabis frühere Schilderung im Abschnitt II bezieht. In Anbetracht seiner weiter unten folgenden Interpretation dieses Baumes als der »Form des Menschen« (das heißt des vollkommenen Menschen) – und daher als einem symbolischen »Weltbaum« – würden sich dessen »niedrigste (*dunya*) und dessen am höchsten aufragende Zweige« auf die Gesamtheit der Existenz beziehen und jeden Bereich des Seins mit einschließen. Vgl. Anmerkung 155.

154. *Arwah al-amilun:* Diese Eigenschaft (die sich auf *alle* Handlungen der Menschen bezieht, nicht nur auf ihre guten Taten oder auf die Seelen im Paradies) kommt auch in gewissen Hadithen vor und wird explizit in Ibn Arabis Synthese dieses Materials im Abschnitt II erwähnt. Sie kann auch in Verbindung gebracht werden mit der Erwähnung in derselben Koranstelle (53:15), dass »bei ihm der Garten der Zuflucht ist« (das heißt einer der Paradiesgärten). Oder man kann auch interpretieren, dass er sich auf die Zwischenwelt (*barzakh*, die gleichzeitig eine *muntaha* oder »Grenze« ist zwischen den sinnlichen und den spirituellen Reichen) im Allgemeinen bezieht. Kosmologisch betrachtet, versteht Ibn Arabi – zum Beispiel in seiner Diskussion im Kapitel 167 der *Futuhat* – diese »Grenze« als Grenze zwischen dem Paradies (angesiedelt in der darüberliegenden Sphäre) und Ghenna (das aus all den niedrigeren Sphären der materiellen Welt besteht).

155. *Ala nashat al-insan:* das heißt, all die im vollkommenen Menschen enthaltenen Seinsebenen (*nasha*) umfassend, sowohl die spirituellen als auch die körperlichen oder materiellen. Dies impliziert metaphysische und spirituelle Entsprechungen wie vor allem das Korrespondieren des vollkommenen Menschen mit der Wirklichkeit Mohammeds.

156. Weiter oben in diesem Kapitel im Abschnitt II erwähnt Ibn Arabi die folgende Beschreibung aus einem Hadith, wo diese Flüsse dem »Bewohnten Haus« vorangehen: »Er sah vier Flüsse, die an seiner Wurzel entsprangen, zwei äußerliche Flüsse und zwei innere [spirituelle] (*batinan*)«, und Gabriel erklärt, dass »die zwei inneren sich im Garten [des Paradieses] befinden, während beiden äußeren der Nil und der Euphrat sind.« Ibn Arabi erklärt dann weiter, dass die beiden

gen Wissens dar, die [dem Menschen] zum Geschenk gemacht wurden, was wir in einem Teil (*juz*) erwähnt haben, den wir »die Ebenen der [von Gott] freiwillig gegebenen Wissensformen«[157] nannten.

Als Nächstes sah ich die »Kissen auf den Sänften« (55:76) der [wahren] Wissenden vor mir.[158] Da »wurde ich von den [heiligen] Lichtern umhüllt«, bis alles von mir zu

»äußeren« nach der Auferstehung ebenfalls zu Paradiesflüssen werden, was damit die *vier* Flüsse (von Milch, Honig, Wasser und Wein) ergibt, die den Gesegneten in Teilen des Korans und der Hadith-Überlieferungen versprochen sind. In Kapitel 167 der *Futuhat* hingegen werden diese Flüsse in freierem Sinne als ein großer Strom (der Koran im universellen Sinne der Wirklichkeit Mohammeds) – das heißt als der Fluss des Lebens – und drei daraus entspringende kleinere Flüsse (Thora, Psalmen und Evangelien) gedeutet, zusammen mit den kleineren Flüssen der anderen im Koran erwähnten offenbarten Bücher (*suhuf*).

157. *Maratib ulum al-wahb:* Titel eines gesonderten Traktats von Ibn Arabi, dessen Inhalt in verschiedene Stellen der *Futuhat* eingeflossen ist.

158. *Muttaka'at rafarif al-arifin:* Der etwas dunkle koranische Begriff *rafraf,* der bei 55:77 die »grünen Liegen« (oder »Wiesen«) der Paradiesbewohner beschreibt, symbolisiert nach Ibn Arabi (in seiner Zusammenfassung der Miraj des Propheten in Abschnitt II) das engelsgleiche »Fahrzeug«, das von Mohammed für die höchsten Stufen seiner Himmelfahrt verwendet wurde, nachdem dieser – wie in verschiedenen Hadithen beschrieben – Gabriel und sein Ross Buraq am Lotusbaum der äußersten Grenze zurücklassen musste. Dort fügt Ibn Arabi hinzu, dass »es wie eine Trage oder Sänfte um uns herum ist.« Sein Gebrauch im Zusammenhang mit der Miraj stammt zweifellos von einem Hadith, der Mohammeds Vision von »einem der größten Zeichen seines Herrn« (53:13) erklärt und besagt, dass »er die grüne *rafraf* sah, die den Horizont bedeckt hatte.« Das *Kitab al-Isra,* welches eine lange poetische Passage über *al-rafarif al-ula* enthält, gibt uns eine viel klarere Idee der Bedeutung dieses Symbols für Ibn Arabi. Dort ist ihre Rolle in der Reise über den »Lotusbaum der äußersten Grenze« hinaus verbunden mit der Erkenntnis des Reisenden vom »Geheimnis der Göttlichen Theophanie in seinem Herzen«: Auf ihr »reiste er durch dreihundert Ebenen (*hadarat*)«, bis er die Station erreichte, »in der ›wie‹ und ›wo‹ verschwinden und die Geheimnisse (...) [der Einheit von Gott und dem Reisenden] deutlich werden.« In einem anderen seiner Werke behandelt Ibn Arabi die *rafraf* als den fünften in einer Reihe von sieben Aufstiegen und beschreibt sie deutlicher als eine Art fliegender Teppich »aus grünem Licht, welcher alles von Ost bis West versperrt« (eine Beschreibung, die den oben erwähnten Hadith in Erinnerung ruft), und Ibn Arabi bringt sie mit dem Göttlichen Mitgefühl (*rafa*) in Verbindung.

Licht wurde, und mir wurde ein Ehrenkleid angelegt,[159] dergleichen ich nie zuvor gesehen hatte.

So sprach ich: »Oh mein Gott, nun sind die Zeichen (*ayat*) zerstoben!« Doch da sandte Er noch im selben Augenblick [Sein] Wort auf mich herab:[160] »Sprich: ›Wir glauben an Gott und an das, was auf Abraham und Ismael und Isaak und Jakob und die Stämme [Israels] herabgesandt ward, und was gegeben ward Moses, Jesus und den [anderen] Propheten von ihrem Herrn. Keinen unter ihnen trennen wir ab, und wir sind [nur] Ihm unterworfen!‹« (3:84). Somit gab Er mir *all* die Zeichen in diesem einen Zeichen,[161] erhellte mir die Sache (nämlich die ewige Wirklichkeit des *Korans*)[162] und machte dieses Zeichen mir zum Schlüssel zu *allem* Wissen. Von da an wusste ich, ich *bin* die Ganzheit jener [Propheten], von denen mir [im angegebenen Vers] gesprochen wurde.

159. Im Beginn dieses Satzes widerhallt die Beschreibung der Offenbarung und der Schau des Propheten von Gott als »Licht« am Lotusbaum der äußersten Grenze in der Koranversen 53:16–18 und in dem unter Anmerkung 152 diskutierten Hadith – außer, dass Ibn Arabi hier selber zum »nach der Form des Menschen beschaffenen« Baum (Anmerkung 153) *geworden ist*. Das »Ehrenkleid« (*khila*) erinnert an die Zeremonie der Sufi-Initiation (der Verleihung der *khirqa*), wobei dieses königliche Gewand hier die spirituelle Station des Propheten selbst, die *maqam muhammadi*, symbolisiert, die Ibn Arabi weiter unten (vgl. Anmerkung 163) erlangt.

160. Ein koranischer Ausdruck (*anzala ala*), der sich üblicherweise auf die »Ausgießung« einer Göttlichen Offenbarung auf den prophetischen Gesandten (*rusul*) bezieht. Aus dem Kontext lässt sich schließen, dass die hier erwähnte »Verbreitung« oder »Mannigfaltigkeit« der Göttlichen »Zeichen« sich insbesondere auf ihre Aufteilung unter die verschiedenen Propheten und Gesandten (und deren offenbarte Bücher etc.) zu beziehen scheint – oder sogar auf die eigentliche Vielfältigkeit der Theophanien (Gottes »Zeichen in den Seelen und an den Horizonten«; Koran 41:53), die uns normalerweise von einer vollen Wahrnehmung der Göttlichen Einheit ablenkt.

161. Oder »Vers« (*aya*). Da das, was Ibn Arabi in dieser Erfahrung offenbart wurde, nichts weniger war als die innere Bedeutung des wahren, ewigen Korans, die auch die »Wirklichkeit Mohammeds« ist und die alles Wissen (einschließlich der spirituellen Quellen und Wirklichkeiten aller offenbarten Bücher) umfasst, kann der Satz auch gelesen werden als: »all die *Verse* in diesem einen Vers«.

Mit dieser [Eingebung] gelangte die gute Nachricht zu mir, dass mir die »Station Mohammeds«[163] [gewährt worden] war, dass ich zu den Erben von Mohammeds umfassender Weite zählte. Denn er war der letzte [Prophet], der als Botschafter herabgesandt worden war, der letzte, »auf den« [die unmittelbare Offenbarung] »herabkam« (97:4).[164] Gott »gab ihm die allumfassenden Worte«,[165] und ihm wurde die besondere Gunst von sechs Dingen zu-

162. *Qarraba alayya al-amr:* Diese Übersetzung (die *amr* in seiner allgemeinsten Bedeutung verwendet) geht davon aus, dass sich Ibn Arabi auf seine Erfahrung der ganzen ewigen Wirklichkeit des Korans (der *umm al-kitab*) bezieht. Doch der Satz kann auch so übertragen werden, als beziehe er sich auf Ibn Arabis besondere »Nähe« zum Göttlichen »Gebot« (*al-amr*) oder einfach auf Gott – denn diese Erfahrung besitzt viele der Eigenschaften, die Ibn Arabi an anderen Stellen in den *Futuhat* als die »Station der Nähe« (*maqam al-qurba*) beschreibt und die die höchste Gruppe von Heiligen kennzeichnet, die »Einsamen« (*afrad*).

163. Wörtlich: dass ich »in (meiner spirituellen) Station wie Mohammed« (*muhammadi al-maqam*) war, das heißt gezeichnet von Mohammeds ursprünglichem spirituellen Zustand der »Allumfassendheit« (*jamiyah*), welche die im vorangehenden Satz erwähnte ewige Wirklichkeit (die *majmu, Ganzheit) aller Prophéten einschliesst. Dieselbe Erfahrung der Einheit aller Propheten (und ihres spirituellen Wissens und ihrer Offenbarungen) wird auch im *Kitab al-Isra* und sehr detailliert durch die gesamten *Fusus al-Hikam* erwähnt. Siehe auch die Hinweise in der vorhergehenden Anmerkung über die »Station der Nähe«: Wie in der Einführung erwähnt (Anmerkung 9), liegen die beiden Stationen sicherlich nahe beieinander und ihre Unterscheidung – die von Ibn Arabis eigener Rolle als »Siegel« abhängt – scheint sich im Denken des Scheichs nur allmählich entwickelt zu haben.

164. Die Verbform spielt hier auf die berühmten Koranverse in Sure 97 an, welche das Herabsteigen der »Engel des Geistes« beschreiben, das den Beginn von Mohammeds Offenbarung markiert. Sie stellt damit einen offensichtlichen Bezug zu der Art von *direkter* Göttlicher Inspiration (*wahy*) her, die einzig der Linie der Gottesgesetzgebenden Gesandten (*rusul / mursalun*) vorbehalten ist. Gemäß Ibn Arabis Vorstellung wird die spirituelle Erkenntnis der Heiligen durch »Vermittlung« oder »Erbschaft« vonseiten eines oder mehrerer der früheren Gesandten erlangt.

165. *Jawami al-kilam:* Der in diesem Satz zitierte berühmte Hadith wird von Ibn Arabi mehrfach aufgegriffen als Verbildlichung der Ganzheit des spirituellen Wissens oder der »Wissensformen« (*hikam*), welche die »mohammedanische Wirklichkeit« ausmacht. Diese Vorstellung wird ausführlich illustriert in Ibn Arabis Behandlung der anderen Propheten (in ihrem Verhältnis zu Mohammed) in den *Fusus al-Hikam* wie auch im *Kitab al-Isra*. Im Zusammenhang mit den

teil, mit denen kein Prophet einer [anderen] Gemeinde besonders begünstigt wurde.[166] Daher ist [Mohammeds] Sendung eine universelle, der allgemeingültigen Natur seiner sechs Aspekte[167] wegen: Aus welcher Richtung du auch kommen magst, du wirst einzig das Licht Mohammeds finden, das dich überflutet. Niemand entnimmt [spirituelles Wissen], es sei denn von ihm, und keiner der [Göttlichen] Gesandten hat [den Menschen] etwas gelehrt außer [das, was er] ihm [entnommen hat].[168]

weiter unten erwähnten »Schatzkammern« des Wissens ist auch der Rest dieses Hadith interessant: »Ich wurde herabgesandt mit den allumfassenden Worten (...), und während ich schlief, wurden mir die Schlüssel zu den Schatzkammern gebracht (...) und in meine Hand gelegt.«

166. Der Text lautet wörtlich: »von keiner Gemeinde (*umma*) unter den Gemeinden« – eine Formulierung, die offenbar reflektiert, dass für Ibn Arabi hier die (letztlich zu allen religiösen Gemeinschaften gesandte) Universalität von Mohammeds spiritueller Wirklichkeit im Zentrum steht. In diesem Zusammenhang ist unklar, ob sich dieser letzte Satz auf sechs Attribute bezieht, die nicht in einem einzelnen früheren Gesandten *kombiniert* waren – in welchem Fall er auf die Offenbarungen der sechs Propheten anspielen könnte, die im Koranvers 3:84 (vgl. vorangehender Absatz) namentlich erwähnt sind – oder aber auf sechs vollständig *einzigartige* Eigenschaften Mohammeds. So handeln die Schlussseiten des *Kitab al-Isra* beispielsweise von verschiedenen einzigartigen Qualitäten Mohammeds, die von Moses, Noah, Zacharias und Yahya (Johannes) nicht geteilt wurden.

167. Oder »Richtungen«. Das arabische *jiha* kann beide Bedeutungen annehmen. Angespielt wird vermutlich auf die sechs Grundrichtungen (oben, unten, vorne, hinten, rechts und links), die eine universelle Bedeutung für die Orientierung im Raum haben und damit wiederum auf die Universalität der Wirklichkeit des Propheten und dessen Göttlichen Auftrag anspielen.

168. Die Pronomina »ihm« können hier für »diesem Licht« oder »Mohammed« stehen; auf jeden Fall wären beide Bedeutungen in diesem Kontext identisch.

169. Wir haben hier die wörtlichste und offensichtlichste Übersetzung verwendet. Jedoch ist dieser Ausruf (*hasbi*) auch in zwei Koranversen (9:129 und 39:38) enthalten: »Sprich: ›Gott genügt mir‹ (*hasbi Allah*).« Beide Stellen betonen die Wichtigkeit des »absoluten Gottvertrauens« (*tawakkul*), das scheinbare Thema dieses Kapitels (vgl. Anmerkungen 2 und 18 zur Bedeutung des Titels.)

170. *Imkani:* Das heißt alles (einschließlich der in diesem Ausruf Ibn Arabis mitklingenden Räumlichkeit und Körperlichkeit), was ihn von Gott (dem einzigartig »Notwendigen«, dem nichtbeschränkten Wesen) »getrennt« und dadurch die Möglichkeit von (relativer) Sünde, Gegensatz oder Konflikt in Bezug auf

Als mir nun das widerfuhr, rief ich aus: »Genug, genug![169] Meine [körperlichen] Elemente sind wieder aufgefüllt, und mein Ort kann mich nicht länger halten!«, und dank jener [Eingebung] nahm Gott die Dimension meiner Bedingtheit[170] von mir. Auf dieser nächtlichen Reise gelangte ich somit zu den inneren Wirklichkeiten (*maani*) *aller* Namen, und ich sah, wie sie alle zu Einem Subjekt[171] und Einer Wesenheit[172] zurückkehrten. Jenes Subjekt war das, was ich bezeugte,[173] und jene Wesenheit war mein

die Göttlichen Gebote eröffnet hatte; oder, in anderen Worten, alles, was ein Hindernis seines neuen Zustandes oder seiner neuen Situation der »reinen Dienerschaft« als freiem Ausdruck des Göttlichen Willens gewesen war. Wir erinnern uns auch daran, dass diese »Möglichkeit« – Ibn Arabi spricht vom »Buraq meiner Bedingtheit« (vgl. Anmerkung 69) – die spirituelle Reise überhaupt erst ermöglichte.

171. Und »Objekt«. Die Formulierung *musamma wahid* wurde bereits in der schematischen Diskussion der spirituellen Reise in Abschnitt III erwähnt (Anmerkung 51). Wie dort angedeutet, findet sich die »transzendente Einheit des Genannten (der Göttlichen Wirklichkeit)« (*ahadiyat al-musamma*) am Ende des Abschnitts auf der langen Liste von Arten des Wissens, die Ibn Arabi im Rahmen dieser Erfahrung »gesehen hatte«. Auch in seinem ganzen restlichen Werk weist er auf die Assoziation dieses Punktes (als einer expliziten These oder »Doktrin«) mit dem berühmten andalusischen Sufi Ibn al-Qasi und dessen Werk *Khal al-Nalayn* hin.

172. Oder »Einem Auge« (*ayn wahida*). Das Wortspiel mit dem Subjekt / Objekt dieser »Vision« oder dieses »Zeugnisses« (vgl. nächste Anmerkung) ist an dieser Stelle sicherlich beabsichtigt und wird noch interessanter aufgrund weiterer Bedeutungsaspekte von *ayn* wie »Quelle«, »Essenz« und anderen.

173. *Mashhudi*: Dieser und der nachfolgende Ausdruck fassen *gemeinsam* genau das unbeschreibliche Paradox dieser Realitätserfahrung der Göttlichen Einheit – dem eigentlichen Kern von Ibn Arabis Werk – zusammen, die zu derart vielen philosophischen Kontroversen in der islamischen Welt geführt hat (und wo immer Versuche unternommen wurden, diese Erfahrung als logisches »System« konzeptionell zu behandeln). Losgelöst betrachtet, legt der erste Ausdruck die These der *wahdat al-shuhud* (der Einheit des Bezeugens) dar und der zweite die Position der *wahdat al-wujud* (der Einheit des Seins) – während allein deren Kombination die Erfahrung und grundsätzliche Wirklichkeit ausdrückt, welche der Scheich hier zu vermitteln sucht. Man beachte die ähnliche Warnung im *Kitab al-Isra*: »Also hüte dich vor der Vorstellung, meine Verbindung (*ittisal*) [mit der höchsten Göttlichen Gegenwart] sei eine der identischen Essenz (*inniyah*) gewesen.«

Dasein. Denn meine Reise verlief nur in mir selbst und verwies auch nur auf mich selbst, und dadurch erfuhr ich, dass ich ein reiner »Diener«[174] war, ohne jede Spur von Herrschaft in mir.

Da öffneten sich [mir] die Schätze jener Station, und unter den Arten von Wissen, die ich *erschaute*, befanden sich (...)[175]

Die Auflistung der etwa neunundsechzig Arten von Wissen, die mit dieser besonderen Station verknüpft sind, unterscheidet sich von den ähnlichen Aufstellungen in jedem anderen Kapitel über die spirituellen Stationen (*fasl al-manazil*) insoweit, als sie einige von Ibn Arabis grundlegendsten metaphysischen Thesen enthält. Die folgenden Wissensarten mögen dafür als Musterbeispiele dienen.[176]

(...) Ich sah darin das Wissen von der Rückkehr (...) und dass [der Mensch] diese Welt mit sich trägt, wenn er [in die nächste] überführt wird (...)

Ich sah darin das Wissen von der gegenseitigen Durchdringung und dem [unauflöslichen] »Umeinanderkreisen«

174. *Abd mahd:* Dieser Ausdruck (oder der verwandte *abd khalis*) kommt bei Ibn Arabi recht häufig vor und meint jene seltenen Wissenden, die vollständig dem Göttlichen »Ich« hingegeben (*mukhlisin*) sind, die also zu »*Meinen* Dienern« (*ibadi,* im koranischen Sinne, insbesondere gemäß 15:42 und 17:65) gehören, in Abgrenzung zur Gesamtheit aller Geschöpfe, die in einem metaphysischen (aber noch unverwirklichten) Sinne auch alle »Diener Gottes« sind. In Kapitel 29 der *Futuhat* führt Ibn Arabi dazu aus: »So gibt jeder Diener Gottes acht auf einen [oder mehrere] der Geschöpfe, die ein Recht (*haqq,* also einen Anspruch) ihm gegenüber haben. Bis zur Höhe dieses Anspruchs ist seine Dienerschaft [Gott gegenüber] unzureichend, weil jenes Geschöpf nach [der Einlösung] dieses Anspruchs trachtet und von daher Macht (*sultan,* wie Satan im Koranvers 15:42) über ihn ausübt, so dass er kein reiner, vollkommen Gott hingegebener Diener sein kann.« In einer offenherzigen autobiografischen Bemerkung fügt Ibn Arabi hinzu, dass »ich in den Jahren meiner Wanderschaft sehr viele aus dieser Gruppe (der ›Sucher nach Freiheit von allen erzeugten Dingen‹) angetroffen habe« und dass »ich seit dem Tag meines Erreichens dieser Station kein einziges lebendes Ding mehr besessen habe, nicht einmal die Kleider auf meinem Leib (...) Und sobald ich in Besitz von etwas gelange, entledige ich mich sofort davon, entweder durch Verschenken oder durch dessen Befreiung, wenn dies möglich ist.« An an-

(*dawr:* von Gott und dem Menschen), das darin besteht, dass Gott (*al-Haqq*) in der äußeren Wirklichkeit (*fi al-fil*) nur über die Form des Geschöpfs (*al-khalq*) *sein* kann und das Geschöpf [in Wirklichkeit] nur durch die Form Gottes zu existieren vermag. Also dieses Umeinanderkreisen (...) ist das, was eigentlich existiert (*al-waqi*), und ist die Art und Weise, wie die Dinge sind (...)

Eine jede Gemeinschaft (*umma*) hat ihren Gesandten, und unter dem Seienden gibt es nichts, das nicht [Teil einer] gewissen Gemeinschaft wäre (...) Also erstreckt sich die Göttliche Botschaft (*risala*) auf absolut alle Gemeinschaften, auf die großen wie auch auf die kleinen! (...)

Ich sah darin die allseitige Gültigkeit des Göttlichen Geschenks [von Gnade und Vergebung] (...) [wie] Er zu den ausschweifenden Sündern sprach: »(...) Verzweifelt nicht an Gottes Gnade, gewiss vergibt Gott die Sünden allesamt, gewiss ist Er der All-Vergebende, der All-Gnädige« (39:53). Nichts könnte daher deutlicher sein als diese ausdrückliche Göttliche Erklärung, dass [alle] Diener zu [Seiner] Gnade zurückkehren! (...)

derer Stelle »rühmt« sich Ibn Arabi (um diesen Ausdruck zu gebrauchen) dieser einzigartigen Erkenntnis gar noch offener: »Heute weiß ich von niemandem, der die Station der Dienerschaft in einem stärkeren Masse verwirklich hätte, als ich. Und sollte es jemanden [anderes] geben, ist er wie ich. Ich habe die äußerste Stufe der Dienerschaft erreicht, so dass ich der reine, absolute Diener bin, der den Geschmack von Herrschaft (*rububiyah*) nicht [einmal im Ansatz] kennt.«

175. Ibn Arabi unterstreicht die direkte Erfahrung der »*Vision*« der von ihm erkannten Wissensformen in dieser bestimmten Offenbarung dadurch, dass er vor jeder der in diesem Abschnitt aufgezählten neunundsechzig Arten des Verstehens die Formulierung »ich sah darin...« wiederholt. Das »Öffnen der Schätze« ist eine Anspielung auf den bekannten Hadith über die besondere Universalität des dem Propheten offenbarten Wissens, die in Anmerkung 165 diskutiert wurde.

176. Bei den nachfolgend zitierten »Arten von Wissen« handelt es sich um die Nummern 12, 15, 22, 25, 28, 45 und 53 aus dieser Aufzählungsliste. Ibn Arabis Text wird ohne weitere Anmerkungen wiedergegeben, da jeder Leser seiner Werke mit diesen Prinzipien vertraut sein dürfte und die meisten von ihnen bereits weiter oben behandelt wurden.

Ich sah darin das Wissen, dass es Gott ist, Der in jedem Gegenstand der Anbetung hinter dem Schleier der [besonderen] Form verehrt wird.

Ich sah darin das Wissen über die Verfassung der Menschheit in der Zwischenwelt (*barzakh*). (...)

Ich sah darin das Wissen, dass das Diesseits ein Vorzeichen (*unwan*) des Jenseits und ein Sinnbild (*darb mithal*) davon ist und dass der Stand (*hukm*) dessen, was im Diesseits ist, im Jenseits vollständiger und vollkommener ist.

Glossar der arabischen Namen und Ausdrücke

Anmerkung des Herausgebers: Die lautgerechte Transkription arabischer Begriffe in westliche Sprachen ist aufgrund der unterschiedlichen, mitunter stark divergierenden Umschreibungssystematiken weitgehend uneinheitlich. Mit dem Ziel einer besseren Lesbarkeit für das nicht-wissenschaftliche Publikum verwendet der Chalice Verlag, außer in Zweifelsfällen, eine konsequent vereinfachte Schreibweise arabischer Wörter.

Abu Iqal al-Maghribi Ein Sufi des späten 11. Jahrhunderts, der vier Jahre lang in Mekka lebte, ohne zu essen oder zu trinken, im Zustand von *ghayba* (siehe dort), für die Welt verloren.

Abu Yazid Bistami Abu Yazid Tayfur Ibn Isa al-Bistami (gest. 848 oder 874). Ein großer Sufi, berühmt für seine Ekstase und für seine mystischen Reisen durch die Wirklichkeit. Er ist der Enkel eines Zarathustra-Anhängers. Als man ihn fragte: »Wie hast du Weisheit gefunden?«, da antwortete er: »Durch Hunger und Armut.« Er meditierte dreißig Jahre lang und war einer von denen, die den Koran auswendig konnten. Einmal nahm er seinen Sohn mit, um einen wohlbekannten Heiligen jener Zeit zu besuchen. Da sah er, wie dieser Mann in Richtung auf die Kaaba ausspuckte. Da nahm er seinen Sohn und verließ den Platz augenblicklich, wobei er sagte: »Wie kann jemand einem Menschen folgen, der das *adab* des Propheten (Friede und Segen seien mit ihm!) nicht befolgt?« Er sagte, dass er die größte Schwierigkeit, der er auf dem geistigen Weg gegenübergestanden hatte, nicht in Worte fassen könne; aber die Schwierigkeit, an die er sich am leichtesten erinnerte, war, als sein *nafs* (Ego, siehe dort) es ablehnte, die Gebete einzuhalten. Da bestrafte er es damit, dass er ein Jahr lang kein Wasser trank. Scheich Musa Ibn Isa erzählt von seinem Vater, dass Hazrat Bistami diesem sagte: »Wenn du einen Mann siehst, der mit gekreuzten Beinen in der Luft schwebt, aber hörst, dass dieser Mann das heilige Gesetz nicht gänzlich befolgt, dann glaube nicht an ihn.«

adab Etikette, Verhaltensregel. Im Sufismus bedeutet das Wort die Art des richtigen Handelns, das richtige Betragen auf dem geistigen Weg.

ahadiyah Die unteilbare Einheit Allahs, die nur Ihm selbst
    bekannt ist und denen, die von Ihm nicht verschieden sind.
alim Wissender (das ist die allgemeine Bedeutung). Irgendein
    gelehrter Mann, besonders ein Theologe. Hier wird das Wort
    für Ibn Arabi gebraucht, einen Meister, dem Allah die Aufgabe
    übertragen hat, zu lehren und zu leiten unter der Befolgung der
    Tradition des Propheten: »Die Wissenden sind die Erben der
    Propheten.«
arif Mystiker. Einer, der mit dem Göttlichen Wesen Be-
    kanntschaft gemacht hat. Hier wird das Wort gebraucht für
    Ibn Arabi. Es bezeichnet im Besonderen einen Menschen, der
    der Schöpfung gegenüber keine Verantwortung hat, sondern
    nur dem Schöpfer gegenüber verantwortlich ist.
asma ilahiyah Göttliche Namen, wie sie im Koran (20:8)
    erwähnt werden: »Er hat die schönsten Namen« (*al-asma al-
    husna*). Die Göttlichen Namen werden eingeteilt in die Namen
    der Essenz, die das rein Transzendente ausdrücken, und die
    Namen der Attribute, die die Göttlichen Eigenschaften und
    Handlungen ausdrücken. Der Singular heißt: *ism ilahi.*
ayn Auge, auch das eigentliche Selbst, wie es auch im Ausdruck
    ayn al-yaqin (Auge der Sicherheit) vorkommt, welches das
    gesehene Wissen bedeutet, aber auch die Wirklichkeit des
    Wissens selbst.

baqa Die Einrichtung aller guten Eigenschaften im Menschen,
    die ewige Existenz (siehe *fana*). *Baqa* ist der Anfang der Reise
    in Gott.
barzakh Zwischenraum. Jeder Zwischenzustand zwischen zwei
    Stufen der Existenz, insbesondere die Welt der subtilen For-
    men zwischen der physischen Welt und den Welten oberhalb
    der Formen.

dhikr Sich erinnern, erwähnen. Das Sich-Erinnern an Allah
    durch das Anrufen Seiner Namen.

fana Das vollständige Verschwinden der schlechten Eigen-
    schaften des Menschen, die Auflösung, von der im Koran
    (55:26–27) die Rede ist: »Alles, was auf der [Erde] ist, ver-
    schwindet. Das Gesicht des Herrn aber bleibt in Seiner
    Majestät und Ehre« (siehe *baqa*). *Fana* ist das Ende der Reise
    zu Gott.

Fusus al-Hikam »Die Weisheit der Propheten« (Chalice Verlag, Zürich 2005). Ibn Arabis Abhandlung über die Worte der Propheten, die einzigartige Darstellung der vielen Aspekte der Vollkommenheit anhand der Worte der 27 bedeutendsten Propheten.

Futuhat al-Makkiyah »Die Mekkanischen Eröffnungen« oder »Die Offenbarungen zu Mekka«. Ibn Arabis umfangreichstes Werk, das aus 560 Kapiteln besteht. So genannt, weil ihm der Engel der Inspiration zum ersten Mal in Mekka erschienen ist, um ihm dieses Werk anzukündigen. Es handelt sich um eine Sammlung seiner Lehren und Beobachtungen über eine ungeheure Vielfalt von Gegenständen.

ghayba Abwesenheit. Der Zustand, in dem man sich der Welt nicht bewusst ist. Die Abwesenheit von der Welt bedeutet gleichzeitig Anwesenheit in einem anderen Bereich.

hadith Erzählung. Hadithe sind Berichte ausserhalb des Korans über die Taten und Aussprüche des Propheten (Friede sei mit ihm!), überliefert durch vertrauenswürdige Zwischenträger. Der Prophet sagte über die Hadithe: »Der Gläubige sieht mit dem Licht (*al-nur*) Allah.« Und: »Die Gläubigen schauen mit Wissen (*ilm*) und Einsicht (*basira*), die ihnen als besondere Gaben gegeben wurden.« *Nur* bedeutet hier *ilm* und *basira*. Eine Überlieferung, die den Propheten betrifft, wird nur dadurch zum Hadith, dass sie mit *ilm* und *basira* betrachtet wird, den Gaben, die Allah dem Gläubigen gegeben hat.

hadith qudsi Eine besondere Form von Hadith, in denen das direkte Wort Gottes durch den Propheten (Friede sei mit ihm!) offenbart wurde.

hadra Gegenwart. Eine der Arten oder der Stufen der Göttlichen Gegenwart. Es gibt folgende fünf Hauptarten der *hadra*: *hadrat al-ghayb il mutlaq*: absolute Nichtmanifestation, widergespiegelt in den ewigen, fixierten Essenzen. *hadrat al-ghayb il mudaf*: relative Nichtmanifestation, widergespiegelt im Universum der Geister. *hadrat al-mithal*: relative Manifestation, widergespiegelt in den subtilen Formen. *hadrat al-mushahadat il mutlaqa*: absolute Manifestation, widergespiegelt in der physischen Welt.

hadrat al-jamia: die Gegenwart der Gesamtheit, widergespiegelt im vollkommenen Menschen.

hafira Der Anfang, der ursprüngliche Zustand. »Sie sagen: ›Werden wir tatsächlich in den ursprünglichen Zustand (*hafira*) zurückgebracht?‹« (79:10).

haqq Wahrheit, das Wirkliche. Die Göttliche Wirklichkeit, wie sie sich von der Schöpfung unterscheidet (siehe *khalq*).

himma Entschluss, Entschlossenheit, Eifer. Bedeutet bei Ibn Arabi den Willen auf dem geistigen Weg, die konzentrierte Kraft der Neigung des Herzens.

huwiyah Vom Pronomen *huwa,* welches »Er« bedeutet. Die unaussprechliche Göttliche Identität; Gott selbst, Der über alle Eigenschaften und Beschreibungen hinausgeht.

Ibn Jawziyah Shamsuddin Muhammad Ibn Abu Bakr al-Jawziyah (1295 bis 1356). Ein Theologe und Jünger des *Ibn Taymiyah,* fundamentalistischer Prediger und Autor.

Ibn Rushd Abd al-Walid Muhammad Ibn Ahmad Ibn Rushd (1126 bis 1198), bekannt als Averroes, größter arabischer Philosoph Spaniens, bekannt für seine Kommentare zu Plato und Aristoteles und wegen seiner perzeptiven Analyse. Er wurde von zeitgenössischen Theologen als Ketzer angegriffen.

ilm Wissen, Wissenschaft. *Ilm* ist ein Licht von der Lampe des Prophetischen im Herzen des Dieners, durch das dieser den Weg zu Gott findet, zum Werk Gottes und zur Ordnung Gottes. *Ilm* ist die charakteristische Eigenschaft des Menschen. Es bezieht sich weder auf das Verständnis der Sinne noch auf den menschlichen Verstand. Der Intellekt ist das, was zwischen Gut und Übel unterscheidet. Der Intellekt, der zwischen dem Guten und dem Übel dieser Welt unterscheidet, ist den Gläubigen und den Ungläubigen gemeinsam. Den Verstand, der unterscheidet, was für die nächste Welt gut oder von Übel ist, haben nur die Gläubigen. *Ilm* ist eine charakteristische Eigenschaft der Gläubigen. *Ilm* und der wahre Verstand sind füreinander notwendig. Das *Wissen* der Sicherheit (*ilm al-yaqin*) besteht darin, dass man von der Existenz des Feuers gehört hat. Die *Schau* der Sicherheit (*ayn al-yaqin*) besteht darin, dass man es mit eigenen Augen sieht. Aber die *Wirklichkeit* der Sicherheit (*haqq al-yaqin*) bedeutet, dass man eins ist mit dem Feuer.

istihlak Aufgehen. Für Ibn Arabi der Zustand des Einge-
nommen- oder Überwältigtwerdens von der Göttlichen
Gegenwart, durch das alles Bewusstsein der Vielfalt und der
relativen Welt ausgelöscht wird.

ithbat Bestätigung. Hier die Bekräftigung dessen, was Gott
befohlen hat (siehe *mahw*).

khala Leere. Nach Ibn Arabi der Zustand des Universums vor
seiner Schöpfung. Der Ursprung des Wortes *khalwa* (siehe
dort).

khalq Schöpfung. Das schöpferische Wort zum Unterschied von
der absoluten Wirklichkeit (siehe *haqq*).

khalq jadid Erneuerte Schöpfung. »Sie sind getäuscht durch eine
neue Schöpfung« (50:14). Für Ibn Arabi ist damit die Augenblick für Augenblick geschehende Zerstörung und Neu-
schöpfung der Welt gemeint, die die unendliche Manifestation
von Allah ist.

khalwa Zurückziehung, der Willensakt der totalen Selbstaufgabe
aus dem Wunsch nach der Göttlichen Gegenwart. Wer *khalwa*
unternimmt, opfert alle weltlichen und äußeren religiösen
Angelegenheiten auf wie ein Toter als ersten Schritt zur
Aufopferung seiner eigenen Existenz. In vollkommener
Einsamkeit wiederholt er unaufhörlich den Namen Gottes.
Ein Mann wurde gefragt, ob er ein Priester sei. Er antwortete:
»Ich bin ein Hundehüter und sehe zu, dass die Hunde die
Menschen nicht beißen, damit diese in Frieden und Sicherheit
leben können. Ich habe die Hunde meiner *nafs* eingesperrt,
und ich hüte sie.«

lawa'ih Äußere Erscheinung, Gestalt, Zeichen. Ein Zustand
(*hal*) wird, wenn er nicht auf Dauer besteht, *lawa'ih* oder
bada'ih genannt, das heißt ein isolierter Zustand. Insbesondere
wird der bei Novizen isoliert auftretende Zustand der Erleuchtung *lawa'ih* genannt. Von *lawa'ih* sagt ein Poet: »Oh helles
Licht, welchen Teil des Himmels erleuchtest du mir jetzt?«

lawa'ih lawhiyah Die »Zeichen des Übergangs« oder »äußere
Erscheinungsformen der Tafel«. Dieser Ausdruck von Ibn
Arabi ist geheimnisvoll. Al-Jili identifiziert ihn mit *lawa'ih
haliyah* (siehe *lawa'ih*). Möglicherweise leitet sich der Ausdruck
ab von *al-lawh al-mahfuz*, der gehüteten Tafel, auf der alle
Vorherbestimmung aufgeschrieben ist und die identisch ist

mit dem Thron der Gnade (siehe *sarir al-rahmaniyah*). Dem
Text zufolge wird allerdings die Tafel auf einer viel höheren
Stufe offenbart als diese »Zeichen des Übergangs«.

mahq Auflösung der Beziehungen, der bewegungslose Zustand,
in dem man nicht einmal in der Lage ist, sich selbst wahrzu-
nehmen. Das ist der Zustand oberhalb von *mahw* (siehe dort),
denn im Zustand von *mahw* bleiben Spuren, während im
Zustand von *mahq* keine Spuren zurückbleiben. Al-Jili
behauptet, dass dieser Zustand die Manifestation der
Vizeherrschaft für Gott ist und dass seine vollkommene
Ausdrucksform nicht zu dieser Welt gehört.

mahq al-mahq Auflösung der Auflösung, der verborgene Zustand
der Vizeherrschaft, der von Allah den wahren Menschen
bestimmt ist. Al-Jili behauptet, dass *mahq al-mahq* in dieser
Welt zur Vollkommenheit gebracht werden kann.

mahw Die Beseitigung eigener Gewohnheit (der gewohn-
heitsmäßigen Eigenschaften), entspricht *ithbat* (siehe dort),
Handeln aus der Notwendigkeit der Anbetung. *Mahw* bedeutet
das Beseitigen der Irrtümer aus dem sichtbaren Selbst, des
Mangels an Bewusstheit aus dem Herzen und der Neigung aus
der Seele, andere Dinge als Allah zu sehen. *Mahw* ist, was Gott
durch Seinen Willen verbirgt und beseitigt. *Ithbat* ist, was Er
offenbart und existent werden lässt. Wenn man sich von seinen
Gewohnheiten trennt, die ein Produkt des eigenen Handelns
sind, und sie durch die wunderbaren Eigenschaften, Gaben,
Zustände und Ergebnisse ersetzt, die durch die Anbetung
Allahs gewährt werden, dann hat man die Eigenschaften von
mahw und *ithbat*.

makr List, Kniff. Die Listen Allahs sind Sein Segen, der auf die
Befolgung des Gesetzes folgt. Das Weitergehen eines geistigen
Zustandes trotz der Verletzung von *adab* und das Erscheinen
von Wundern ohne geistige Bemühung.

Malamiyah oder *Malamatiyah* Jene Sufis, deren Disziplin darin
besteht, Tadel auf sich zu nehmen und alle Schuld anzuneh-
men, die die Welt ihnen zuweist, und doch im Geheimen ohne
Schuld zu bleiben. Ibn Arabi verwendet dieses Wort für die
höchste Stufe der Sufis, die das Geheimnis Mohammeds
verkörpern (Friede sei mit ihm!). Einzahl: *Malami* oder
Malamati.

maqam Ein Zustand oder eine Ebene geistiger Entwicklung.

mardudun Die Zurückgesandten. Ibn Arabis Ausdruck für jene, die die Gegenwart Allahs erreicht haben und von Ihm zu Seiner Schöpfung zurückgeschickt werden. Unter sonst gleichen Voraussetzungen werden sie höher eingeschätzt als die, die ausschließlich in Kontemplation verweilen (siehe *mustahlikun*). Einzahl: *mardud.*

mawatin Bereiche. Ibn Arabis Ausdruck für die letzen Gründe oder »Heimatländer« aller erschaffenen Erfahrung. Es sind ihrer sechs: die Vorschöpfung, diese Welt, die feinstoffliche Welt, die Auferstehung, die Hölle und das Paradies und der Ort der Göttlichen Schau »außerhalb des Paradieses«. Einzahl: *mawtin.*

Muhibbuddin al-Tabari Muhibbuddin Abd al-Abbas Ahmad Ibn Abdullah al-Tabari (1218 bis 1295). Ein Gelehrter der Tradition und Jurist in Mekka, Autor einer wohlbekannten Sammlung der Hadithe und 216 anderer überlieferter Werke.

Muhyiddin Abd al-Qadir al-Gilani Muhyiddin Abu Muhammad Abd al-Qadir Ibn Abu Salih al-Gilani Zengi Dost (1077 bis 1166). Ein Heiliger von hervorragendem Ruf und großer geistiger Gnade. Viele Legenden und Geschichten umranken ihn. Zuerst als Jurist ausgebildet, wurde er ein Sufi unter der Leitung von Scheich Abd al-Khayr Muhammad Ibn Muslim al-Dabbas, von dem man sagt, dass er ihn mit einem einzigen Blick zum Sufismus gebracht hat. Scheich Abd al-Qadir al-Gilani begann, öffentlich zu predigen in Bagdad in Jahre 1127. Er wurde schnell bekannt als ein sehr aufrüttelnder und beredter Prediger, und er sprach zu riesigen Menschenmengen. Er beantwortete Fragen, die ihm aus aller Welt in Briefen gestellt wurden, und er verteilte große Summen an die Armen. Seine geistige Größe war derart, dass er einmal sagte: »Mein Fuß ist auf dem Nacken eines jeden Heiligen.« Viele Lehrer von größter Bedeutung, sowohl Zeitgenossen als auch solche aus späterer Zeit bis heute, haben ihn als ihren Meister anerkannt.

mustahlikun Das ist Ibn Arabis Ausdruck für die, die sich in der Kontemplation der Einheit Gottes verlieren und Seine Manifestation in der Vielfalt von sich ausschließen (siehe *istihlak*). Der Zustand dieser Menschen ist nicht so hoch wie der Zustand jener, die beide Aspekte in sich vereinigen (siehe *mardudun*). Einzahl: *mustahlik.*

al-nafas al-rahmani Der gnadenvolle Atem. Die Göttliche
Gnade, die die Existenz der Welt ›ausatmet‹.

nafs Selbst, Ego, Wünsche. Man sagt, dass es keinen anderen
Weg zu Gott gibt als durch Gott, und dass es keinen anderen
Schleier zwischen dem Diener und seinem Herrn gibt als seine
nafs. Der Sufismus kennt sieben Stufen der Verfeinerung der
nafs.

al-Nuni Derjenige, der die Form des Buchstaben *nun* hat.
Al-Nuni ist der Name eines Engels, der Personifizierung des
Ersten Verstandes in seinem passiven Aspekt als der, der alles
Wissen enthält.

qabd Konzentration, Abschließung. Im Sufismus bedeutet *qabd*
die Verkleinerung des Selbsts durch Zurückziehung von der
Oberfläche der Persönlichkeit in das Innere. Von der geistigen
Stufe her beschreibt das Wort den Sufi, der über *khawf*
(Gottesfurcht) und *raja* (Hoffnung) hinausgelangt ist. Auf
dieser Ebene wird *khawf* zu *qabd, raja* wird *bast* (Ausdehnung).
Khawf und *raja* beziehen sich auf die Zukunft, *qabd* ist die
Furcht vor dem Jetzt, *bast* die Hoffnung auf das Jetzt.

al-Qalam Die Feder, Titel der siebzigsten Sure, im Koran der
Ausdruck für das uranfängliche verstehende tätige Göttliche
Bewusstsein. Der dazu parallele philosophische Ausdruck, wie
Ibn Arabi ihn verwendet, ist »der Erste Verstand«.

qutb Achse oder Türangel. Die höchste Stufe in der Hierarchie
der Sufi-Heiligen. Der *qutb* ist direkt verantwortlich für das
Wohlergehen der ganzen Welt. Man sagt, dass der *qutb* der
geistige Nachfolger von Mohammed ist.

ar-Rabb Der Herr (ein Name Gottes). Von der arabischen
Bedeutung: »der, der sich erfreut«, »der, der die Entwicklung
von etwas leitet«. Ibn Arabi sagt, dass dieser Name die Wolke
regiert, das uranfängliche Wesen, in dem alle Umstände ihre
Form annehmen.

ar-Rahman Der Gnädige (ein Name Gottes). Die Gnade, von
der in diesem Namen die Rede ist, ist das Mitleid, das das
ganze Universum entfaltet und durch das das Universum
geschaffen wurde. Ibn Arabi behauptet, dass dieser Name
den Thron der Gnade regiert (siehe *sarir al-rahmaniyah*).

riyada Erziehung des Charakters durch asketische Übungen.

Saduddin Hamawi Saduddin Muhammad Ibn al-Muayad al-Hamawi (1191 oder 1196 bis 1252 oder 1260) war einer der zwölf geistigen Erben des großen Scheichs Najmuddin Kubra und ein berühmter Sufi seiner Zeit. Sadruddin Qunawi, der Jünger Ibn Arabis, besuchte seine Versammlungen als junger Mann. Scheich Hamawi war bekannt als Dichter von mystischer Poesie und Autor von Sufi-Texten. Viele Wunder werden ihm zugeschrieben. Man sagt, dass seine Seele einmal für dreizehn Tage den Körper verlassen habe.

sarir al-rahmaniyah Der Thron der Gnade, der auch »die gehütete Tafel« genannt wird. Er ist die Seele des Universums. Jedes Schicksal und jedes Wissen sind in ihm enthalten.

al-Sattar Der Verschleierer, der, der die Sünden der Menschen verdeckt (Name Gottes).

shahwa Sehnsucht, der menschlichen Natur entsprechender Wunsch.

shaykh Scheich, Meister, geistiger Führer. Wörtliche Bedeutung: »alter Mann«. Titel der Lehrer im Sufismus.

sura Form, sowohl physisch als auch feinstofflich oder abstrakt.

taklif Die Verpflichtung des Menschen, sich zum Dienst an Gott zu entschließen. Wird von Ibn Arabi ein grundlegendes Prinzip der Welt genannt.

tawali Die aufgehenden Sterne. Im Zug ihrer Entwicklung folgen sie dem *lawa'ih* (siehe dort). Die *tawali* sind die ersten Anzeichen der Namen Gottes, die seinen Diener erleuchten und dessen Charakter verschönern. Die *tawali* sind die Lichter des *tawhid,* das alle geringeren Lichter überstrahlt.

tawhid Die Erklärung der Einheit Gottes, wie sie durch den Satz: »La illaha il' Allah« ausgedrückt wird: »Es gibt keinen Gott außer Gott.«

ubudiyah Die Eigenschaft des Dieners, von dem man sagt, dass er seine Vollkommenheit in Mohammed (Friede sei mit ihm!) gefunden hat.

Uqlat al-Mustawfiz »Die Ergriffenheit des gehorsamen Dieners«, ein Buch von Ibn Arabi, das von al-Jili zitiert wird. Es handelt vom vollkommenen Menschen und von den einzelnen Stufen des Seins und wurde von Ibn Arabi geschrieben, als dieser zwischen 20 und 40 Jahre alt war, vor seiner Pilgerfahrt nach Mekka.

waqif Einer, der stehen bleibt. Ibn Arabi verwendet diesen Ausdruck für den Sucher zur Zeit, da er sein Ziel erreicht und dann entweder in der Kontemplation verweilt (siehe *mustahlikun*) oder zur Welt zurückkehrt (siehe *mardudun*).

waqt Augenblick. Bedeutet im Sufismus die Dauer einer Zeiteinheit der realen bewussten Existenz oder der Erinnerung an Allah.

watan Heimatland. Das Wort kommt von der Wurzel *mawatin* (siehe dort), welches »Bereich« bedeutet.

Der Chalice Verlag widmet sich
der Publikation des Werkes von Reshad Feild
und wertvollen Texten aus verschiedenen
spirituellen Traditionen

Unser Verlagsprogramm und weitere Informationen
finden Sie auf unserer Website
www.chalice.ch

www.ingramcontent.com/pod-product-compliance
Lightning Source LLC
Chambersburg PA
CBHW060403030726
47497CB00003B/830